凤凰枝文丛 ／ 孟彦弘 朱玉麒 主编

我与狸奴不出门

王家葵 著

凤凰出版社

图书在版编目（CIP）数据

我与狸奴不出门 / 王家葵著. -- 南京：凤凰出版
社，2025. 3. --（凤凰枝文丛 / 孟彦弘，朱玉麒主编）.
ISBN 978-7-5506-4385-7

Ⅰ. Ⅰ267.1

中国国家版本馆CIP数据核字第2024B64C18号

书　　　　名	我与狸奴不出门
著　　　　者	王家葵
责 任 编 辑	许　勇
书 籍 设 计	陈贵子
责 任 监 制	程明娇
出 版 发 行	凤凰出版社(原江苏古籍出版社)
	发行部电话025-83223462
出版社地址	江苏省南京市中央路165号,邮编:210009
照　　　　排	江苏凤凰制版有限公司
印　　　　刷	苏州市越洋印刷有限公司
	江苏省苏州市吴中区南官渡路20号,邮编:215104
开　　　　本	880毫米×1230毫米　1/32
印　　　　张	11.625
字　　　　数	214千字
版　　　　次	2025年3月第1版
印　　　　次	2025年3月第1次印刷
标 准 书 号	ISBN 978-7-5506-4385-7
定　　　　价	68.00元
	(本书凡印装错误可向承印厂调换,电话:0512-68180638)

王家葵

四川成都人，1966年8月生。医学博士，成都中医药大学教授，曾担任第20届、21届中国药学会药学史与本草专业委员会副主任委员，现任中国社会史学会医疗社会史专业委员会副主任，四川省书法家协会副主席兼理论委员会主任。在书法理论、金石碑刻、本草学术、道教文献等领域皆有著作。出版有《神农本草经研究》《神农本草经笺疏》《本草经集注（辑复本）》《证类本草笺释》《救荒本草校释与研究》《本草纲目图考》《本草文献十八讲》《本草博物志》《本草纲目通识》《本草名实五十讲》《陶弘景丛考》《登真隐决辑校》《真灵位业图校理》《养性延命录校注》《周氏冥通记校释》《近代印坛点将录》《近代书林品藻录》《玉囗读碑》《玉囗斋石墨谈屑》《唐赵模集王羲之千字文考鉴》《瘗鹤铭新考》《玉囗斋随笔》《一卷田歌是道书》等。

弁　言

"凤凰台上凤凰游"，是李白《登金陵凤凰台》之诗句，昔年我江苏古籍出版社立足南京、弘扬文史，而更名所由也。

"碧梧栖老凤凰枝"，是杜甫《秋兴八首》所吟咏，今日我凤凰出版社为学林添设新枝，而命名所自也。

30多年来，凤凰出版社围绕中华优秀传统文化，彰显传承文明、传播文化、服务大众、贡献学术的出版理念，坚持以整理出版中国文、史、哲古籍及其研究著作为主的专业化方向，蒙学界旧雨新知之厚爱、扶持，渐已长大成为"碧梧"，招引了学界"凤凰"翩然来栖。箫韶九成，凤翥凰翔！嘤其鸣矣，求其友声！

"凤凰枝文丛"是本社与学界同人共同打造之文史园地，除学术研究论文外，举凡学人往事、经典品评、学术札记之文化随笔，旧学新知，无所不包。是作者出诸性情而诗意栖息之地，读者信手撷取而涵泳徜徉之处。

"凤凰鸣矣，于彼高冈。梧桐生矣，于彼朝阳。"

愿"凤凰枝文丛"成为我们共同的文化家园。

2019.5.22

前言：我与狸奴不出门

陆游的诗"终年老健缘储药，随分穷忙为著书"，我不敢自夸老健，穷忙著书则是写实。大约在 2014 年，奋斗半生，终于有了一间独立的工作室，效率大为提高，一下子"高产"起来，新作出版，旧稿重刊，竟有十余种之多。这次金陵之行，樊昕兄又约加入孟彦老与朱玉麒教授主编的"凤凰枝文丛"，彦老与我同庚而长，学养风骨素所景仰，所以毫不犹豫地答应下来。

箧中随笔散稿尚多，但稍加检点，一部分是为《本草博物志二集》准备，一部分是《玉叩读碑》的续篇，剩下几篇大致属于"有趣而轻松的文字"，以谈论书法为主，偶然也涉及医药学术，于是合编为第一部分。记得《明史·艺文志》将医书附在艺术类，所以小标题就用"艺术杂谈"。

我以票友的身份进入文科领域，于本草学术、道教文献、书法史料都有所涉及，研究论文大都收入专著，在电脑中觅得一篇原题为"孙思邈道医事迹考察"的文章，是多年前为姜生兄《中国道教科学技术史》写的专论，现在重读，尚觉可存。此外则有本草研究两篇，属于颇能"开脑洞"，阅读起来也不枯燥者。合在一起为第二部分，以"流外呓语"为小标题。

承郑诗亮兄不弃，2015年以来在《上海书评》作过三次关于本草的访谈，因为设问巧妙，我的回答也诚恳，圈内诸公许为穿越题材和无限流小说作者的必读文献。此为第三部分，小标题用"本草笔谈"。

樊昕兄说序跋也可以收入，我意作序需要身份，材小不堪大任，胡文辉兄的名著《近代学林点将录》强要我制序，不得已乃用"不敢言序"为标题，类似情况还有几次，自感愧赧，皆不收入。至于自作书的后记，起初几本尚简略，年齿既长，渐渐絮叨起来。《瘗鹤铭新考》和《本草博物志》的后记中大致讲了我从事书法、本草研究的本末因缘。协助朱棣老师编先师朱寄尧先生遗著《四川近百年诗话·两松庵杂记》葳事，写了一篇《两松庵问学记：怀念恩师朱爷爷》附在书末；刘洙源先生是我奶奶的佛学老师，文集竟然经我之手编成出版，于是写了《深信因果：〈刘洙源集〉出版感言》，虽未印入书中，也属后记性质。这两篇个人色彩甚浓，如果影响阅读体验，诸君祈亮之。以上是第四部分，小标题用"书成感言"。

我不甚有诗才，但挂润鬻字，题跋也常在应酬之列。为了应付一些不太容易措辞的题材，乃援引前人以诗代跋之例，集前贤成句为诗篇，用来凑数。集句诗虽然是文人游戏，颇考验腹笥的深浅，现在有电脑诗词资料库作后援，则形难实易。数年之间竟成百数十篇，发在朋友圈也能博诸位友邻的眼目，抽取百一篇为第五部分，并请胡文辉兄点选，小标题则用"缀玉百一"。

2016 年一只小小流浪猫来工作室定居，以上文章几乎都由这位正式名称"小白白"的异瞳猫咪督成，遂借放翁"我与狸奴不出门"作为书名，这也是玉叩斋随笔的第三次结集。

王家葵

2023 年 3 月 26 日南京禄口机场候机中

目录

艺术杂谈

陶弘景眼中的王羲之

陶弘景（456—536）兼具宗教家和书法家双重身份，他是道教上清派的大宗师[①]，同时又以书法驰名。王羲之（303—361）虽然也是道教徒，但所信奉的天师道与上清派有所不同[②]，正因为此，陶弘景对王羲之的评价，往往因语境而异，需要具体分析，方能了解弦外之音。

陶弘景亦以书法著称，早在齐永明十年（492），好友谢瀹作《陶先生小传》便称赞他"善书，得古今法"。梁代袁昂《古今书评》说："陶隐居书，如吴兴小儿，形容

[①] 据元刘大彬《茅山志》卷十，陶弘景为上清派第九代宗师。茅山上清派传法次序，亦参《云笈七签》卷五、颜真卿《有唐茅山玄靖先生广陵李君碑铭并序》。
[②] 关于王羲之的宗教信仰，可参《晋书·王羲之传》："王氏世事张氏五斗米道。"

虽未成长，而骨体甚骏快。"庾肩吾《书品》也说："陶隐居仙才，翰彩拔于山谷。"

陶弘景的书法流传不多，《宣和书谱》著录数件均已亡佚，今存《瘗鹤铭》《许长史旧馆坛碑》前数行，以及《停云馆帖》卷一"华阳隐居真迹帖"，虽传为陶弘景书，其实真赝莫辨。通过文献，尚能了解陶弘景的书学渊源。

王羲之的书法在其生前已经流行，东晋庾翼曾兴"家鸡野鹜"之叹；卒后盛誉不衰，刘宋羊欣乃有"古今莫二"之赞。在此背景下，陶弘景书学二王，应无疑问，因此卢仁龙在《陶弘景与书法史料钩沉》文章中说："陶弘景早年书学渊源所自，归美二王，自非大过。"结论完全可信。

有意思的是，陶弘景虽然书学二王，但在其道教著作《真诰》中，关于王羲之的议论，却丝毫不见有尊崇之意。

《真诰》是东晋哀帝兴宁三年（365）以来，上清派创始人杨羲、许谧、许翙与"神仙世界"中的南岳夫人魏华存等上真"沟通"，所获降辞的陶弘景整理注释本。杨、许与王羲之同时，且许谧的兄长许迈是王羲之的好友，许迈去世后，王羲之曾作《许先生传》。

《真诰》降辞仅有一处涉及王羲之，卷十六云："王逸少有事，系禁中已五年，云事已散。"因为杨羲能够通灵，可以获得来自"灵魂世界"的信息，故颇有信仰者前来询问亡者的情况；杨羲模拟上真的口吻给出答案，书写出来，便是"降辞"。这一条当是王家的后人在王羲之去世以后，从杨羲处获得的降辞。

陶弘景对这段降辞有长篇注释："即王右军也。受时不欲呼杨君名，所以道其字耳。逸少即王廙兄旷之子，有风气，善书。后为会稽太守，永和十一年去郡，告灵不复仕。先与许先生周旋，颇亦慕道，至升平五年辛酉岁亡，年五十九。今乙丑年，说云五年，则亡后被系。被系之事，检迹未见其咎，恐以忿憾告灵为谪耳。"

古代讲究"称名不敬"，针对降辞称"王逸少"，而不若其他降辞直呼亡者姓名，陶弘景专门注释说："即王右军也。受时不欲呼杨君名，所以道其字耳。"意思是说，上真在此处不称"王羲之"，并不是出于敬重王羲之，而是不愿意冒犯杨羲的"羲"字讳。由此证明，从宗教感情出发，杨羲在陶弘景心目中的地位也远远高于王羲之。

正因为此，陶弘景在《真诰》中颇为杨羲的书法叫屈。《真诰》卷二十说杨羲"工书画，少好学读书，该涉经史"。卷十九又专论书法："又按三君手迹，杨君书最工，不今不古，能大能细。大较虽祖效郗法，笔力规矩，并于二王，而名不显者，当以地微，兼为二王所抑故也。"意思是说，杨羲的书法出于郗愔（313—384）[1]，水平可以与二王并驾，只是两方面的原因导致名声不著，一者门第卑微，二者被二王的声威所压抑。

杨羲书迹留存至今者，仅有小真书《黄庭内景经》一种，多见于明代刻帖。就书法水平而论，这份《黄庭内景经》与王羲之《黄庭经》《乐毅论》、王献之《洛神赋》十三行相去甚远，如果确实出于杨羲的手笔，只能说陶弘景被信仰蒙住了双眼。

在陶弘景之前，南齐道士顾欢也曾搜集降辞，编辑为《真迹》，并以王羲之为许迈所作《许先生传》冠首。陶弘景对此颇不以为然，《真诰》卷十九批评说："又先生（指许迈）事迹，未近真阶，尚不宜预在此部，而顾遂载王右军父子书传，并于事为非。"究其原因，仍然是王羲之、许迈所信仰者为天师道，与杨许新创立的上清派，"道不同不相为谋"也。

陶弘景是不是真的不以王羲之书法为然呢，当然不是。在《与梁武帝论书启》中，陶主要以书法家的身份来讨论二王书法高下和传世右军书迹真赝。

宋齐以来，王献之的声誉居王羲之之上，如《南史·刘休传》说："元嘉中，羊欣重王子敬正隶书，世共

---

① 郗愔是王羲之的妻弟，工书法，亦参与杨许的降灵接真。

宗之，右军之体微轻，不复见贵。"虽经过刘休等人提倡，至陶弘景时代，仍然是"比世皆高尚子敬，子敬、元常，继以齐名，贵斯式略，海内非惟不复知有元常，于逸少亦然"。因此，梁武帝作《观钟繇书法十二意》，钦定书学座次：钟繇第一，王羲之第二，王献之第三，陶弘景在《论书启》中赞赏说："使元常老骨，更蒙荣造；子敬懦肌，不沉泉夜。逸少得进退其间，则玉科显然可观。若非圣证品析，恐爱附近习之风，永遂沦迷矣。"意即若非梁武帝之拨乱反正，王羲之的书名将永远沉沦。

《论书启》将王羲之书法分为三期，陶弘景说："逸少自吴兴以前诸书，犹为未称。凡厥好迹，皆是向在会稽时永和十许年中者。从失郡告灵不仕以后，略不复自书。皆使此一人，世中不能别也。见其缓异，呼为末年书。逸少亡后，子敬年十七八，全仿此人书，故遂成与之相似。"其中关涉最大的，是末年代笔人问题。

末年代笔人的观点令人惊诧，颇有必要加以辨明。这种说法不符合"人书俱老"的论艺传统，既与此前人士对王羲之晚年书法的评价相左，也少为后世论书者采纳。如刘宋虞龢《论书表》谓"二王末年皆胜于少"，"羲之为会稽，献之为吴兴，故三吴之近地，偏多遗迹也，又是末年遒美之时"。又说："羲之书，在始未有奇殊，不胜庾翼、郗愔，迨其末年，乃造其极。"而北宋曾巩《墨池记》也有"右军之书晚乃善"的论断。

那么，末年代笔之论又是从何而来，目的何在呢？《论书启》在"逸少亡后，子敬年十七八，全仿此人书，故遂成与之相似"之后，接着说："今圣旨标题，足使众识顿悟，于逸少无复末年之讥。"则代笔之论似乎由梁武帝"发明"，陶弘景只是重述而已。

在梁武帝而言，杜撰一位并不存在的"代笔人"，并让这位"代笔人"成为王献之的老师，可以起到割裂大小王之间"正宗嫡传"关系，从而降低小王的影响力；不特如此，也抹黑了王羲之晚年书法。按照《观钟繇书法十二意》中的说法，王羲之学习钟繇皆能"势巧形密"，而自运之作不免"意疏字缓"，并刻薄地说："譬犹楚音习夏，不能无楚。"这样做是为了抬高钟繇的地位，故在此句之后明确说："子敬之不迨逸少，犹逸少之不迨元常。"

在《陶弘景丛考》中，我专门举证："梁武帝如此之推美钟繇，确很难说是出于书法的原因，褒钟其实是为了贬王，结合前述王羲之家族的道教背景，不难看出，贬王的真正动机是排道。"在这样特殊的政治形势下，陶弘景只能表面上迎合梁武帝的意见，暗中抗争。

梁武帝虽然推美钟繇，其实连钟繇的真迹可能都没有见过，据虞龢《论书表》称："大凡秘府所录，钟繇纸书六百九十七字。"这是刘宋时内府收藏钟书的情况，迭经宋齐变迁，钟繇真迹已无只字得存。陶弘景在《论书启》中乃故意试探梁武帝："今论旨云，（钟繇）真迹虽少，可得而推，是犹有存者，不审可复几字。既无出见理，冒愿得工人摹填数行。脱蒙见此，实为过幸。"意思是：皇帝您在《观钟繇书法十二意》中提到，"钟繇真迹存世虽少，但笔力可以想见"，按此说法，内府一定还有钟繇的真迹留存，不知尚存几字。固然不敢求观真迹，希望令人双钩数行，也让我一饱眼福啊。

梁武帝只好承认："钟书乃有一卷，传以为真，意谓悉是摹学，多不足论。有两三行许似摹，微得钟体。"即内府也未收藏有可靠的真迹。

陶弘景又问："逸少学钟，势巧形密，胜于自运，不审此例复有几纸。垂旨以《黄庭》《像赞》等诸文，可更有出给理？自运之迹，今不复希，请学钟法。"这是很技巧的一段话，白话言之：如皇帝您的意见，王羲之学习钟繇的作品"势巧形密"，远胜于创作，不知这类作品内府存有多少？如《黄庭》《像赞》这类作品，可否赐我一观？至于王羲之"自运"之作，就不看了，还是遵旨学习钟繇吧。这段话里，陶弘景有意将王羲之的重要作品，如《黄庭》《像赞》等纳入"学钟"的范畴，即希望能确保这些精品属于"势巧形密"之作。

在另一封信中，陶弘景继续追问："逸少有名之迹，不过数首，《黄庭》《劝进》《像赞》《洛神》，此等犹得存否？"又一封信则道出欲观这些精品的缘由："惟愿细书如《乐毅论》《太师箴》例，依仿以写经传，永存冥题中精要而已。"即拟遵用这些小楷书的法度来抄写上清经典——此处正说明《真诰》对杨羲书法的表扬有些言过其实。

梁武帝忽然变得不耐烦，草率地回答说："及欲更须细书如《论》《箴》例，逸少迹无甚极细书。《乐毅论》乃微粗健，恐非真迹；《太师箴》小复方媚，笔力过嫩，书体乖异。"否定《乐毅论》与《太师箴》的创作水平，并说前者"恐非真迹"。

《乐毅论》是否王羲之真迹已难确知，但梁武帝这句话却肯定言不由衷。智永题右军《乐毅论》后云："《乐毅论》者，正书第一，梁世模出，天下珍之。自萧、阮之流，莫不临学。"褚遂良拓本《乐毅记》云："贞观十三年四月九日，奉敕内出《乐毅论》，是王右军真迹。"

最可注意的是智永说《乐毅论》"梁世模出，天下珍之。自萧（子云）、阮（研）之流，莫不临学"一句，如梁武帝果真以《乐毅论》为伪作，则不会有"梁世模出，天下珍之"一事，且萧、阮皆是武帝近臣，自能体会圣怀，二人亦不会临学。由此看来，梁武帝"恐非真迹"云云，必是敷衍之词①，目的是拒绝陶弘景进一步索看右军书迹。

惹梁武帝不快的，正是前引《论书启》中"依仿以写经传，永存冥题中精要而已"一句。梁武帝崇佛排道，自然不愿意把自家的"宝贝"借给陶弘景去摹写道教的经卷。

陶弘景也只好作违心之论："《乐毅论》愚心近甚疑是摹，而不敢轻言，今旨以为非真，窃自信频涉有悟。《箴》《咏》《吟》《赞》，过为沦弱。"不仅屈从梁武帝的意见，以《乐毅论》为伪迹，对前面提到的《太师箴》《像赞》等，也认为水平不佳。

这已经超越书法论辩的范围，而演化为佛道之间的宗教冲突。迫于压力，陶弘景虽然不断让步，迎合梁武帝对王羲之的劣评，但重新审视陶弘景关于王羲之代笔人的意见，"今圣旨标题，足使众识顿悟，于逸少无复末年之讥"，却另有深意：他巧妙地将不入梁武帝"法眼"的王羲之作品的创作权，全部推给了这位梁武帝杜撰的"代笔

---

① 今存《乐毅论》石刻本，卷末有"异、僧权"押署，即朱异、徐僧权，皆为梁武帝鉴定法书者，若此押署非伪，则更加证明梁代鉴定家确认为此论系真迹，那么，梁武帝在答复《论书启》时所说"（《乐毅论》）微粗健，恐非真迹"，完全是敷衍陶弘景。

人"①，从而使王羲之的书法形象少受损害。作这样议论的陶弘景，既是书法家，更是宗教家。

① 梁武帝的书法水平和鉴赏水平其实都不高。以书法而论，梁武帝在给陶弘景的信中承认："吾少来乃至不尝画甲子，无论于篇纸。"即于书法疏于练习。故唐李嗣真《后书品》以陶弘景为"中中品"，而列梁武帝为"下下品"。唐张怀瓘《书估》以陶弘景为第五等，谓"可敌右军草书四分之一"，梁武帝则不与焉。张怀瓘《书断》卷下评梁武帝书法："好草书，状貌亦古，乏于筋骨，既无奇姿异态，有减于齐高矣。"应是持平之论。就鉴定水平而言，陶弘景已经委婉揭露，梁武帝并没有见过钟繇真迹，却将其推崇到无以复加的地位。至于梁武帝对《乐毅论》真伪自相矛盾的态度，既失于鉴定家的严谨，又违背佛教信仰者的戒律，都令人对其书法鉴赏、书法理论水平产生怀疑。

二王法帖医药词汇笺释

二王法帖不仅是书法瑰宝，也是历史学、文学、语言学研究的重要材料，今择二王法帖中与医药有关的词汇试作笺释，以供研究者参考。

胡桃药与戎盐

王羲之《旃䍐胡桃帖》云：

得足下旃䍐、胡桃药二种，知足下至。戎盐乃要也，是服食所须。知足下谓顷服食，方回近之，未许吾此志。知我者希，此有成言，无缘见卿，以当一笑。

《右军书记》著录此帖，刻入《十七帖》《淳化阁帖》《澄清堂帖》等，收入《汉魏六朝百三名家集·王右军集》

卷一。

帖中"旃罽"是毛毯类纺织物,"胡桃"即是核桃,传说张骞从西域带回,《博物志》云:"张骞使西域还,乃得胡桃种。"因此,文句中"药"字应与胡桃骈联成"胡桃药",其后"二种"理解为旃罽与胡桃药两物较妥。

但"胡桃药"费解,尽管胡桃可以入药,唐代《食疗本草》谓食之可以"通经脉,润血脉,黑鬓发",常服"骨肉细腻光润,能养一切老痔疾",但毕竟作为干果食用为主。特称作"药",检索文献,此属于罕例。据宋《开宝本草》说胡桃"和胡粉为泥,拔白须发,以内孔中,其毛皆黑"。又云:"外青皮染髭及帛皆黑。"故疑"胡桃药"可能是某种染须发令黑的药剂。

此函乃是王羲之得到周抚赐下旃罽、胡桃药以后的回信。因为收到的两物都出自边地,所以自然就提到同样出自边地的"戎盐",注释诸家对此无异辞。

戎盐因出于戎羌(今西北的广大地区)而得名,《名医别录》说:"生胡盐山及西羌北地,酒泉福禄城东南角。"戎盐药用最早见于《五十二病方》,治癃病方提到"赣戎盐若美盐盈脽",这句的意思是说,用戎盐或美盐一小杯,满满地堆放在臀部。"戎盐"与"美盐"可以替换,因知戎盐是精制食盐一类。《魏书·崔浩传》北魏明元帝拓跋嗣赐崔浩"水精戎盐一两",这种戎盐似乎也是《本草图经》食盐条提到的"光明盐"之类。

但更多的文献则将戎盐解释为一种较粗的盐。陶弘景引李当之云："戎盐味苦臭，是海潮水浇山石，经久盐凝着石取之。北海者青，南海者紫赤。"这是以自然附着礁石的海盐为戎盐。《新修本草》说："其戎盐即胡盐，沙州名为秃登盐，廓州名为阴土盐，生河岸山阪之阴土石间，块大小不常，坚白似石，烧之不鸣炵尔。"这似乎是自然析出的盐碱，"鸣炵"疑是形容钾盐燃烧时的爆裂声，"烧之不鸣炵"，即不得含有钾盐的意思。日本正仓院保存有唐代戎盐标本，为褐色粉状物，除主要含氯化钠外，尚杂有硫酸钙、硫酸镁、硫酸钠等，考其组成，似能与《新修本草》的记载相吻合。

王羲之说戎盐"是服食所须"，姚鼐诗"家作道民输斗米，身惟服食乞戎盐"即咏此。戎盐为炼丹家重视，主要用来调制六一泥固济丹鼎，丹方亦用之，但道经未见有单独服食戎盐者。据《本草纲目》"戎盐"条引张果《玉洞要诀》云："赤戎盐出西戎，禀自然水土之气，结而成质。其地水土之气黄赤，故盐亦随土气而生。味淡于石盐，力能伏阳精。但于火中烧汁红赤，凝定色转益者，即真也。亦名绛盐。"则王羲之所服的或许是这种"赤戎盐"。

天鼠膏

王羲之《天鼠膏帖》云：

天鼠膏治耳聋，有验否，有验者乃是要药。

　　《天鼠膏帖》亦称《治耳聋帖》，《右军书记》著录，刻入《十七帖》，收入《汉魏六朝百三名家集·王右军集》卷一。包世臣《十七帖疏证》认为此帖与《旃罽胡桃帖》《服食帖》是一组，释天鼠说："天鼠即今飞鼠，毛赤而尖，苍白，似黑狐，蜀产也。"按其描述，这种天鼠（飞鼠）似指鼯鼠科复齿鼯鼠，有飞膜可以滑行。但在唐宋文献中，这种鼯鼠是传说中"寒号虫"的原型，如《嘉祐本草》说"寒号虫四足，有肉翅不能远飞"，描述的就是复齿鼯鼠，其粪便被称为"五灵脂"入药。

　　另据《神农本草经》有伏翼及天鼠屎，伏翼一名蝙蝠，为翼手目多种动物的通称，一般以蝙蝠科伏翼、东方蝙蝠较为常见；天鼠屎即伏翼的粪便。唐《新修本草》说："《李氏本草》云即天鼠也。又云：'西平山中别有天鼠，十一月、十二月取。主女人生子余疾，带下病，无子。'《方言》一名仙鼠，在山孔中食诸乳石精汁，皆千岁。头上有冠，淳白，大如鸠、鹊。食之令人肥健，长年。其大如鹑，未白者皆已百岁，而并倒悬，其石孔中屎皆白，如大鼠屎，下条天鼠屎，当用此也。其屎灰，酒服方寸匕，主子死腹中。其脑，主女子面疱，服之令人不忘也。"

　　还有一种说法，则以飞鼠为猞猁狲，即猫科动物猞猁。《清稗类钞》云："猞猁孙，亦作失利孙，《明一统志》

则谓之曰土豹。状如狸而耳大，有尾毛，可为裘。有马猞猁、羊猞猁、草猞猁等名，乌拉诸山皆有之。体轻能升木，满洲语谓之威呼肯孤尔孤，译言轻兽，即《广舆记》所称天鼠也。至青海所产者，则略大，齿尖，爪不露而锐，能猱升，食鸟雏，毛细长，灰褐色。毛根红者为上，灰色者次之，根白者又次之。"《旧唐书·吐蕃传》云"又有天鼠，状如雀鼠，其大如猫，皮可为裘"者即此。

三说中，以魏晋间李当之所著《李氏本草》与王羲之年代最接近，王帖所言"天鼠"为伏翼的可能性最大；但检本草、方书未见天鼠膏，亦不言寒号虫、伏翼或猞猁狲有治疗耳聋的作用，暂存疑。

狼　毒

王羲之《狼毒帖》云：

须狼毒，市求不可得。足下或有者，分三两停，须故。示。

《狼毒帖》刻入《淳化阁帖》，收入《汉魏六朝百三名家集·王右军集》卷二。

此句标点有需要讨论者。"停"指成数，总数分成若干份，每份叫作一停，此言"三两停"，即三两份的意思。

"故"在此处是陈旧之意，狼毒入药以陈久者良，如《名医别录》言"陈而沉水者良"，《开宝本草》狼毒条引别本注云："（狼毒）与麻黄、橘皮、吴茱萸、半夏、枳实为六陈也。"故言"须故"。句末的"示"为示告、示知之意。

王羲之欲求狼毒而不得也有具体原因。本草说狼毒"生秦亭山谷及奉高"，据陶弘景注释："秦亭在陇西，亦出宕昌，乃言止有数亩地生，蝮蛇食其根，故为难得。"狼毒稀罕，再加上东晋时代南北暌隔，出产于北地的药材，南方不容易买到，故陶弘景谓狼毒"俗用稀，亦难得"。

狼毒品种复杂，主流品种有瑞香狼毒和狼毒大戟两类，前者原植物是瑞香科狼毒，后者主要来源于大戟科狼毒大戟和月腺大戟。陶弘景在描述狼毒的时候，专门提到"蝮蛇食其根，故为难得"，尽管后世本草皆不以为然，而现代动物学证实，棕色田鼠喜食瑞香狼毒的块根，而田鼠又是蝮蛇的食物，于是有"蝮蛇食其根"的传说。此可证明瑞香狼毒确系古用狼毒品种，这应该是王羲之《狼毒帖》所欲市求者。

陶弘景说狼毒"是疗腹内要药尔"，《本草图经》云："葛洪治心腹相连常胀痛者，用狼毒二两，附子半两，捣筛蜜丸如桐子大。一日服一丸，二日二丸，三日三丸，再一丸，至六日又三丸，自一至三常服即差。"此方亦见《肘后备急方》，与王羲之时代相同。按，王羲之有腹痛之疾，如《上虞帖》说"吾夜来腹痛，不堪见卿，甚恨"。王羲之向友人乞狼毒，或许就是用来调配治疗腹痛方剂者。

清代吴其濬《植物名实图考》也议论涉及《狼毒帖》："狼毒和野葛纳耳中治聋，王羲之有《求狼毒帖》，岂亦取其能治耳聋如天鼠膏耶？"按，《抱朴子内篇·杂应》云："（其既聋者）或以狼毒、冶葛，或以附子、葱涕，合内耳中。"此别是一说，录此以备参考。

女萎丸

王羲之《女萎丸帖》云：

知足下哀感不佳，耿耿。吾下势腹痛小差，须用女萎丸，得应甚速也。

《女萎丸帖》著录于《右军书记》，收入《汉魏六朝百三名家集·王右军集》卷二。此帖也谈到腹痛，但"下势"两字费解。按，"势"可指睾丸，牵连睾丸而痛，则似为疝气。《类证治裁》卷七云："疝气者，小腹坠痛，控引睾丸。"将疝气小腹疼痛称作"下势腹痛"未见旁证，只能根据"女萎丸"来推测。

在《本草经集注》中女萎与葳蕤并为一条，陶弘景说"今疗下痢方多用女萎"，《本草图经》专门指出："胡洽治时气洞下蠹有女萎丸，治伤寒冷下结肠丸中用女萎，治虚劳小黄芪酒云下痢者加女萎。"

女萎治痢诸家无异辞，名实则有不同看法。根据陶弘景的意见，这种女萎与葳蕤一样，是百合科玉竹之类；《新修本草》另立女萎条，则是毛茛科植物女萎。据《千金要方》卷十五，治"热病时气下赤白痢遂成𧏾"有女萎丸，处方用女萎、乌头、桂心、黄连、云实、藜芦、代赭七物为末，蜜和丸如梧子大，服二丸。由此看来，无论是女萎还是女萎丸都以治痢为主，则《女萎丸帖》中的"下势腹痛"解为疝气腹痛，于医理不合，应该还是释作泻痢腹痛为好。

因疑"势"在此处表状态，"下"即下痢腹泻，"下势"乃指腹泻的程度，据后文说已经"小差"。按，"下"为下痢没有问题，《新修本草》引李当之即言女萎"止下，消食"。按此理解，此条应标点为"吾下势、腹痛小差，须用女萎丸，得应甚速也"。意思是说，自己泻痢的状态和腹痛的情况都有所减轻，还需要使用女萎丸，取效甚快。但这样解释也是孤例，聊备一说耳。

鸭头丸

王献之《鸭头丸帖》云：

鸭头丸故不佳。明当必集，当与君相见。

《鸭头丸帖》著录于《宣和书谱》，收入《汉魏六朝百三名家集·王大令集》，唐摹本墨迹藏上海博物馆，凡两行十五字。鸭头丸是中医治疗水肿的方剂，《新修本草》"白鸭屎"条说："古方疗水用鸭头丸。"此方以绿头鸭之头及血入药，因此得名鸭头丸。《本草图经》"葶苈"条载有鸭头丸的详细炼制方法，录出备参："河东裴氏传，经效治水肿及暴肿：葶苈三两，杵六千下，令如泥。即下汉防己末四两，取绿头鸭就药臼中截头，沥血于臼中，血尽，和鸭头更捣五千下，丸如梧桐子。患甚者，空腹白汤下十丸，稍可者五丸，频服，五日止。此药利小便，有效如神。"

按，王献之在书信中多次提到自己的肿疾，如《近与铁石帖》说："仆大都小佳，然疾根聚在右髀，脚重痛不得转动，右脚又肿，疾侯极是不佳。"《法书要录》卷十《大令书语》云："近雪寒，患面疼肿，脚中更急痛。"《忽动帖》对病情说得更详细："忽动小行多，昼夜十三四起，所去多又风，不差，脚更肿。转欲书疏，自不可已。"此言小便频数而兼有水肿，大致可以判断为肾脏疾病。王献之又有《肾气丸帖》说："承服肾气丸，故以为佳。献之比服黄耆甚勤，平平耳。亦欲至十齐，当可知。"所服肾气丸，当即《金匮要略》言"虚劳腰痛，少腹拘急，小便不利者，八味肾气丸主之"者，如此也支持肾病的诊断。

肾病可以因水钠潴留或低蛋白血症引起水肿，简单症状描述无法进一步分型讨论，王献之因水肿病而使用鸭头丸，则显而易见。王献之仅活了四十三岁，或许就是死于慢性肾功能衰竭吧。

地黄汤

王献之《地黄汤帖》云：

> 新妇服地黄汤来，似减。眠食尚未佳，忧悬不去心。君等前所论事，想必及。谢生未还，可尔。进退不可解，吾当书问也。

《地黄汤帖》亦名《新妇帖》，《宣和书谱》著录，刻入《淳化阁帖》卷十，亦见《绛帖》《大观帖》《宝贤堂法帖》等。《墨池编》录有全帖，亦收入《汉魏六朝百三名家集·王大令集》。此帖唐摹本墨迹今存日本书道博物馆，凡六行四十四字。

新妇即子妇，亦可指弟妇，此帖前数句的意思是说，新妇服用地黄汤后，症状减轻，但眠食尚未完全改善，还不能令人放心。地黄汤有多种，王献之作为非医学人士，书札中的简单描述，有效信息太少，只能略加推断。

"眠食尚未佳"，意即睡眠障碍、食欲降低等疾病症状，在用药后未获明显改善。因为眠食对患者和患者家属而言，是极容易把握的症状，也是普通人讨论健康状态的常用指标，如王羲之《豹奴帖》云："羲之顿首，昨得书问，所疾尚缀缀，既不能眠食，深忧虑悬。"此言用药后眠食差的状况未得改善，由此看前一句言病情"似减"，更像是对治疗无效的委婉表达。

地黄汤有多种，如果以眠食失调为主要症状，张仲景治百合病的百合地黄汤最为接近。所谓"百合病"，《金匮要略·百合狐惑阴阳毒病脉证并治》云："百合病者，百脉一宗，悉致其病也。意欲食，复不能食，常默然，欲卧不能卧，欲行不能行；饮食或有美时，或有不用闻食臭时；如寒无寒，如热无热；口苦，小便赤；诸药不能治，得药则剧吐利。如有神灵者，而身形如和，其脉微微。"按，百合病近于现代医学之神经官能症的某些类型，此病女性罹患率明显高于男性。《金匮要略》为百合病提供的治疗处方，其中一种即是百合地黄汤，原书说："百合病，不经吐、下、发汗，病形如初者，百合地黄汤主之。"疑此帖涉及的新妇，所患乃是百合病，即神经官能症一类，经用百合地黄汤治疗，效果不明显，故王献之在与友人信札中表示担心。

礜 石

王献之《礜石帖》云：

兄静息应佳，何以复小恶耶？伏想比消息，理尽转胜耳。礜石深是可疑事，兄憙患散，辄发痈，势为积乃不易，愿复更思。

《礜石帖》亦名《静息帖》，见《法书要录》卷十之《大令书语》，亦见《汉魏六朝百三名家集·王大令集》；《淳化阁帖》卷九刻此，亦见《绛帖》《大观帖》《玉烟堂法帖》等。

黄伯思在《法帖刊误》中专门拈出此帖，针对魏晋人服散，评论说："散者，寒食散之类。散中盖用礜石，是性极热有毒，故云'深可疑'也。刘表在荆州，与王粲登障山，见一冈不生百草，粲曰：此必古冢，其人在世服生礜石，热蒸出外，故草木焦灭。凿看果墓，礜石满茔。又今洛水冬月不冰，古人谓之温洛，下亦有礜石。今取此石置瓮水中，水亦不冰。又鹳伏卵以助暖气，其烈酷如此，固不宜饵服。子敬之语实然，聊附于此。"

礜石有毒，《说文》云："礜，毒石也，出汉中。"《山海经·西山经》说："（皋涂之山）有白石焉，其名曰礜，可以毒鼠。"因为可以药鼠，所以白礜石《吴普本草》一名鼠乡，特生礜石《名医别录》一名鼠毒。按，礜石是砷黄铁矿的矿石，又名毒砂，化学组成为 $FeAsS$。这种矿石常呈银白色或灰白色，久曝空气中则变为深灰色，所以有白礜石、苍礜石、苍石、青分石诸名。

魏晋间人服食寒食散，所谓"非唯治病，亦觉神明开朗"，其处方隐秘，说者不一，从本帖来看，其中使用礜石一类砷化合物，应该是确定无疑者。

《容斋四笔》卷四也引用黄伯思关于《礜石帖》的议论，又补充说："予仲兄文安公镇金陵，因秋暑减食，当涂医汤三益教以服礜石圆，已而饮啖日进，遂加意服之，越十月而毒作，鼻衄血斗余，自是数数不止，竟至精液皆竭，迨于捐馆。偶见其语，使人追痛，因书之以戒未来者。"文安公乃是洪迈之兄洪遵，淳熙元年（1174）听信庸医的建议，服礜石圆，毒发身亡。

此礜石圆不知出处，摄入少量的砷剂可以刺激骨髓造血机能，增加红细胞数，精神振奋，久之则死于砷中毒。《本草纲目》"礜石"条发明项亦引《容斋四笔》此条，李时珍辩解说："时珍窃谓洪文安之病，未必是礜石毒发。盖亦因其健啖自恃，厚味房劳，纵恣无忌，以致精竭而死。夫因减食而服石，食既进则病去矣，药当止矣，而犹有服之不已，恃药妄作，是果药之罪欤。"这种看法显然不妥，仅仅是因为"减食"而使用毒性药物，实在是得不偿失。回头来看，王献之能提出"礜石深是可疑事"，反倒是正确的见解。

吴大澂的艺文与事功

我对近代史缺乏深刻了解，曾作《近代书林品藻录》，根据艺术特点把吴大澂归入"高古"一格，引言部分有一段议论：

吴愙斋（大澂）本是书生，而好言武事。光绪十二年（1886）与依克唐阿勘定中俄边界，订《中俄珲春界约》，立铜柱。镌愙斋手书文字云："疆域有封国有维，此柱可立不可移。"此其平生最可心之事。二十年甲午（1894）中日战争，愙斋请缨，督师辽东。牛庄一役，王师败迹。愙斋颇不为清议所容，京下谚云"吴清卿一味吹牛"，遂革职返乡，郁郁而终。三十年后，顾起潜（廷龙）作《吴愙斋先生年谱》，始为辩诬。顾颉刚有评论云："自甲午一役，谁不以卤莽咎先生者，咎之不已，更诮之曰浮夸。讹言朋兴，前后相继，耳食者遂信为实然。及读此编，乃识先生一生未尝以一己之荣华而忽生民之涂炭，又未尝以外人之逼迫而隳国家之尊严。其谋国之忠，任事之勇，实迥非常人所可及。"顾谱既出，愙斋先生于泉下可以瞑目矣。

或许因为这一段隔靴搔痒的文字，友人以所藏吴愙斋手书《皇华集》付梓行，一定要我写篇文字。《皇华集》是光绪十二年吴大澂赴珲春勘界时纪程的诗作，兼具史料与艺术价值。佛头哪敢着粪，勉力将相关材料剪裁出来，聊以赞成其事。

一

册页正文十九开，封面吴湖帆笺题"愙斋公塞外诗五十二首手迹"，旁注"吴氏家藏之宝之一"，署"燕翼宝藏"。末开有吴湖帆题记：

光绪丙戌之春，尚书公奉使吉林珲春勘界，再度出塞，有日记一卷，题曰"皇华纪程"。此诗稿五十二首，载入日记者五十首，盖书在纪程之后也。今诗存所辑《皇华集》，即据此录入。《皇华纪程》册今藏南皮张忠孙表兄处，曾影印专本云。戊寅岁暮，孙湖帆敬识。

据《愙斋自订年谱》，"因俄人侵占吉林黑顶子地方，久未勘明，俄国公使请两国各派大员会同履勘。俄王已派巴拉诺伏，约是春会勘边界，余奉命与珲春副都统依克唐阿会同勘界"。吴大澂衔命后，作《丙戌奉使赴珲春会同俄官查勘边界换立石牌纪事》四首，气势极壮，册页第一开写此，《皇华纪程》也以这组诗冠首（文字略有不同）。诗云：

帝重申圻根本图，临轩特与使臣符。西邻疆域侵陵计，东土屏藩久远谟。占地无多互樛葛，立牌有记莫枝梧。从来忠信行蛮貊，凭仗皇威镇海隅。

昔日东来部曲从，羽书星速夜传烽。七年蓄艾知何补，两度皇华岂易逢。驿路已忘曾宿处，云山不改旧时容。中原无事鲸波息，坛坫何妨效折冲。

防患尤宜策未然，强邻渐与外藩连。欲从两界留中道，直为三韩计万年。铸铁岂容成大错，临机只在着先鞭。珠槃玉敦雍容会，袖里乾坤要斡旋。

词锋敢骋笔如杠，圣德怀柔逮远邦。牛耳当年盟未久，犬牙何事气难降。分流溯到松阿察，尺地争回豆满江。我欲题铭铜柱表，问谁来遣五丁扛。

吴大澂一直留心东北边务，早在光绪六年（1880）由李鸿章保举，吴"赴吉林帮办一切事宜"。数年间，他多次"轻骑简从，携带帐篷，裹粮而行"，往来吉林、三姓、宁古塔、珲春之间，规划屯垦，勘察边界。巡查中注意到俄方已经侵占珲春黑顶子地方。黑顶子位于图们江下游北岸，处于中俄朝交界点，北距珲春八十里，与俄界岩杵河隔界相望。吴大澂深感事态严重，特奏请"颁发咸丰十一年原定旧图，由将军派员与俄官订期会勘更正"。他在奏折中说：

> 查咸丰十一年中俄条约载明分界地段，由珊布图河口，顺珲春河及海中间之岭至图们江口，其东皆属俄罗斯国，其西皆属中国。现在吉林将军衙门存案地图所画红线，并不以海中间之岭为界，是地图与条约显有不符之处。近来俄人侵占珲春边界，竟将图们江东岸沿江百余里，误为俄国所辖之地，并于黑顶子地方安设俄卡，招致朝鲜流民在彼垦地，已有二百数十户。若不及早清理，珲春与朝鲜毗连之地，大半为俄人窃据。其隐然觊觎朝鲜之意，已可概见。

因为中法战争爆发，勘界之事暂时搁置下来。吴大澂奉派会办北洋事宜，但于东北边事仍未忘怀，乃上折建议：

> 由总理各国事务衙门与俄官驻京公使订明派员会勘日期，知照吉林将军遴派妥员前往，会同俄使，按照两国画

押铃印之旧图，勘明黑顶子地方与图们江相去几里，由两国会勘之员，将黑顶子字样添注图中。知该处显然在红线界内，确系中国地方，即俄人旧卡一时未能遽撤，有此图据，彼曲我直，不难与之辩论。此事关系中俄边界，断不能任其久假不归。至俄人性情诡谲，变幻无常，久在圣明洞鉴之中。稍一松动，得步进步，亦不可不防其渐也。

此后，吴大澂又多次奏请，终于在光绪十一年（1885）年末被委派为"全权勘界大臣"，与珲春副都统依克唐阿会同勘界，次年正月即由天津出发，奔赴吉林。这四首诗即是吴大澂在旅途中所作，他对边界形势了如指掌，谈判预期非常明确，面对"西邻疆域侵陵计"，需要为国家作"久远谟（谋）"。希望通过谈判，"分流溯到松阿察，尺地争回豆满江（图们江）"。如诗中自注，"俄人所占黑顶子与朝鲜仅隔一江，不无觊觎小邦之意"，所以"欲从两界留中道，直为三韩计万年"。

吴大澂对勘界谈判有充分信心，根据《愙斋自订年谱》，农历二月中旬经过吉林时，他"自书铜柱铭"交宋渤生代刻。文字已经预先撰好："光绪十二年四月，都察院左副都御史吴大澂、珲春副都统依克唐阿奉命会勘中俄边界。既竣事，立此铜柱。铭曰：疆域有封国有维，此柱可立不可移。"这组诗的末句，"我欲题铭铜柱表，问谁来遣五丁扛"，即是说此。勘界完成，这块铜柱立在中俄交界的长岭子。光绪二十六年（1900）俄军侵占珲春时，竟将"可立不可移"的铜柱碎为两段，掠往俄境，现置伯力博物院。

二

光绪十二年二月初六至十二日，吴大澂自沈阳往吉林途中心情极好，诗兴大发，作绝句二十首，占咏旅途所见：

过了冰河便雪山，严寒巳去又重还。我来迅速春来缓，未许东风带出关。

记得当年度陇诗，偶从雪里见花枝。而今行过辽阳路，正似天山五月时。

吴大澂二月二十九日至五人班关清德家，据《皇华纪程》说："即余辛卯年所构之屋，手书'清乐乡'三字额犹在焉。清德钓得细鳞鱼二尾饷余，作诗一绝句谢之。"诗题《赠清乐乡关清德》，原注："俗名五人班，余改为清乐乡。"诗云：

美君身似地行仙，五老来游此数椽。钓取双鱼来饷客，寿如孤鹤不知年。

此行许多诗篇都流露出故地重来的喜悦：

车马喧阗趁夕曛，山村士女笑纷纭。皇华诗意无人解，道是鸡林旧使君。

新晴天气觉风和，十里平冈策马过。盼到莲花街里去，逢迎官吏故人多。

马前父老望春台，六七年中往复回。一笑又登欢喜岭，只疑身入故乡来。

早在光绪六年，吴大澂受命"赴吉林帮办一切事宜"，以督办东北边防事务为主。数年之间，训练新军，修筑炮台，招抚金匪，筹措屯垦。屯垦尤其是安边的大计，据《吴愙斋先生年谱》引"记吴愙斋中丞筹边遗迹"说，公"督办吉林边务，规屯垦为实边之计。南起珲春，北至密山，开驿道八百里，置靖边军列戍其间，而上城子为北路之汇"。又云："粮台驻兵五百，东西路为汛，五汛置八人，且耕且守，枪精利，匪绝迹。公则时时自南路来，劝农讲武。"吴大澂一边遣人在山东之青、莱、登州招募屯兵；一边由宁古塔渡穆棱河赴三岔口查勘荒地，招民开垦。相度地势，安设屯兵，"俾户口渐增，荒芜渐辟，粮草渐足，商旅渐通。近可为边氓生聚之计，远可备严疆捍卫之资"。

光绪七年，吉林将军铭安、督办吴大澂上"请将塔、珲境内招垦新荒，一概不取押荒钱"的奏折，鉴于宁古塔、珲春地区招垦伊始，民情不踊跃的实际情况，取消新领荒地一垧，需缴纳"押荒钱"的规定。不久即委派李金镛到珲春，设立珲春招垦局，局下设有春和社、春芳社、春华社、春明社、春融社、春样社等六个垦荒社。招垦局拟出珲春、宁古塔地区的招垦章程，主要内容包括：

（1）因珲春、宁古塔等处旷土甚多，山荒地僻，人马不通，行旅往来视为畏途。垦户在交通要道盖房，官发补贴，每户盖二到三间，每间由招垦局拨津贴银八两。（2）对领地垦户，免交押荒钱。应收地租，其目的在"以舒民力"。（3）为垦户代购耕牛。因新垦荒地"所需牛马费较多"，"贫民力难自购"，垦局特从朝鲜购 1000 头牛，拨给垦户，"收其半价，令三年内全数缴清"。（4）垦户领地标准，一般每户给地 30 垧，"不敷垦种者，准其并垦两户之地共六十垧"，小户之家不能承种者，"准其两家合耕三十垧"。但"不准其多领，转相授受"。

这次重履旧地，当年的安排已经初具规模，吴大澂无比欣慰。三月初一宿凉水泉（今图们市凉水镇），想起五年前经行此地，仅有数户人家，曾题"劝农所"勉励。此番重来，见人丁兴旺，阡陌纵横，于是作了一首古风：

我初度地凉水泉，六十里中无人烟。膏腴一片空弃捐，临江四顾心茫然。命工起构屋数椽，曰劝农所三字悬。屋成之岁辛巳年，作者七人始来田。朝出耦耕荷锄便，夜归一饭解衣眠。从此垦辟相蝉联，满篝满车歌十千。自我移师北海边，两年跋涉忧心煎。梦魂不到蟠岭巅（原注：蟠岭在凉水泉南四十里），重来一宿有前缘。但见西陌与东阡，鸡犬家家相毗连。五尺童子衣争牵，瞻望使君犹拳拳。遥指一屋小如船，手书篆额犹在焉。嗟我风尘未息肩，白云飞鸟何时还。安得买山古渎川，相忘耕凿唐虞天。

三

因为准备充分，光绪十二年吴大澂勘界之行看难实易。从《皇华纪程》看得出，他一路好整以暇，或继续篆书《论语》，以备上海同文书局石印；或校释钟鼎款识；欣赏汉碑拓本；研究女真文字。经过铁岭时，县令陈鹤舟来访，因为陈曾任怀仁县令，于是吴大澂专门请教怀仁县好大王碑的情况，并获赠拓本一份。吴大澂记录说："鹤舟赠余拓本一分，字多清朗，文理不甚连贯，盖以墨水廓填之本，与潘伯寅师所藏拓册，纸墨皆同，惜不得良工一往椎拓耳。"

吴大澂一路诗兴甚高，雅俗并蓄。《途次杂咏》云："枯树留根积藓斑，更无枝叶不容删。天然秀削成螺髻，便是东坡木假山。”老树枯根，在诗人眼中也不亚于三苏父子家藏的木假山。乌拉草是“东北三宝”之一，贫人取茎叶锤打后放入毡靴，可以御寒防冻，吴大澂有诗及此：“莫道行踪类转蓬，知寒知暖是乡风。踏冰天气家家便，献曝人情处处同。参可延龄犹有病，葵能卫足总无功。何如束草随身具，春在先生杖履中。”末句“春在先生杖履中”，乃化用苏轼《寄题刁景纯藏春坞》颔联“年抛造物陶甄外，春在先生杖屦中”。

旅途中遥见伊通河北有两山，东西并峙，大小相等，土人不知其名，吴大澂忽来雅兴，说：“此东天姥两乳也。”于是赋诗云：

两峦左右齐，端如双玉乳。山顶宜有泉，甘美胜酒醹。饮之令人寿，童颜可再睹。此山本无名，名以东天姥。北为长春城，万商于兹聚。地脉非偶然，一乳所含煦。

吴大澂是大收藏家，精研古器物之学，所著《窓斋集古录》乃是一生心力所聚。《皇华集》诗篇中偶然也拈古物为比兴，无愧金石家的本色。《赠八十老人孙立美》诗结句说“始知安乐乡侯贵，不慕千秋万世名”，这是用汉印“安乐乡侯”入诗。在宁古塔重逢副都统容峻峰（山），乃作《题宁古塔行馆抱江楼兼呈容峻峰都护》七律，颈联说：“旧事思量纪龙节，新图商榷定鸿沟。”句中“新图”

是指这次勘界行动，至于"旧事"，顾廷龙《吴愙斋先生年谱》引王同愈的意见："辛壬之际，先生在宁古塔时，与容峻峰往还甚密，依江作楼，以为行馆，名之曰抱江楼，弈饮其中，殊多雅乐。此'忆昔临江筑小楼'一语，盖纪实也。"其实，"龙节"也是典故，光绪六年吴大澂将赴吉林，为壮行色，友许延暗（煦堂）以所藏龙节相赠，大澂因赋《龙节歌》酬答，诗云：

闾阖门开双凤紫，征袍不脱朝天子。诏下喧传出塞歌，鸡林道上扬鞭始。故人饯我长安城，手持龙节赠我行。古铜长尺有二寸，篆书两面九字精。秋堂拓本侃叔考，积古斋中著名早。旧藏安邑宋芝山，此说闻之叔未老。王命发棠以振贫，臣名名惠乃惠人。古无庵字通阴暗，赁檐一所栖流民。周官荒政此遗制，文体分明六国字。商瞿周钺相辉煌，壮我行囊拜君赐。前年泛粟使晋邦，今年击楫松花江。嗟我苍生色犹菜，朔风刁斗吹边腔。愿矢丹心一寸铁，锁断江流千尺雪。万古不磨视此节，浩然挥手与君别。

《周礼·地官》"凡邦国之使节，山国用虎节，土国用人节，泽国用龙节"，郑玄注："泽多龙，以金为节，铸象焉。"龙节代表王命，所以诗的结句说"国恩未报归程远，敢把闲情寄白鸥"，也是非常之得体。

光绪十二年九月，勘界事顺利告竣，吴大澂顿觉轻松，乃作《遣兴》诗云："落落书生戎马场，吟怀久似石田荒。军符暂卸无留牍，诗草重编欲满囊。春去何心恋风月，夜来有梦到池塘。短歌不复计工拙，聊遣关山行路长。"

这份册页止于《遣兴》，检《愙斋诗集·皇华集》还有两首诗，作于返程途中。吴大澂乃是从海参崴乘海轮到天津，《海上书所见》云："三尺银鳞海上游，奋鳍忽跃入船头。舵师惊讶儿童喜，休咎由来不自由。"船经朝鲜东南海面，见三山罗列，景色奇特，疑即传说中的海上三神山，于是绘海上三神山图卷，并题长歌：

扶桑日出晓云开，双轮鼓荡走风雷。海波西折斗转魁，使君勾当公事回。三韩以东，山势多崔巍。六鳌驾我游蓬莱，忽见奇峰叠浪堆。危岸峭壁惊欲颓，有木曰屺无木岵。俯视五岳凌三台，金焦二山皆舆台。秦皇汉武空徘徊，不见此烧相疑猜。求仙采药真可哈，方壶圆峤安在哉。今我壮游穷八垓，南溟北渤眼界恢。愧无渔山石谷才，呼童涤研洗金罍。模山一角未点苔，天风浪浪苦相催。回首烟峦重溯洄，笔所未到意已该。安得画师妙手为剪裁，皴擦钩染此胚胎。飘然意象超尘埃，会当一饮三百杯。

四

吴大澂兼政治家、学问家、收藏家、艺术家多重身份。这一册手书《皇华集》，就书法水平而言，不过是帖括功夫，稍稍益以黄山谷的笔墨姿态，与他雅拙相生的篆书尺牍比起来，谈不上如何特出。但文章内容却是吴大澂毕生事功之实录，所谓"书为心画"，这样的作品也因此称得上书法巨迹了。

褚德彝与龙门药方

药方刻石在全国有多处，年代最早、内容最多、影响最大者首推洛阳龙门石窟中的药方碑。

北魏太和十八年（494）孝文帝将都城从平城（今山西大同）迁到洛阳，信仰佛教的达官贵人、普通民众，开始在伊水河岸的石壁上穿凿洞窟雕镌佛像，由此揭开龙门石窟的序幕。

在龙门西山古阳洞与奉先寺之间有一座中型洞窟，因为镌刻药方，故得名"药方洞"。药方洞的开凿时间约在北魏孝明帝后期，初具窟形后，可能还没有来得及造像，就因为尔朱荣发动的河阴之役（528）而中辍。一般认为，今存窟内正壁的一佛二弟子二菩萨共五尊大像，与石窟门外的二立柱、二金刚力士，窟门上方的大碑及左右飞天，为同期制作，时间为北齐后期或更晚。药方洞共有三处刻有药方：门券右侧，此侧有造像小龛，其下有北齐武平六年（575）都邑师道兴造像记，为了避让造像记，此处的药方又分为三部分，即造像记下方，造像记左侧上部，造像记左侧下部；门券左侧，这是龙门药方刻石中面积最大的一块；洞内东壁北魏永熙三年（534）造像记和小七佛之右方和下方。

药方本身没有提供任何有关镌刻信息，而与之毗邻的都邑师道兴造像记则年代和功德主要素齐全。更因为造像记中有"若不勤栽药树，无以疗兹聋瞽"之语，所以早期金石文献通常把道兴造像与龙门药方视为一体，著录为"北齐都邑师道兴造像并治疾方"，将道兴造像的北齐武平六年作为龙门药方的制作时间，乃至径称为"北齐药方碑"。

顾炎武最早提到药方洞的道兴造像，《金石文字记》卷二"龙门山造像记"条说："余尝过而览之，既不可遍，惟此武平六年者书法差可，画方格如棋局，而其半亦已磨灭。"但没有涉及与之毗邻的药方。

大约从毕沅《中州金石记》开始，药方与造像被视为一体，该书卷一"都邑师道兴造像并治疾方"云：

武平六年六月刻，正书，在洛阳。刻凡二幅，上有小释迦像，下有记述刻药方及造象之事，云都邑师道兴"乃抽簪少稔，早托缋门"，"缋"即"缁"之俗耳。下为疗上气咳嗽，腹病体肿诸方。

清代金石文献以王昶《金石萃编》著录最详，该书卷三十五第一次全文抄录造像记及位于门券两侧的全部药方①，并转载顾炎武、毕沅的跋文，然后有长篇考论。此后武亿《授堂金石跋》、陆增祥《八琼室金石补正》、洪颐煊《平津馆读碑记》、朱士端《宜禄堂收藏金石记》等，于王昶所录碑文颇有补缺订讹之功。清末金石家对龙门药方留意尤多，缪荃孙、叶昌炽、柯昌泗等皆有专论②，而以褚德彝研究最深。

褚德彝（1871—1942），原名德仪，清末避溥仪讳改名，号礼堂，又号松窗，浙江余杭人。褚德彝擅长书画篆刻，精通金石碑版，收藏甚富，有志于补足王昶的《金石萃编》。金石著作极丰，《金石学续录》《竹人录续》《壬寅消夏记》《武梁祠画像补考》《龙门山古验方校证》《松窗金石文跋尾》《香篆楼胜录》《角茶轩金石谈》《松斋书画编年录》《散氏盘文集释》《云峰山郑氏摩崖考》《审定故宫金石书画日记》《石师录》《续古玉图考》《元破临安所得书画目校证》《汉刻甄微》《学隶浅说》等近二十种，皆为有价值之著述，可惜大半未传。

① 《金石萃编》未注意到洞内南壁还镌刻有药方。
② 三家意见分别见《艺风堂金石文字目》卷二"（北齐）龙门造像十六段"、《语石》卷五"医方一则"、《语石异同评》卷五。

褚德彝著作中之《龙门山古验方校证》，据所著《金石学续录》书末所附"松窗所辑书目"为两卷，未能流传下来。褚德彝经手过眼的龙门药方拓本甚多，目前所见，尚有整纸拓本与剪裱册页各一件，皆有长篇题跋，可以了解他收藏龙门药方拓本情况，并略窥其研究成果。

　　整纸拓本今由广州中医药大学医史博物馆收藏，装裱为甲乙两轴。甲轴由两纸拓片缀裱，其上为"凸"形道兴造像及造像记，下方是108.5cm×61.5cm的药方拓片，审其内容为门券右侧"疗上气咳嗽腹满体肿方"一段；乙轴拓片107.5cm×68cm，为镌刻在门券左侧的药方，裱本剪失拓片上部，故每行文字无法顺利连读。两轴上有褚德彝题跋三段：

　　此方刻于龙门山老君洞，《访碑录》及《萃编》均题为"古验方"。偶阅日本康赖所撰《医心方》，其采集古经方甚多。康本唐人，故其所辑方书皆吾国唐以前逸书，中引"龙门方"百许条，余以是刻校之，文字悉合，惟其中一病数方者，石刻间有芟落，盖为省刻计。石刻残泐者亦可据刻本订补。日本《和名本草》引作《龙门百八方》，今以石刻核之，凡所治疾四十种，一百三十二方，或石刻残泐失之。余曾撰《校证》二卷。丙子年（1936）夏五，褚德彝记。

　　此疗上气咳嗽一角，康熙年已残泐矣。

光绪甲辰得于嘉兴新篁里张氏。壬申岁（1932）秋漆月付装裱，褚德彝记。

褚德彝晚间将此拓本售与中山宋大仁（1905—1985），宋大仁根据拓本摹写龙门药方释文，装为丙轴，其上亦有褚德彝题跋：

余藏唐以前石本颇富，曾以明拓古验方赠宋君大仁。君书其释文，装裱见示，洵好学之士也。余于光绪庚子年（1900）据日人康赖所录《龙门百一方》，因撰《考证》为二卷。其中订正王述庵之异同伪谬者约五百余字。一时承学之士，皆目为见所未见。余极思付之影印，庶可公诸同好耳。春雨初霁，庭生众绿，因识数语，以识一时墨缘。壬午（1942）二月十四日，洞霄真逸褚德彝，时年七十二。

此件是龙门药方早期拓本，曾经清代著名金石家张廷济、沈树镛收藏。但褚德彝将其考订为"明拓"，年代或许过早，取与《金石萃编》录文对勘，如范行准先生所言，其"残泐处《萃编》犹存，《萃编》缺者，此无不泐"①。

① 见拓本上范行准（1906—1998）题跋。

其传拓时间应在清初，略晚于王昶《金石萃编》录文所据拓本。

另一件为剪裱本，私人收藏。册页封面有褚德彝隶书题笺"北齐龙门方"，署款："旧题道兴古验方，庚午（1930）夏五裱成，松窗记。"钤白文"褚德彝印"。扉页隶书题"北齐道兴古验方"，署款："光绪年拓本，辛未（1931）岁十月二十六日，德彝记。"钤白文"褚德彝印"，朱文"松窗"。拓本有褚德彝多处批校，其中一处批注说："据所藏清仪阁本补。"钤盖"褚氏""松窗""礼堂""褚礼堂""德彝之玺""松窗藏碑本印"朱白文印章多枚。册末有褚德彝题跋数段：

北齐道兴造象后附治疾方在洛阳龙门山，王兰泉、毕秋帆皆以古验方目之，隋唐经籍志均未著录，前人医方中亦均未言及。偶检日本康赖所撰《医心方》，见其所采经方皆中国唐以前逸书，其中所引《龙门方》百余条。余亟取拓本校之，文字悉合，惟其内一病数方者，石刻间有缺少，当省刻计。然石刻残缺之处，皆可据以校补，亦有刻本传写之讹，赖石刻订正者。知唐以前此方必有传本，南北朝屡经丧乱，遂致此方不传耳。日本《和名本草》引作《龙门百八方》，今以石刻核之，凡所治疾四十种，一百三十二方，又溢出《和名本草》所称之外；或所称"百八方"乃指所治之病言，则合《医心方》所引，又得四十方，其不足之故，度石刻残泐失之，或为僧人另刻造象者磨去，亦未可知，与《和名本草》所称百八之数，亦不甚相远矣。此方向无传本，赖重崖残刻、岛国古籍，得以存其什一。六朝经方存世者，如《葛氏肘后救急》诸方，半为后人掺乱，无裨医学。道兴所刻诸方，虽出残泐之余，而证以唐以前诸经方，皆多契合，良足珍贵。惟崖刻日久崩裓，文字日见磨泐。曾得仁和魏氏绩语堂藏本，以王氏《萃编》相校其存字，正复相同。去年在禾中得新篁里张氏藏碑数十种，中有古验方二大方，拓手极精，墨色黝古，字画清晰，行间棋局文历历可辨，不第与新拓大异，即与魏氏本对勘，亦多出四十余字。其"上气咳嗽方"之一角尚完善无损，定为明代佳拓。余先据魏氏本手录全本，以见存古医方细加勘证，复以《医心方》所引《龙门方》校补石本，为校证一卷，勘正《萃编》之误有数十字之多，亦快事也。光绪癸巳（1893）秋，德仪记于汉口。

甲子年（1924）得此拓，付工裱成，因录癸巳旧跋于后，仍用德仪旧名也。德彝记于上海。

古秀冲和古验方，莫将笔法认初唐。隶分波发看犹在，大令书原赖未亡。

拓本为道兴造像记并龙门药方门券两侧碑文，洞内一段失拓，褚德彝因在拓本之末手抄此段补完，并题跋说："自疗癣方以下七方，《萃编》均失录，旧存拓本已失去，今特补录于此。庚午（1930）五月，松窗记。"钤"褚德彝印"白文。末后又有一跋云："古验方刻于龙门南之老君洞高处一小洞，方刻在洞之东西二壁，黄小松嵩洛访碑图言之甚详。"

剪裱本的年代较立轴为晚，但门券左侧上部未剪失，且传拓精良，亦足珍贵。不仅如此，褚德彝校补洞内一段，较《八琼室金石补正》录文多出数字，其校勘成果可资龙门药方研究参考。

观风望气：《屠绅年谱》题签人考辨

　　中华书局新出《启功先生题签集》，安迪兄写了一篇"题签故事"刷屏。文章从沈尹默先生的题签引起，然后拈出一则小故事："前两天看到复旦大学孟刚先生的微信，说他去苏州拜访沈燮元先生，当面问沈老他的《屠绅年谱》的书名是不是沈尹默题写的，沈老说是吴湖帆写的，当年托顾公硕先生求的。再找出'屠绅年谱'四个字看，确实很像沈尹默写的。"

　　我也在朋友圈看到过孟刚兄的微信，但印象不深，这次随文刊出《屠绅年谱》的书影（图1），一见之下则大为惊诧，这四个字根本就属于"非沈尹默不能为"者，怎么会扯到吴湖帆了呢，推想一定是安迪兄弄错了。

　　后来在上海看到安迪兄，叙说如此之后，他又抛给我两封沈燮元先生当年写给古典文学出版社编辑部的信，都说到题签的事。1957年11月12日的信说，随函附"吴

图 1　屠绅年谱书影

湖帆先生题笺壹纸"，并叮嘱"封面上不必印'吴倩题'字样，扉页可照印"，括号内解释说："式样依你社出版之《元次山年谱》即可。"次年 1 月 28 日又有一函，专门交待题笺事宜："《屠绅年谱》有题字一纸，已于去年十一月随同稿件一并寄上，内有'吴倩题耑'字样，请你社在铸版时，此数字不铸，仅'屠绅年谱'四字即可。"（图 2）

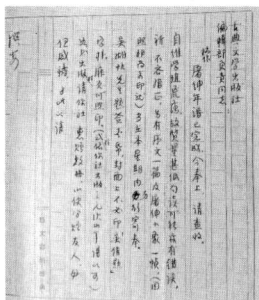

图 2a　沈燮元先生致古典文学出版社函

图 2b　沈燮元先生致古典文学出版社函

两信都在上海古籍出版社档案中检得，不仅可见沈燮元先生记忆无误，还证明吴倩（吴湖帆）之题笺当年确由社方收讫。如此，《屠绅年谱》题笺的问题，当事人沈燮元先生口述历史属人证，函札则是物证，事实俱在，可算是铁板钉钉，不容翻案。但我依然相信自己的判断，道理很简单，一流书法家都有排他性的书写特征，沈尹默与吴湖帆的书法风格泾渭分明，这属于"望而知之"者，弄成现在这种局面，其中必有蹊跷。

既然"说有易说无难"，那就从"有"开始证明。

浙江人美新出一套"微距下的沈尹默系列丛书"，多数都是沈尹默 20 世纪 50 年代的作品，时间接近，正好可以用来比较。

字帖中有"年"字，与题笺中的"年"字（图 3），无论字形、笔顺、空间结构、提按使转，都高度一致。

没有找到可供对比的"屠""绅""谱"三字，但偏旁部件仍具有比较价值。沈尹默行书言旁写法很有个性，选"误""许""谓"与"谱"字的言旁比较（图 4）；沈书绞丝旁也与众不同，选"绿"字以见一斑（图 5）；另外，"尸""者""申"也能找到可供比对的字样（图 6）。

相对于今天影印技术的图像还原程度，书名题笺使用的是照相铸版，图像信息损失甚多，尽管如此，图像比对仍能看出题笺与沈尹默同期书法的高度相似性。不仅如此，还找到一张中华书局上海编辑所 1959 年出版的《王荆公

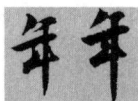

图 3　题笺"年"字与沈尹默书法比较

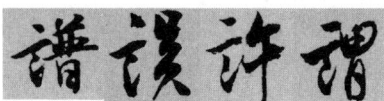

图 4　题笺"谱"字
与沈尹默书法比较

图 5　题笺"绅"字
与沈尹默书法比较

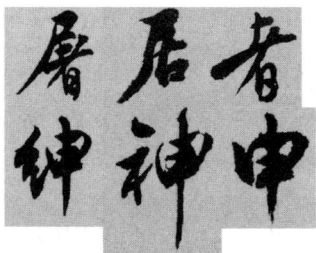

图 6　题笺"屠绅"字与沈尹默书法比较

年谱考略》书影（图 7），"年谱"两字的写法与《屠绅年谱》题笺如出一辙。遗憾此书没有记录题笺人，虽然从风格看显然是沈尹默的作品，毕竟不能用作决定性证据，不然也就可以定谳了。

　　另一方面，吴湖帆留下的书笺也很多，风格同样鲜明而且稳定，随选一例可概其余（图 8）。我本打算从吴湖帆《佞宋词痕》手稿中辑录组装"屠绅年谱"四字，以显示与题笺的差别，仔细一想却又放弃了。集出来的字只能

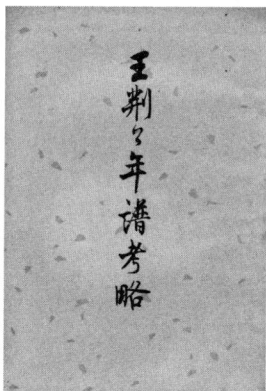

图 7 《王荆公年谱考略》书影　　图 8 吴湖帆题签

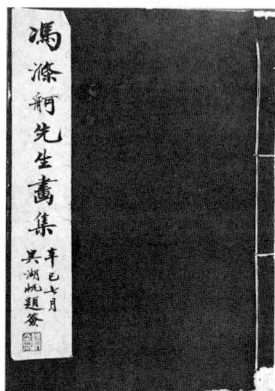

证明吴湖帆可能按照这种（指集字）风格书写，但无法证明吴湖帆就不会按照那种（指题签）风格书写。

　　既然图像不能证明必无其事，那就又回到文献中找寻线索。

　　《屠绅年谱》1958年交由古典文学出版社出版，该社年谱系列同期出版者还有夏承焘《唐宋词人年谱》、孙望《元次山年谱》、邓广铭《辛稼轩年谱》、姜亮夫《张华年谱》《陆平原年谱》等。这些年谱封面都是手写书名而无题签人署款；扉页多数也是手写，部分有题签者的款题，如《唐宋词人年谱》为马一浮题，《辛稼轩年谱》为夏承焘题，信息最全者为《元次山年谱》的扉页，除书名外，还写有"孙望撰，胡小石题"字样（图9），此即沈燮元先生在11月信中用作举例者。

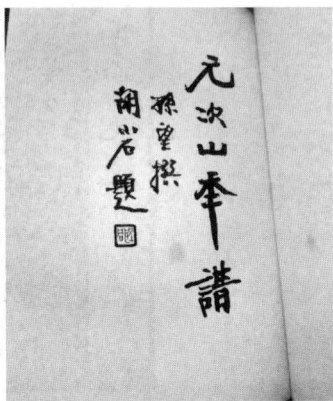

图 9 《元次山年谱》扉页

　　沈先生此信絮絮叨叨中透露出仔细，本意乃是希望此书在版式设计时，扉页保留"吴倩题耑"四字——不管是需要借重题笺者的声威，还是表达对题笺人的敬意，保留"吴倩题耑"都是恰当的。可是 1 月 28 日函的态度截然不同，此信专就题笺说事，慎重交代笺条上"吴倩题耑"字样，"在铸版时，此数字不铸"，言下之意是收回前函的主张，叮嘱扉页也不要出现此四字。

　　何以如此呢?《吴湖帆传略》提到，1957 年政治运动中，吴湖帆虽然从"右派"边缘奇迹般地开脱出来，但"他并不轻松，儿子述欧因为替他写检查，堕入了'右派'行列，这无异于代他受过"（戴小京《吴湖帆传略》，上海书画社，1988 年，第 98 页）。吴湖帆政治身份的危机发生在 1957 年底，推测沈先生后函提出铸版时删除题笺人吴倩等字样，正是为了规避潜在的风险，不然也不至于有此前后矛盾的举动。

古典文学出版社就在上海，编辑诸公出于职业习惯，对风险的掌控远在"书呆子"沈先生之上，于是干脆就不用吴（湖帆）笺，另请沈（尹默）题，也在情理之中。至于出书时编辑有没有知会沈爕元先生，则有两种可能。一种是确实说过，沈先生久而忘记，毕竟托顾公硕求字，为署名事反复折腾，印象太深，改换他人的情节很快就在记忆中淡化了。

另一种可能是根本没有告知，从编辑立场考虑，作者提供了名人题笺，如果不是特别重大的理由，实在不应该替换成另一位名人的字迹，现在这种情形，其实不太好向沈先生交待，于是准备蒙混过去。沈先生尽管有美术功底，自己书法也当行，取得样书以后完全沉浸在出版的喜悦中，无暇顾及书名字迹"走样"；再加上先入为主地认定这是吴湖帆的手笔，对书法细节上的差异，误以为是"铸版"带来的偏差，也就没有深究。其实，按照孟刚兄的说法，他询问沈爕元先生时，已经把"沈尹默"三字引出来了，而沈先生依然坚持是吴而非沈，至少说明，晚年的沈先生在认真看了笺条以后，还是没有改变判断，可见原来记忆之深刻。由此看来，编辑根本没有告知更换题笺人的可能性更大，不然经过孟刚兄这样诱导，总会勾出老人一丝丝的印象吧。

【按】

文章写完，忽然看到沈燮元先生2015年6月8日接受学礼堂访谈，有一段专门提到《屠绅年谱》题笺情况："这本书的题笺，还是请吴湖帆先生写的，瘦金体，很美。可惜当时把写有题笺的一页宣纸拿到出版社去了，没留下来做个纪念。"沈先生记忆中，吴湖帆所题是瘦金体，这也是吴湖帆经常用来题笺的字体，风格与沈尹默笔下的王字相差甚大，当年新书出版，沈先生居然没有分辨出来，也是令人百思不得其解者。

（沈燮元先生致古典文学出版社两函由安迪兄赐下，吴湖帆先生题笺书影由叶康宁兄提供，谨此致谢。）

【安迪附记】

今年上半年写的小文《题签故事》，谈及《屠绅年谱》封面题签的故事，承玉老详加订正，如老吏断狱，铁板钉钉。我在佩服的同时也感到惭愧，因为那篇小文章还有一个大错，容我"坦白从宽"：

拙文提到周汝昌《红楼梦新证》的封面题签时说："其实那是周汝昌集了顾随的字，顾随自己都没能看出。"前一阵看到容老微信转发赵林涛《顾随和他的弟子》（中华书局，2017年）书摘，其中说到《红楼梦新证》的出版，是当时在棠棣出版社的文怀沙张罗安排的，改原书名《证石头记》为今名，"还特意邀请著名书法家沈尹默题写了书名"。那我怎么会说是周汝昌集了顾随的字呢？

周汝昌当年寄书给老师顾随时，玩了一个狡狯，不明说书名是沈尹默所题，而"以为颇似默师大笔"，让顾随猜。顾随回信说："述堂（顾自称）乍见，亦以为尔。细审之后，真应了禅宗大师一句话：'虽然似即似，是则非是。'最大的马脚是：出锋皆不健不实。"顾随还仔细分析了这几个字的笔画，结论说："确是默老结体之法，然而不熟不精，勉强之迹宛然在目，决非老师亲笔也。"然后猜测可能是弟子，也可能是沈夫人。而闵军所撰《顾随年谱》说："据顾之京（顾随女儿）注释，《红楼梦新证》初版的封面书名题字是周汝昌集老师顾随的字而成的，但事先并未告知老师，所以才引发了先生于此信中一大段关于题字的猜想。"（中华书局，2006 年，第 247 页）

而周汝昌集顾随的字作为《红楼梦新证》的书名，是1976 年人民文学出版社重版时的封面，并不是 1953 年棠棣出版社初版时的封面。顾随已于 1960 年 9 月去世。

一篇几百字的小文，居然两处引用错误的证据，实在让人汗颜并警觉：为文可不慎乎?!

书法种子

　　我是刘涛老师的粉丝，读过他的多数书法论著，《中国书法史·魏晋南北朝卷》（江苏教育出版社，2002 年）一改过去学科史自说自话的写作方式，把书法事件放在历史文化大背景下考量，不仅钩沉史料刻画魏晋风流，更揭示当时书风之盛、书体之变的内在原因。与纵横上下的史论不同，《书法谈丛》（中华书局，2012 年）与《字里字外》（生活·读书·新知三联书店，2017 年）则是两部笔记体的书史"谈艺录"。两书都按时间顺序排比文字，拈出的话题大小不等，既有"仓颉造字与考古发现及书法""东汉碑刻隶书"这样的宏大叙事；也有"王羲之议婚尺牍《中郎女帖》""欧阳修病目之后的书作"这样的探微索隐。由《字里千秋》（生活·读书·新知三联书店，2007 年）拓展成的《极简中国书法史》（人民美术出版社，2014 年），按照书体形成轨迹，依篆书、隶书、草书、行书、楷书，分门类叙事，开篇讨论书法特点，揭示书法艺术性与实用性的双重特征，卷末介绍书法家、书画同源概念的来龙去脉。

《给孩子的书法》（中信出版社，2018年）是阿涛老师的新著，北岛主编"给孩子系列"第九种。既然是写给孩子看的书，结构和内容都与前面的作品有很大的不同。

阿涛老师史学出身，讲历史自然专门，蹲下身段与孩子谈话，也头头是道。开篇"书体演变小史"，三言两语就勾勒出篆隶草行楷的演进轨迹。比如谈草书的兴起，"在隶书时代，俗写急就的草书也成熟起来"，草不是潦草，"草书笔画穿插纠结，看似随意，其实有一定之规，称之为草法"，总结起来，"草书结构简易，用笔自由，但要做到笔势流畅，随势赋形，而且符合草法，又能将情感倾注于书，那就很难了"。

了解书法，首先要认识书法之"美"。书法美学是大问题，有多样性，言语道断，只得从外在形态入手，所谓"篆书的圆匀，隶书的波磔，草书的飞舞，行书的流动，楷书的严整，各显其美"。概括而言，篆隶楷算正体，装饰性强，具有"详而静"的特点；草行是辅助书体，抒情性强，显得"简而动"。书法家审美追求和书写手法不同，同样的书体风格也多种多样，以楷书而论："欧阳询方俊，虞世南平和，褚遂良妩媚，颜真卿雄强，柳公权瘦硬。"

用笔和结字的规矩就是"法度"，按照阿涛老师的意见，这是"书法艺术品质的重要保障"。可以这样说，法度是书法艺术的门槛，可以隔离"野狐禅"，因此"书法的艺术性基于法度，书法的客观美感首先来自法度"，我同意这样的判断。

欲了解书法，最好的途径是搦管写几笔，于是专门有一篇"练习毛笔字"来讲书法学习。"临帖习字是古代读书人最初的审美练习"，这句话对今天的小读者同样适用。不打算培养书法家，所以没有必要面面俱到，提了几项原则，非常有意义。既要满足书写体验，又兼具适用性，故建议从楷书入手，范本不必拘于晋唐，北魏工整一路的碑刻，如始平公造像记、郑文公碑、张猛龙碑，隋代的苏孝慈墓志、智永千字文，都可以作为入门的范本。学书的方法不外临与摹，阿涛老师特别建议，"摹帖是效果显著的学书方法，不但宜于初学者，即使跨过初学阶段，也可利用摹帖之法追踪笔势，追踪古人的书写动作"。

在介绍写字方法的章节，专门列了一个小标题讨论笔笔中锋之误。所谓"书法在用笔，用笔贵在用锋"，锋法虽多，常用的则有中锋、侧锋、藏锋、露锋四种，各有功效。因为受柳公权笔谏故事的影响，书法入门著作总是强调"欲学书，先必求笔笔中锋"，如此则正笔正心。这种主张"背离书写的自然简易之道"，真是害人不浅。回顾自己的学书经历，我也是僵化教条的受害者之一。我从篆隶入门，笔笔中锋尚无损于行笔；后来写楷书，学的是颜真卿多宝塔、麻姑坛、勤礼碑，如阿涛老师形容，颜体"每笔之间笔势中断，用笔动作较为封闭"，所以也没有很大的障碍；但本能地排斥侧锋，使转提按都僵硬，至今也写不好帖派的行书。

通史很容易依时间线索叙事，专门史苦于没有足够的材料可供编年，一般都以人物、事件来作串联，书法史当然如此。就小读者而言，面对一大堆陌生的人物名字、专业术语，必然挫伤阅读兴趣。本书改为"书法传说故事"，上起汉末张芝，下至清代何绍基，数十则故事，或介绍书法基本知识，或谈论技艺秘诀，如此形成"迷你书法史"，也是别开生面。

艺术需要作品说话，本书挑选了109种古代书法作品，按照书体分类，并有简单介绍，便于小读者了解各种书体源流，欣赏各个书家的创作风格，提供书法入门的阶梯。

选是一门学问，选者的观念隐含其中。篆隶部分选石鼓文、泰山刻石、秦诏版、袁安碑、天发神谶碑，石门颂、乙瑛碑、礼器碑、史晨碑、曹全碑、张迁碑（本文所涉及碑帖名一律不加书名号），可算是"题中之应有"。唐代篆隶能复秦汉旧法，篆书李阳冰、瞿令问可为代表；隶书名手更多，只选了梁昇卿、李隆基、史惟则三家。宋元明书家于篆隶都不得法，篆书"像是仿古的器物，貌古神不古"，隶书则夹杂楷书笔意，用笔生硬，"了无汉隶的古朴意态"，所以一件未取。清代金石复兴，篆隶又成显学，郑簠隶书开风气之先，选了一件台北"故宫"收藏的杨巨源诗立轴；邓石如"六体书国朝第一"，篆隶书法乃无愧大宗师；钱坫玉箸篆，金农漆书，也是别开生面者。

行草书选陆机平复帖、王羲之远宦等三帖、孙过庭书谱、怀素自叙帖、黄庭坚廉颇蔺相如列传、兰亭序、快雪时晴帖、伯远帖、仲尼梦奠帖、李思训碑、祭侄稿、黄州寒食帖、松风阁诗、蜀素帖、虹县诗帖，都是大名品，无可争议者。明代中期吴门书家群体，只有文徵明入选；明清之际，草书风格奇肆逸，选了张瑞图、王铎，不取黄道周、傅山。赵孟頫、董其昌被认为是右军法嗣、王学嫡派，对清代帖学有极高的影响力，本书各选一件行书作品，以备齐完。

楷书其实可以分三类，王羲之乐毅论、王献之洛神赋十三行、钟绍京、赵孟頫，加上唐人写经，便构成小楷书的主流；唐楷选了欧阳询九成宫醴泉铭、虞世南孔子庙堂碑、褚遂良雁塔圣教序、颜真卿多宝塔碑、颜家庙碑、柳公权玄秘塔碑，再加上小唐碑最有名的王居士砖塔铭，上溯隋代龙藏寺碑、苏孝慈墓志，下涉赵孟頫玄妙观重修三门记，颜柳欧赵，尽入囊中；魏碑始平公造像记、郑文公碑、张猛龙碑，再加上崔敬邕墓志，和安排在隶书门类中的泰山金刚经，作为碑体书风的代表，瘗鹤铭虽在南朝，因为是摩崖，风格却与北碑接近。

研究选者立场，更要看落选的部分。章草用索靖月仪帖，没有取史游急就篇；碑体书法没有石门铭，也没有滇中二爨；杨凝式入选草书体神仙起居法，没有选行书体的韭花帖；宋四家苏黄米，独缺蔡襄；宋克以狂草入选，而不是他更自负的章草；时间下限以杨沂孙（1812—1881）为最晚，同时期的何绍基（1799—1873）、赵之谦（1829—1884）名落孙山。

一些原因其实见于作者的其他著作。《字里千秋》有一段提到被清代人标举为神品的石门铭，认为其所谓"飞逸奇浑""飘飘欲仙"的姿态，乃是书写者王远欲模仿当时的正体楷书写字，"因为面壁书丹，类似题壁，写走了样才出现种种变态，在他是无可奈何的事情，并非有意设险"。这一观点我不太同意，书法美感主要来自欣赏者对作品（墨迹、拓片、碑刻原迹）的美学认同，因为不满意原作者的创作状态而获得负性感受，就有点像因为讨厌母鸡的毛色，而拒绝接受鸡蛋的滋味。二爨之落选，大约也是为此。

《书法谈丛》评论韭花帖的笔法，"杨凝式以萧散的轻松化解了欧字顿挫的紧张，遒逸高迈的笔韵，接近王羲之兰亭的风流"，看到韭花帖，"我们可以知道杨凝式下笔如何直入王书堂奥"。论神仙起居法则谓：黄庭坚说"杨凝式如散僧入圣"，"无一点一画俗气"，可以移来作此帖书境的评语。大约是觉得韭花帖尚有依傍的痕迹，所以舍彼取此吧。

宋四家苏黄米蔡，蔡有蔡襄、蔡京两说，《字里书外》觉得蔡襄写字谨守法度，与尚意无关，有论云："宋四家无论哪种组合，只有苏黄米三家的书法显出造意用笔的特点，堪当尚意的大任。"这应该是本书黜落蔡襄的原因所在。

这套"给孩子系列"没有总序，本书也没有前言，大师们蹲下来与孩子交流，把自己所在领域的最精华部分介绍给孩子，真是善莫大焉的功德事。

书法兼有实用和艺术双重属性，随着硬笔取代柔毫，乃至越来越多的电脑写作、无纸办公，书写的实用性渐渐淡化。书法不会消亡，书法艺术转而更加纯粹。阿涛老师这本书，譬如一颗种子，植入孩子的心灵，或许能在未来某个时候，开出绚丽的艺术花朵。

吉金乐石有真好

——读《字里千秋：新出土中古墓志赏读》随感

收藏家崇尚古物，所以万事都觉得今不如昔，唯独眼福一项，今人超迈前贤者真不可以道里计。

单说金石拓本，当年欧阳修叔侄、赵明诚伉俪庋藏者，历劫以来，百无一存；晚近端匋斋、罗贞松、缪艺风诸贤赏玩切磋者，大半已经归了公家；方药雨、张彦生、马子云等经手过眼者，多数也收入大有力者的囊中。话虽如此，通过印刷出版，普通人也能得到下原迹一等的复制品，除了"藏富"的愿望不能满足，学习欣赏则与大收藏家无异。如果高兴，多搜集几种同一碑帖不同年代拓本的影印件，比勘异同，便能享受校碑之乐。比如欧阳询的《九成宫醴泉铭》，宋拓本出版已不下十种，最近又将上海图书馆龚心钊藏本付诸影印，如果把这些印本搜集整齐，大约也可以"召唤神龙"了。

与古旧书画越来越少不同，随着城市化进程加速，沉寂千年的地下文物重见天日，金石碑刻便有源源不断的补充。若论影响书法史的重大发现，首推民初西安出土的《颜勤礼碑》，这是颜真卿71岁的作品，表现出来的"颜体"风格，与此前人们习惯者有非常大的差异，于是取代《东方先生画赞碑》《麻姑仙坛记》《颜家庙碑》，成为晚近学习颜体的第一选择。至于1980年代发现的柳公权书《回元观钟楼铭》，点画精整清晰，未来也有可能压倒《玄秘塔碑》和《神策军碑》。

墓志在碑帖中属于小项，盖因前人迷信，嫌冢中的物事晦气，不太愿意沾手。早年间墓志出土不多，坊间偶然流传一两件，比如北魏的《刁遵墓志》《崔敬邕墓志》，隋代的《董美人墓志》之类，物以稀为贵，遂被追捧为"神品"。清末风气转变，渐渐没有禁忌，各种明器都可以堂而皇之地作为室内陈列，墓志也就真正进入文人视野。如此一来，墓志终于成了热门，不仅收藏家多了题材，历史家多了资料，书法家也多了可资取法的范本。

杨勇老师《字里千秋：新出中古墓志赏读》（江西美术出版社，2018年）是立足书法的墓志研究著作，收录21世纪新出北朝及隋唐墓志45品，按照年代分为三章。北朝11种，标题是"雄起朴拙、峻拔多姿"；隋代5种，评价为"淳雅婉丽、承魏启唐"；唐代29种，用"精整遒美、法度森严"概括风格。

北朝墓志通常以普泰元年（531）《张黑女墓志》为

极则，何绍基说"遒厚精古，未有可比肩《黑女》者"。本书所选东魏武定二年（544）《吕盛墓志》，气息与之近似，部分字迹神态毕肖。作者谓"二者刊刻前后相差十余年，或竟同出一人之手"，或稍嫌夸张，但评价说："此志与《张黑女墓志》均属古雅一类，这一方面赖于其用笔的轻灵宛畅，另一方面却得自结构的舒展自然。"认为"此志字密行疏，字形横势舒展，章法布白舒朗旷远，不但赏之悦目，更可作为我们学习书法的范本"，的确是不刊之论。

隋代是盛唐乐章的序曲，隋志的标准件当然是《董美人墓志》，所选的几件作品都能体现这一风格，尤其是大业九年（613）的《杨矩墓志》，作者解读说："此志书风与《董美人墓志》风格相近，属隋代墓志中的上品，开唐代钟绍京一路小楷之先河。其书法用笔精劲，清雅婉丽，结字严谨，布局平正，给人以清朗爽劲、温润可人的感觉。"

唐代名家辈出，风格各异。贞观十四年（640）的《丘师墓志》，纯然欧法，结字欹侧险峻而不失严谨工整，"如谦谦君子端庄而不呆板，又如排兵列阵，森然而立不可撼动"。由此知托名欧阳询的《行书千字文》，虽未必真迹，亦渊源有自。显庆三年（658）的《朱延度墓志》，周旋褚薛之间，"楷法精美，气象和穆"。开元二十九年（741）马巽书丹的《崔茂宗墓志》，有论云："马巽书史无名，但从此墓志书法看，其书应主要取法二王、虞世南、张旭等人。志中许多字的结体、用笔与《孔子庙堂碑》《郎官石柱记》等相近。此墓志笔法精熟自如，结体端庄大方，沉着舒展，正所谓不激不励而风规自远。由此看来，书写者马巽置身于唐代书家之列亦不逊色。"

此外《张招墓志》由徐浩之子徐珙撰文，书法风格与徐浩近似，"用笔稳健雄浑，结字敦厚从容"，或许就是徐珙所书，子承父业者。《程纲墓志》点画圆润，笔力浑厚，"颇有盛唐颜鲁公遗风"。《卢大琰墓志》用笔内敛，方严端谨，"具有柳体风范"。如此之类，皆是墓志书法之精华。

大名家传世碑版虽多，百千年风霜侵蚀，无休止的椎拓和剜剔，早已失去本来面目，墓志则不同，刻好以后深埋圹中，一旦重见天日，字口如新，更能体现书写者的意图。从 20 世纪 20 年代洛阳出土欧阳通《泉男生墓志》算起，先后发现由一流书法家书丹的作品有张旭《严仁墓志》、徐浩《李岘墓志》《陈尚仙墓志》、颜真卿《王琳墓志》《郭虚己墓志》等。可能这些墓志多有单行本出版，本书仅收入《王琳墓志》一种，评价说："颜真卿书写此碑时三十三岁，此志是目前发现颜氏最早的书作，较《郭虚己墓志》仍早九年，此时颜体书风尚未完全成熟，尚可窥见前人法度。此志用笔，寓方于圆，饱满雄健，结字平正稳重，古拙敦厚中蕴含雅秀之气。故此志甫一发现，便在书法界引起轰动，实为研究颜真卿书风演变的宝贵材料。"

墓志不仅具有书法学习价值，还有书法史料价值。20世纪 60 年代南京出土王谢家族墓志，其中《王兴之夫妇墓志》《王丹虎墓志》《谢鲲墓志》等三件被郭沫若看中，成为其质疑《兰亭序》真伪的重要证据。晚近出土的咸亨三年（672）《冯承素墓志》，若论意义与价值，也不在《王兴之夫妇墓志》之下。根据《法书要录》的记载，冯承素是贞观时弘文馆拓书人，保存至今的《兰亭序》神龙本，传说就是由他精心摹拓。墓志虽然没有直接涉及钩摹《兰亭》之事，但专门提到："公爰自弱龄，尤工草隶，遂临古法，奉进宸闱，载纡天眷，特蒙嗟赏，奉敕令直弘文馆。由是鸾回妙迹，并究其精；狸骨仙方，必殚其美。张伯英之耽好，未可相侔；卫巨山之致言，曾何足喻。"如作者评论："因墓主冯承素在书史上的特殊性，故此志具有非同一般的史料价值，也填补了史书对其记载的空白。"

唐代书坛，一流大师以外，还有无数中小名家，随着时间流逝，往往只闻其名不见其迹，本书对这类书家的作品予以特别之关注，这种"史家意识"，在书法著作中确不多见。

天宝元年（742）《徐峤墓志》由刘绘书丹，据《新唐书·宰相世系表》刘绘为工部尚书刘知柔子，窦臮《述书赋》说他的书法"快速不滞，若悬流得势"。郑细宪宗时拜相，两《唐书》有传，《书史会要》称其“翰墨亦精”，本书收有大历十三年（778）郑絪 26 岁时所书《李收墓志》，“布白疏朗，清雅秀丽，法度谨严”，书风“兼具欧阳询、虞世南特点”。此外如卢元卿书《独孤士衡墓志》、窦庠书《窦牟墓志》的评价语也很得体。

有意思的是大和八年（834）《杨元卿墓志》，杨元卿在唐王朝平定淮西之役中起过关键作用，墓志也是高规格，裴度撰文、权璩书丹、舒元舆篆盖。作者除了表扬权璩的楷书，还特别注意到《佩文斋书画谱》引《文苑英华》谓“元舆有《玉箸篆志》”，结合篆盖停匀的线条，指出“（由此）可以看出舒元舆‘常有意求秦丞相真迹’的努力”。

本书从书法角度选择墓志，也同时看重志文的文学性与历史文献价值。陆播撰《齐士幹墓志》、王缙撰《崔茂宗墓志》、韩愈撰《窦牟墓志》，在目录中即标注作者。墓志述家族世系较碑文为详，史家用来与《元和姓纂》《新唐书·宰相世系表》等互相勘比，本书亦予以特别标举，使读者初步获得谱牒知识。

又如开元十六年（728）《拓跋驮布墓志》，书法“用笔苍劲有力、挺拔矫健”，作者专门揭示：“该墓志的出土为党项拓跋氏的族源问题提供了新的证据，有力地印证了党项拓跋氏源于‘鲜卑说’而非‘羌族说’的观点。该墓志还清晰地描绘了党项拓跋氏是先由鲜卑融入党项，再由党项归于吐谷浑，最后归附于唐的曲折过程。"

　　墓志是墓主的人生剪影，喜怒哀乐都在其中。本书历史解说部分虽然简略，也有一些小故事可以分享。李收是李彭年之子，世代仕宦，遭遇安史之乱，父子落入叛军之手，史书只记录了父亲李彭年的遭遇，《新唐书》说："天子幸蜀，陷于贼，胁以伪官，忧愤死。"《李收墓志》则提到，李收面对胁迫，"乃折臂自免，奉身获归"，气节可风，而史书不载，幸有墓志传其梗概。

　　夫妇合葬墓为常见，但二人卒年有先后，在男尊女卑的社会，通常是妻从夫葬，《李行止墓志》则是以夫祔于妻，显得别样。从墓志来看，李行止卒于开元九年（721），享年八十四，夫人姚氏先其而卒。墓志说："初，公之将岁夫人也，自临其穴，誓与同之。后及弥流，亦有遗命。"合葬的要求一定令孝子很难处理，于是四处寻访知礼者，终于"得周公合葬之仪"，在李行止去世九年后，即开元十八年（730）才"迁公于夫人之玄堂"。作者据此解释"李行止与夫人感情甚笃"，合情合理。

　　本书虽以书法本位，仍兼顾史家立场，结合史书疏解志文，对提高书法学习者的历史文化水平大有裨益。赵超老师作序称赞本书"兼具资料性、艺术性与学术性于一体"，的确非溢美之言。

　　稍有遗憾者，作者于墓志拓片的书法价值发露无遗，史学价值也多有揭示，收藏价值则只字未提。新拓本通常不入鉴赏家的法眼，但新出墓志若能访得初拓、精拓，保存下来，数百年后，不就是今天拍场标榜的"董美人墓志初拓本""王居士砖塔铭原石三断本"吗？

本书有一点小疵。收入北朝章节中的《北齐裴遗业墓志》，虽然标题是"齐故员外散骑常侍裴君墓志铭"，墓主卒于隋开皇十年（590），次年下葬，应该归入隋代章节。又，王缙仅是《崔茂宗墓志》的撰文者，本书有一段独立文字介绍王缙的书法，并例举其书丹的《桓臣范墓志》，谓"通过此志，我们可以一窥其书法风格与神采"，实属冗文。

文章写完，交给一位书法家朋友审读，他专门询及本书的图片质量。我当然明白他的意思，如《汉魏南北朝墓志集释》《曲石精庐藏唐墓志》《鸳鸯七志斋藏石》《洛阳新获墓志》中的图片，因为印刷条件局限，更兼出版目的主要在为史学研究服务，所以图例小而模糊。本书不同，图像清晰度与《书法》《书法丛刊》大致相同，不仅每件墓志有全拓，部分书法价值较高的作品，还制作为"剪裱本"的样子，以接近原大的尺寸全本印出，足供读者一饱眼福。

流外呓语

孙思邈三题

孙思邈医道高明，又享寿考，在唐代已是传奇人物，各类文献载其轶事甚多，随着时间推移，孙思邈逐渐由一位精通医术的隐士，演变成坐虎灸龙的药王，宋徽宗崇宁三年（1104）加尊号"妙应真人"，乃正式纳入道教神仙谱系。本篇结合文献，分别讨论孙思邈道医、神仙、药王三种身份的来历和转化。

一、道医

与葛洪、陶弘景的情况不完全一样，孙思邈的道教身份有些含混。正史除了说他"善谈庄老及百家之说""自注《老子》《庄子》"外，《旧唐书》本传专门提到孙思邈"兼好释典"，并引卢照邻所作《病梨树赋序》云："邈道合古今，学殚数术。高谈正一，则古之蒙庄子；深入不二，则今之维摩诘耳。其推步甲乙，度量乾坤，则洛下闳、安期先生之俦也。"分别以庄生、维摩、洛下闳与安期生为比，实际上暗示孙思邈兼具道士、佛徒和方士三重身份。

在佛教文献中，孙思邈则被刻意塑造成虔诚的信徒，法藏比丘（643—712）所撰《华严经传记》卷五记孙思邈轶事云：

处士孙思邈，雍州永安人也。神彩高远，仪貌魁梧，身长七尺，眉目疏朗。然学该内外，尤闲医药，阴阳术数、星历卜筮，无不该通。善养性，好服食，尝服流珠丹及云母粉，肌肤光润，齿发不亏，耆老相传云百余岁，视其形状，如年七八十许。义宁元年，高祖起义并州，时邈在境内，高祖知其宏达，以礼待之，命为军头，任之四品，固辞不受。后历游诸处，不恒所居，随时利物，专以医方为事，有来请问，无不拯疗。常劝道俗诸人写《华严经》七百五十余部。上元、仪凤之年，居长安、万年二县之境，尝与人谈话，说齐魏人物及洛阳故都，城中朝士，并寺宇众僧，宛然目击，及将更问，便即不言。尝撰古今名医妙术，号曰《孙氏千金方》，凡六十卷，备穷时用。进上高祖，高祖赏以束帛，将授荣班，苦辞不受，时召入内，旬月不出，待诏禁中，甚见优宠。帝尝从容顾问，修何功德为最佳耶？邈对曰：天皇何不读《华严经》。帝问何故，邈曰：天皇大人须读大典，譬如宝器函盖宜相称耳。帝曰：

若论大经，近者玄奘法师所译《大般若》凡六百卷，宁不大乎？邈曰：般若空宗乃《华严经》中，枝条出矣。帝深信之。永淳前卒。①

　　唐人笔记中尚有孙思邈同道宣律师交往的记载，《酉阳杂俎》前集卷二云：

　　孙思邈尝隐于终南山，与宣律和尚相接，每来往，互参宗旨。时大旱，西域僧请于昆明池结坛祈雨，诏有司备香灯，凡七日，缩水数尺。忽有老人夜诣宣律和尚求救，曰："弟子昆明池龙也，无雨久，匪由弟子。胡僧利弟子脑，将为药，欺天子，言祈雨。命在旦夕，乞和尚法力加护。"宣公辞曰："贫道持律而已，可求孙先生。"老人因至思邈石室求救，孙谓曰："我知昆明龙宫有仙方三千首，尔传与予，予将救汝。"老人曰："此方上帝不许妄传，今急矣，固无所吝。"有顷，捧方而至。孙曰："尔第还，无虑胡僧也。"自是池水忽涨，数日溢岸，胡僧羞恚而死。孙复著《千金方》三千卷，每卷入一方，人不得晓。及卒后，时有人见之。

　　① 据《大慈恩寺三藏法师传》，玄奘译《大般若经》六百卷，至高宗龙朔三年（663）始告竣，且"天皇"乃是时人对唐高宗的特别称呼。故传中"义宁元年，高祖起义并州"句不误，而"上元仪凤之年"句之后的"高祖"皆为高宗之误。

《酉阳杂俎》中的故事显然出于附会，但却得到佛教界的认可，《宋高僧传》卷十四道宣传云："有处士孙思邈尝隐终南山，与宣相接，结林下之交，每一往来，议论终久。"即本于《酉阳杂俎》之说。《佛祖历代通载》卷十五"永淳元年（682）"条专门记载孙思邈的去世，说："隐士孙思邈卒，年百余。思邈善庄老及阴阳、推步、医药之术，尤重释典，世称孙真人焉。"这些都可以视为佛教界对孙思邈的接纳与认同。

　　六朝隋唐道教，占主导地位的是上清派茅山一系以及楼观道，天师道在中唐也有复兴的趋势，从现存文献分析，孙思邈的确不属于以上任何一个教派，不仅如此，由于《千金方》中多处引用佛典及耆婆医术，一些研究者出于某些原因，对孙思邈的道医身份更是刻意加以掩饰，代表性言论如：

　　我们不能只看到道家思想、道教学说对孙氏的深刻影响，如果再从孙氏对释佛许多学说的欢迎和汲取，尤其是儒家文化在孙氏脑海中的深厚积淀，儒家学说对其学术思想的巨大影响等情况加以透视，如果说孙思邈仅是一位道教学者或道教医学家，那就难以令人信服了。

　　一般言之，道士是宗教职业者，截止现在，还没有发现孙思邈是道士的确证。孙氏著作中虽然也掺杂有迷信内容，但他并非专门从事占卜、遁甲、神仙之术的方士，而确实是"集诸家之所秘要，去众说之所未至"的伟大的医药学家。[1]

其实，道士身份并无损于孙思邈的形象，刻意掩饰更不可取。尽管确如文中所说"截止现在，还没有发现孙思邈是道士的确证"，但对现存各种线索进行仔细梳理，还是能够暴露其道教信仰者身份。不妨先看史学家的态度，孙思邈《旧唐书》载入《方伎传》，《新唐书》则调整入《隐逸传》中，对此赵翼《廿二史札记》的评论是："以其人品高，不仅以医见也。"赵说恐不全面，《新唐书》本传开篇即说"（孙）通百家说，善言老子、庄周"，删去旧书"兼好释典"四字，虽亦提到孙与卢照邻的交往，但不引《病梨树赋序》，从而回避了维摩诘云云的类比，显然欧阳修对旧传所说孙思邈"道士、佛徒、方士的三重身份"不以为然，而更加突出其道家或道士身份。

历来方士者流喜好大言，夸大年龄几乎是此类人物的通病，从汉武帝时的栾大、李少君，到唐玄宗时的张果，概莫能外，反观孙思邈的生年寿考，亦复如是。孙思邈卒于永淳初（682 年或稍后），两《唐书》无异词，而关于其生年则异说纷呈，按时间先后，大致有以下几种

---

① 见雷自申、赵石麟、张文等主编《孙思邈〈千金方〉研究》，陕西科学技术出版社，1995 年，第 35 页。

说法 [1]：

（1）梁天监十年（511）前后，则孙思邈享寿在 172 岁左右。主此说者有《医仙妙应孙真人传》《通义堂文集》等，其依据主要是两《唐书》都提到洛州总管独孤信曾见过孙思邈，并有"圣童"之叹，遂据《北史》《周书》独孤信活动年代推算而来。但如胡乃长等所考证，正史不言独孤氏有洛州总管之任，又据《周书·明帝纪》明帝武成元年（559），始改都督诸州军事为总管，而独孤信赐死在北周孝闵帝元年（557），显然不合理。

（2）梁大同七年（541），马伯英认为孙思邈"自云开皇辛酉岁生"，是指孙与隋文帝同生大同辛酉，"年九十三矣"则是谦辞，孙思邈会见卢照邻在咸亨四年（673），时年 133 岁，则孙思邈享寿在 142 岁。按将孙思邈生年定为大同七年，并非今人创见，宋王质《绍陶录·陶华阳谱》将陶弘景的卒年误订为大同六年（540），并谓孙思邈生于是年或次年，是陶弘景的后身，《绍陶

---

[1] 关于孙思邈生年的综述参考马伯英《孙思邈生年考及年谱简编》，《中华医史杂志》1981 年第 4 期；傅芳《半世纪来对唐代名医孙思邈的研究》，《中华医史杂志》1983 年第 1 期；胡乃长、李经纬、胡昭衡《孙思邈生年考辨》，《中华医史杂志》1984 年第 3 期；干祖望著《孙思邈评传》，南京大学出版社，1995 年，第 1—24 页；雷自申、赵石麟、张文等主编《孙思邈〈千金方〉研究》，第 26—28 页。

录》云：

大同六年庚申，君年八十五。逆克亡日，仍为《告逝诗》。及卒，颜色如常，香气弥山。《华阳颂》云："号期行当满，亥数未终丁。迨乃承唐世，将宾来圣庭。"化后，一遇丁亥，为陈临海王光大元年，再遇丁亥，为唐太宗贞观元年。升平之盛，降古所稀，圣庭当是此时。初，隋文帝辅周，以国子博士召孙思邈，不应。密言："后五十年，有圣人出，吾且助以济人。"宣政元年至贞观元年，适满五十年，应命来见。太宗官之，不受，辞归太白山。风素极类隐居，它无种不类，形有转移，神无变易。自是至丁卯独孤信镇洛阳之时，正七岁。至丁亥太宗召至长安之时，得八十七岁。暮龄有少容，所以惊嗟。卢照邻称其自谓生开皇辛酉，当时已不信。若尔，岂得圣童之称、博士之召？贞观丁亥方二十七岁，岂得少容之叹！若言数百岁，岂得七岁弱冠之誉。度思邈之生，适继隐居之没，其为后身何疑？《挺契颂》又云："重离倘或似。"谓简文与武帝俱非令终。又云："七夕乃扶胥。"谓武帝凡七改元。世称推戴为策立，侯景尝为怀朔镇功曹吏，自是篡梁称汉，故云"扶胥"。所谓篇字皆有义旨，后人自以篇中事求之，则《机萌》一颂二十字，顾岂虚设，矧又彰明？《业运颂》又云："济神既有在，去留从所宜。"神既济矣，在于何所？华原孙氏，即其所在也已。当知佛言报尽还来，及舍身趣生。

将孙思邈的生年定为大同七年，虽然能令正史中"开皇辛酉"、独孤信赞叹、周宣帝时隐居、隋文帝辅政称疾不起等牴牾处勉强弥缝，但曲解初见卢照邻时孙思邈自称"年九十三"为谦词，则不免强词夺理，更何况百四十二岁的寿考也有些耸人听闻。

（3）隋开皇元年（581），孙思邈享寿102岁。此说初见于《四库全书总目》，其说被多数研究者采信，主要依据卢照邻从孙思邈游，其《病梨树赋序》提到唐高宗咸亨四年（673）照邻卧疾京师，得识处士孙思邈，思邈"自云开皇辛酉岁生，年九十三矣。询之乡里，咸云数百岁。又共话周齐间事，历历如目见。以此参之，不啻百岁人矣"。因这段话出于孙思邈自述，理应可信，但咸亨四年上推92年，为隋开皇元年辛丑，干支不合，又开皇年号中无辛酉，辛酉为隋仁寿元年（601），与咸亨四年93岁又相矛盾，故《总目》认为："盖照邻集传写讹异，以辛丑为辛酉，以九十三为九十二也。"按照此说，孙思邈享年102岁，基本符合常理，但与正史本传中提到的独孤信赞叹、周宣帝时隐居、隋文帝辅政称疾不起等皆相违。

（4）隋仁寿元年，孙思邈享寿82岁。王鸣盛《十七史商榷》云："开皇辛酉，隋文帝在位之二十一年，是年改元仁寿，至照邻作序之年癸酉，是唐高宗在位之二十四年咸亨四年，当云年七十三……而云九十三者，此传刻之误耳。"

以上诸说其实都难圆满，对此我们也无意作进一步的评论，但值得注意的是，这些相互抵牾的材料未必都是传闻异词，除卢照邻耳闻了一段这位传奇人物充满矛盾的生平自述外，传记言少年时为独孤信赏誉，不应周宣帝的征召等，恐怕都出于孙自己的叙述，真伪实在难知，这一切正符合其道流身份。

《旧唐书》提到孙思邈"自注《老子》《庄子》"，两书唐宋以来史志书目皆无著录，久已失传，故其关于道教教义的主张不得而知，至于丹鼎炉燧，孙思邈则是坚定不移的躬行者。《新唐书·艺文志》著录其《太清真人炼云母诀》二卷、《烧炼秘诀》一卷、《龙虎通元诀》一卷、《龙虎乱日篇》一卷，大约皆与外丹有关，此外，《云笈七签》卷七十一有题名孙思邈撰《太清丹经要诀》，在《千金方》中尚保留有孙思邈炼丹服石的记录，《千金要方》卷二十四"解五石毒第三"云：

余年三十八九，尝服五六两乳，自是以来深深体悉，至于将息节度，颇识其性，养生之士，宜留意详焉。

《千金要方》卷十二"万病丸散第七"太一神精丹云：

余以大业年中数以合和，而苦雄黄、曾青难得，后于蜀中遇雄黄大贱，又于飞乌、玄武大获曾青，蜀人不识曾青，今须识者，随其大小，但作蚯蚓屎者即是，如此千金可求。遂于蜀县魏家合成一釜，以之治病，神验不可论。

孙思邈在炼丹化学方面的贡献前人讨论甚多，此不赘述。特别有意思的是，在对待金丹大药服食长生与戕害人命的观念上，孙思邈与陶弘景一样，内心充满矛盾。孙思邈对炼丹服石的神奇功效并无丝毫怀疑，《太清丹经要诀》序云：

余历观远古方书，金云身生羽翼、飞行轻举者，莫不皆因服丹。每咏言斯事，未尝不切慕于心。但恨神道悬邈，云迹疏绝，徒望青天，莫知升举。始验还丹伏火之术、玉醴金液之方，淡乎难窥，杳焉靡测，自非阴德，何能感之？是以五灵三使之药、九光七曜之丹，如此之方，其道差近。此来握玩，久而弥笃。虽艰远而必造，纵小道而亦求。不惮始终之劳，讵辞朝夕之倦？研究不已，冀有异闻。

《千金要方》中也说："人不服石，庶事不佳。"在《千金翼方》中更以一卷的篇幅讨论"飞炼"，于钟乳、石英的神奇功效津津乐道。但服石带来的严重后果，六朝以来已充分暴露，孙思邈亦不能视而不见，故《千金要方》卷二十四有"解五石毒"一节云：

寒石五石更生散方，旧说此药方，上古名贤无此，汉末有何侯者行用，自皇甫士安已降，有进饵者，无不发背解体而取颠覆。余自有识性以来，亲见朝野仕人遭者不一，所以宁食野葛，不服五石，明其大大猛毒，不可不慎也。有识者遇此方，即须焚之，勿久留也。今但录主对以防先服者，其方以从烟灭，不复须存，为含生害也。

值得注意的是，孙思邈将服丹引起的恶果一概推给五石寒食等散，而讳言金丹的危害，乃至有"所以石在身中，万事休泰，要不可服五石也"之类矛盾的言论。不仅如此，尽管孙思邈声称"有识者遇此方，即须焚之，勿久留也"，而在《千金翼方》却详载寒食散处方。余嘉锡先生《寒食散考》已注意及此，余云："思邈方痛斥寒食五石更生散为含生之害，而复极口称服石之益，犹不脱六朝人风气。特鉴于寒食散之流弊，乃言不可服五石耳。"问题并不如此简单，真正的原因恐是炼丹饵石出自道教经典，寒食更生传于魏晋名士，其扬彼而抑此，倾向性甚明，由此论其道士身份，毋庸置疑矣。

二、神仙

《全唐文》卷四有唐太宗所作《赐真人孙思邈颂》，其文曰："凿开径路，名魁大医。羽翼三圣，调合四时。

降龙伏虎，拯衰救危。巍巍堂堂，百代之师。"此颂元代勒石，当系后人附会之辞，但孙思邈由道士向神仙的演变，的确也发端于唐代。

孙思邈的去世在《大唐新语》《谭宾录》等书中皆被形容为"尸解"，《旧唐书》采录其说："永淳元年卒。遗令薄葬，不藏冥器，祭祀无牲牢。经月余，颜貌不改，举尸就木，犹若空衣，时人异之。"孙思邈未能白日飞升的原因见于《宣室志》或《仙传拾遗》，其略云：

又尝有神仙降，谓思邈曰："尔所著《千金方》，济人之功，亦已广矣，而以物命为药，害物亦多，必为尸解之仙，不得白日轻举矣。昔真人桓闿谓陶贞白，事亦如之，固吾子所知也。"其后思邈取草木之药，以代虻虫水蛭之命。

此说其实是比照《桓真人升仙记》而来，《升仙记》谓陶弘景有三是四非，其中一条即为"注药饵方书，杀禽鱼虫兽，救治病苦，虽有救人之心，实负杀禽之罪"。故事的最后提到"思邈取草木之药，以代虻虫水蛭之命"，则与《佛祖统纪》卷三十七说陶弘景"乃以草木药可代物命者，著《别行本草》三卷以赎过"相同。

孙思邈永淳元年羽化以后，又曾于玄宗时显圣，问明皇乞要雄黄，故事当然非真，其寓意不仅在明确孙的神仙形象，也暗示饵服金丹是其致仙的原因，《酉阳杂俎》前集卷二云：

> 玄宗幸蜀，梦思邈乞武都雄黄，乃命中使赍雄黄十斤，送于峨眉顶上。中使上山未半，见一人幅巾被褐，须鬓皓白，二童青衣丸髻，夹侍立屏风侧，以手指大盘石曰："可致药于此，上有表录上皇帝。"中使视石上，朱书百余字，遂录之，随写随灭。写毕，石上无复字矣。须臾，白气漫起，因忽不见。

孙思邈神仙形象的塑造，在宋代始全面完成，毕沅《关中金石记》卷六著录有《孙真人祠记》，宋元丰四年（1081）立，王巘撰文，王昶《金石萃编》卷一三八详录碑文，碑先据两《唐书》本传叙其事略，再采父老传说录其灵迹，最后作结论云：

> 夫真人之道，上通天地阴阳盈虚之理，下达万物性命消息之微。先机逆数，知来藏往，则有几于神；或隐或见，乘云气御飞龙而游乎六极之外，则有达于仙。惟神也，与道为一而无方；惟仙也，与天同久而无死。无方故其道莫能测，无死故其神莫能灭，故世以为神仙，而后世之士，无贤愚贵贱，莫不闻其风而爱戴之，又况夫处性淡泊而不为利役，操心寂寞而不为名累者乎？

这可视为尊孙思邈为神仙的正式记录，至崇宁二年（1103）八月，经耀州地方官申告，为威德军五台山孙真人庙赐静应庙额，次年二月下旨加封号为"妙应真人"，敕告皆载《金石萃编》卷一四三：

敕耀州华原县五台孙真人。山川胜境，仙圣所居，其盛德茂功显闻于世者，朕必秩而祀之。惟真人生于有唐，见谓隐逸，应物之迹，具载史官，庙食华原。时乃乡县祈禳休贶，美利在民，肆加褒崇，特建荣号，尚其歆怿，永福此邦，可特封妙应真人。

围绕《千金方》的撰著，神话传说甚夥，其中多数都与龙有关，揆其渊源，实出于孙思邈自己的叙述，《千金翼方》卷十三《辟谷篇》云：

余尝见真人有得水仙者，不睹其方，武德中，龙赍此一卷《服水经》授余，乃披玩不舍昼夜，其书多有蠹坏，文字颇致残缺，因暇即寻其义理，集成一篇，好道君子勤而修之，神仙可致焉。

服水为辟谷法门之一，《千金翼方》此篇载服水方术7种，此处称龙以《服水经》相授，大约是为了取信阅者的缘故，后世则由此衍生出一系列故事，前面已经提到的《酉阳杂俎》中孙思邈与宣律师拯救昆明池龙，当是同类故事中年代最早者，《仙传拾遗》《宣室志》《宋高僧传》等皆袭用其说，但故事提到，龙向孙思邈乞援，孙说："我知昆明龙宫有仙方三千首，尔传与予，予将救汝。"语气中带有趁人之危而相要挟的意味，不免有损形象，故年代稍晚的《续仙传》对情节作了较大的修订：

（孙思邈）凡所举动，务行阴德，用心自固，济物为功。偶出路行，见人欲杀小青蛇，已伤血出。思邈求其人，脱衣赎而救之，以药封裹，放于草间。后月余，复出行，见一白衣少年，仆马甚盛，下马迎拜思邈，谢言："小弟蒙道者所救，父母欲相见。"而思邈每以药救人极广，闻之不以为意。少年复恳拜，请以别马载思邈，偕行如飞。到一城郭，花木正春，景色和媚，门庭焕赫，人物繁盛，俨若王者之居。少年延思邈入，见一人端美，白帢帽，绛衣，侍从甚众。欣喜相接，谢思邈曰："深思道者，固遣儿子相迎。前者小儿偶出，忽为愚人所伤，赖脱衣赎救，获全其命。此中血属非少，共感再生之恩，今面道者，荣幸足矣。"俄顷，延思邈入，若宫闱。内见中年女子，领一青衣小儿出，再三拜谢思邈。言："此儿痴呆，为人伤损，赖救免害。"思邈省记，尝救杀青蛇，即讶此何所也。又见左右，皆阉人、宫伎，呼帢帽为君王，呼女子为妃子。思邈心异之，潜问左右，曰："此泾阳水府也。"帢帽乃命宾僚设酒馔伎乐以宴思邈，辞以辟谷服气，唯饮酒耳。留连三日，问思邈所欲，对曰："居山乐道，思真炼神，目虽所窥，心固无欲。"乃以轻绡珠金，赠于思邈，坚辞不受。曰："道者不以此为意耶？何以相报？"遂命其子取龙宫所颁药方三十首与思邈。谓曰："此真道者，可以济世救人。"俄又命仆马，送思邈归山。深自为异，历试诸方，皆若神效。后著《千金方》三十卷，散龙宫之方在其内。

新故事首先隐去了孙思邈与僧人的交往，同样是救龙（蛇），但专门提到"以药封裹"，这显然是为了表明其医生的身份，其后因济物利生而获报，龙宫之方由强行索要转化成龙王主动赠予，皆顺理成章。新版本的故事道教色彩更浓厚，故其后《历世真仙体道通鉴》也采用此说，金大定九年（1169）重刻《耀州华原妙应真人祠记》，碑首所镌龙王献海上方图，似亦本于新故事（图1）。

图1 《耀州华原妙应真人祠记》碑额

明代杂剧《孙真人南极登仙会》则围绕救龙、获方、成仙，对《续仙传》的故事作了进一步的完善。剧中孙思邈道教神医的身份较《续仙传》更加鲜明，而拯救对象为染疾的东海龙神，地位远高于《酉阳杂俎》昆明池中龙，或《续仙传》泾阳水府龙太子①，并借东海龙神之口称赞云："闻的太白山中，有一仙长名是孙思邈……有回生起死之功，扶危救难之德。"当龙神饮药得效以后，在龙宫设筵酬恩，以"上古仙方一部"作为报答，一段对话看得出剧作者用心细密：

〔龙神云〕老师父，深蒙大恩，无可酬谢。左右将来。我这里有上古仙方一部，用药少而见功多。敬奉师父，略表微意，望赐允纳。着师父便道，你既有海上仙方，可来寻贫道医治？争奈我这龙宫海藏，都是水兽，无人炮炼。

获得仙方，正可以行善立功，救济群生，为成仙埋下伏笔，龙神白云：

孙仙长去了也。他今日到于俺龙宫海藏，又得了海上仙方。若到人世，积功累行，救度众生，必然登仙界。无甚事，且回龙宫中去来。则为他良医妙药救龙王，水晶宫

① 拯救对象身份逐渐抬高，目的自然在于凸显施救者的地位。

里献仙方。功成行满登仙界，拜表亲身奏玉皇。

杂剧的最后，则是南极老人察得太白山仙长孙思邈"精通医药，博览仙方，阴功广布，阳德多施，有手到病除之效，回生起死之功"，于是遣福禄二仙引度其超升仙界。

此剧应该代表元明间普通人对孙思邈成仙的世俗理解，不仅如此，这一故事也为孙思邈在后世被尊奉为药王埋下了伏笔。

三、药王

在民间信仰中，药王是司医药事的主要神祇，不同时期、不同地域奉祀的本尊颇有不同，其主要者有三：扁鹊、孙思邈、韦慈藏[①]，三位药王各有来历，《中国道教》第六编神仙谱系谈到各地奉祀药王情况："以上三人，后世皆尊其为药王。但各地奉祀扁鹊、孙思邈者多，奉祀韦慈藏

[①] 此说源于卿希泰主编《中国道教》（三），知识出版社，1994 年，第 135—138 页；胡孚琛主编《中华道教大辞典》，中国社会科学出版社，1995 年，第 1503 页。而事实上历代奉祀药王中华佗、邳彤（皮场大王）也是十分重要者，至于两书提到的韦慈藏，其实是后人将韦善俊、韦古（老师）及韦慈藏三人的事迹传说合为一体，创造出的药王形象。

者少。据部分方志看，河北、河南等地多祀扁鹊，陕西、山西等地多祀孙思邈。"但发展到近代，孙思邈几乎成了唯一的药王，而"坐虎针龙"则是药王的标志性造型。

孙思邈药王身份的获得，明显晚于扁鹊与韦慈藏，亦少文献可征，故各家在叙述此事时，只能本于传说，《中华道教大辞典》"药王"条云：

明末清初有许多传说流传民间，其（指孙思邈）救白蛇得成药王的故事见于《药王救苦忠孝宝卷》，并为人熟知。旧时药坊多奉其为神，且于四月二十八日举行药王会，以示敬奉。

《中国道教》云：

祀孙思邈之药王庙，以其故里陕西耀县孙家原村之庙为最早，但亦未详始建于何年。据清雍正《陕西通志》载，各州县多有孙真人庙。清光绪《山西通志》卷一百六十四等载，洪洞县、永乐州皆有孙真人庙，称"安乐庙"，卷一六六载，猗氏县亦有孙真人庙，则称"药王庙"，立于唐马燧（封庆武王）庙后。据说马燧平河中李怀光时，孙思邈曾随军医疗其军士，故立庙于其后以祀之。

郑金生先生作《中国历代药王及药王庙探源》，又对孙思邈药王身份提出了一种新的解释云：

孙思邈在京城某些药王庙中占据的重要位置，也许对清代以后许多地方的人们奉他为药王有所促进。现存世甚夥的清代药王木雕像多以坐虎针龙为特征，这无疑也是取材于有关孙思邈的传说。清末在任丘等地演出的《救苦忠孝药王宝卷》，说药王是扁鹊，后转世为孙思邈，并附会孙思邈的各种传说，敷衍成文。①

郑注意到清代药王木雕像的"坐虎针龙"特征（图2），这十分有见地，不妨进一步分析此龙、此虎的来历与寓意。如前所说，这条腾踞在孙思邈头顶的龙，其雏形本是《千金翼方》中赍赠《服水经》的龙；经《酉阳杂俎》改造为被胡僧迫害，为求得孙思邈的救济，以龙宫方相赠的昆明池中龙；再由《续仙传》修订，变为被孙思邈赎买放生的泾阳水府龙太子；最后在杂剧《孙真人南极登仙会》中上升为东海龙神。

虎的传说较晚，在《唐代名医孙思邈故里调查记》中有所描述：

① 郑金生《中国历代药王及药王庙探源》，《中华医史杂志》1996 年第 2 期，第 65—72 页。

图 2　孙思邈坐虎灸龙药王造像

祠前殿供着孙思邈的塑像，约有一丈高，全身镀金，像貌端正严肃，令人一看便起敬畏之心。像两旁各立着一个侍童，一个捧着药包，一个捧着药钵，像右前下方伏着一只雕塑的虎。据说孙思邈山居时，他的一只驴，出外驮药被虎吃掉了，他用符召群虎来，说道，吃驴的留下，没吃的散去，结果就有一只虎伏在地上不去，此后便伴随着孙思邈，为他驮药。故此孙思邈的像右侧，永远有一只老虎。①

① 马堪温执笔《唐代名医孙思邈故里调查记》，《中华医史杂志》1954 年第 4 期，第 253 页。考察由医史专家李涛教授组织，时间在 1954 年 8 月。

这一传说可能晚于塑像，是对塑像中关键元素的诠释，属衍生故事，而非塑像的母本。另据《四川中医药史话》提到，蓬溪县药王庙有泥塑"坐虎针龙"药王金像，正殿对联云："龙因目疾离沧海；虎为牙痛守杏林。"上联将《登仙会》中龙神的疾患坐实为眼病，并暗喻托名孙思邈的眼科名著《银海精微》，下联则源于铃医所执"虎撑"①的传说，此传说各地略有不同，但都与孙思邈有关，大意如下：

孙思邈上山采药，遇到一只被兽骨卡住了喉咙的虎，便就用一个铁环支撑虎嘴，取出了那块残骨，使其得救。虎感恩不尽，就为孙思邈守门，或说为其看守杏林，或说成为其坐骑。

按，疗虎的故事直到清代中叶，尚未归功于孙思邈，赵学敏《串雅内编》绪论有云：

① "虎撑"又称串铃，直径约为14厘米，上下都铸有八卦图饰，寓意为除凶辟邪，趋利向善。响铃的外侧留有半厘米的开口，中间有两枚铁弹丸。使用时将食指和中指插入响铃中间，借助拇指的力量，手掌快速晃动的同时，手臂上下浮动，使中间的弹丸在响铃中来回撞击，发出清脆震耳的响声，是游方郎中的响器。

（游医）手所持器，以铁为之，形如环盂，虚其中，置铁丸，周转摇之，名曰虎刺。乃始于宋李次口，次口，走医也，常行深山，有虎啮刺于口，求李拔之，次口置此器于虎口，为拔其刺。后其术大行，名闻江湖。祖其术者率持此以为识，即名虎刺云。（原注：《三才藻异》作虎撑。）

显然，"虎为牙痛守杏林"之说，同样也可能是诠释塑像中龙虎标志物的衍生故事，龙虎应该别有来历。

上文提到金大定九年（1169）重刻《耀州华原妙应真人祠记》，碑首镌龙王献海上方图，这是已知年代最早，龙虎两元素具足的孙思邈造像，《唐代名医孙思邈故里调查记》描述此图云：

碑头上有一幅生动的图画：孙思邈坐在一棵古松下的山石上，右侧伏着一只老虎，左侧立着一名侍童捧着药匣，前方有一个山人捧着一册书，躬身向前，像是去找孙思邈请教的样子，孙思邈的背后是一个山洞，山门半掩，四周布满云气。根据碑文所述，这幅画是按原来碑上的像所刻绘的，可见它的来源古远而可靠。更有趣的是，孙思邈的像与同治年出版的《千金方》上按照孙氏家谱所刻的像，神态、轮廓都同，进一步证明这幅像的可靠性。

《调查记》除将捧书的老者误说为向孙思邈请教的山人以外，其他皆与碑首实际图案相符，老者的身份在后出的《药王孙思邈》中已修订为献《海上方》的龙王。碑首图案很可能是后世药王塑像的蓝本，图中虎的故事依然不详，但据宋元丰四年（1081）《耀州华原妙应真人祠记》已经提到"左童侍而右虎伏者，真人之新堂也"，似乎宋代已有关于虎的传说，推测是《神仙传》董奉"虎守杏林"故事的变型。虎在《孙真人南极登仙会》也有提到，第二折孙思邈道白云：

　　贫道孙思邈是也。自离了京师，来到山中，伏此一虎，驯于左右，早晚驮经背药，跟随着往来游玩。

　　杂剧虽未明说此虎为孙思邈的坐骑，但第三折中却有道童骑虎的情节：

　　〔道童云〕可怎么了，没奈何，我教这虎驮了我去罢。你每不知，这虎虽然是师父的，早晚我可喂养他，则怕你不信。我教他卧便卧、起便起。〔做喝虎科〕咄，业畜卧下。〔虎做卧科〕〔道童云〕可又来，他则怕我。我教他起。咄，业畜起来。〔虎做起科〕〔道童云〕你看果然起来了，我与你骑在他身上。〔做骑科〕〔虎做踢下来科〕〔云〕这业畜无礼，又不怕我了。〔做上三科了〕这业畜少

打。〔做打科〕。〔虎做发怒咬着道童腿科。下〕

　　虎的符号在后代孙思邈药王造像中予以保留，并用"虎为牙痛守杏林"故事代替杂剧的伏虎情节，目的在暗示孙思邈与董奉一样，均具有"神医"身份。

　　龙的变化稍许有些曲折。在金代重刻《耀州华原妙应真人祠记》碑首图案中，龙王为人形，杂剧《孙真人南极登仙会》中，献方的龙王也如此表现，我们无法知道碑刻或杂剧中人形的龙化身为盘踞药王头顶的龙的准确原因，但可以想象，塑像为了使主尊更加突出，其他附属物只能被浓缩为一些象征性符号，于是人形的龙被还原成龙形，盘踞龛的顶部，作幡盖状，兼有装饰效果，又因为整幅构图龙虎具足，容易被误解为"降龙伏虎"，故救龙获方的故事进一步被浓缩为治疗龙疾，这样，塑像手中所执棒状物（理解为灸棒、银针均可）的意义就变得十分重要，成为证明"治"龙病而非"降"龙威的道具。作为一项旁证，我们举《药王孙思邈》中所载钱慧安（1833—1911）所制杨柳青年画《药王倦》为例（图3），年画所绘似乎是《药王宝卷》中的一个场景，孙思邈着红衣，足踏虎背，龙由披带龙形服饰的人扮演，立于椅上，整个画面的点睛之处全在药王右手所执银针，可以想见，如果去掉此物，又没有"药王倦"三字提示的话，红衣者必然被误会为降龙伏虎的金身罗汉，而不是救厄济苦的神医药王。

图3　杨柳青年画《药王卷》

药王造像中龙虎所承载的信息尚不止此，龙虎在道教中本有特殊含义，简略言之，外丹家借来形容铅汞，内丹家用以指代神气，房中家则隐喻男女，孙思邈有《龙虎通元诀》《龙虎乱日篇》，直接以龙虎为名，皆属外丹著作，由此知造像所针之龙，所坐之虎，其寓意又在真龙真虎之外，这样造型的药王最终被道教接受，也就顺理成章了。

开宝年间两修本草探赜

赵匡胤出身行伍，而对医药有特别之重视，并能作简单治疗。弟弟赵光义疾病，"帝往视之，亲为灼艾"，事见《宋史·太祖本纪》。据《宋大诏令集》，开宝四年（971）有"访医术优长者诏"，谓"《周礼》有疾医，掌万民之病；又汉置本草待诏，以方药侍医；朕每于行事，必法前王"。此后未久即组织人马重修本草，乃用唐高宗显庆故事，也是"法前王"的举动。

据《续资治通鉴长编》开宝六年四月戊申（二十五日）条下云："知制诰王祜（祐）等上《重定神农本草》二十卷，上制序，摹印以颁天下。"《宋史·刘翰传》云：

尝被诏详定《唐本草》，翰与道士马志、医官翟煦、张素、吴复珪、王光祐、陈昭遇同议，凡《神农本经》三百六十种，《名医（别）录》一百八十二种，《唐本》先附一百一十四种，有名无用一百九十四种，翰等又参定新附一百三十三种。既成，诏翰林学士中书舍人李昉、户部员外郎知制诰王祐、左司员外郎知制诰扈蒙详覆毕上之。昉等序之。

这其实是先后两事，开宝六年完成者为御制序言的《开宝新详定本草》，李昉作序的则是开宝七年成书的《开宝重定本草》。《宋史·艺文志》分别著录为："李昉《开宝本草》二十卷，目一卷；卢多逊《详定本草》二十卷，目录一卷。"

《嘉祐本草》与《本草图经》皆提到开宝年间两度编修本草之事，《本草图经·序》云："国初两诏近臣，总领上医，兼集诸家之说，则有《开宝重定本草》。"《证类本草》所载"嘉祐补注总叙"言之更详：

国朝开宝中，两诏医工刘翰、道士马志等，相与撰集，又取医家尝用有效者一百三十三种而附益之，仍命翰林学士卢多逊、李昉、王祐、扈蒙等重为刊定，乃有"详定""重定"之目，并镂板摹行。①

① 此叙收入《苏魏公文集》卷六十五，文字略同，故知与《本草图经·序》一样，都是苏颂所撰。

所言"详定""重定"乃是两本书，成书经过俱见《嘉祐本草》之"补注所引书传"：

《开宝新详定本草》。开宝六年，诏尚药奉御刘翰、道士马志、翰林医官翟煦、张素、王从蕴、吴复圭、王光祐、陈昭遇、安自良等九人，详校诸本，仍取陈藏器《拾遗》诸书相参，颇有刊正别名及增益品目，马志为之注解。仍命左司员外郎知制诰扈蒙、翰林学士卢多逊等刊定，凡二十卷，御制序，镂板于国子监。

《开宝重定本草》。开宝七年，诏以新定本草所释药类或有未允，又命刘翰、马志等重详定，颇有增损，仍命翰林学士李昉、知制诰王祐、扈蒙等重看详。凡神农所说，以白字别之；名医所传，即以墨字。并目录，共二十一卷。

按此说法，宋太祖开宝年间曾经两度修订本草，开宝六年（973）先成《开宝新详定本草》，此本得到太祖的首肯，并御制序言，正式雕版印刷。书成以后不久，忽然嫌其注释未详，重为修订，即于次年编成《开宝重定本草》取代前书。

朝廷决定将已经编成镂版的图书收回重新编定，应该是很大的举动，"补注所引书传"含混地解释说，乃是嫌其"所释药类或有未允"的缘故。但从今天保存在《证类本草》中的《开宝重定本草》来看，这些标记为"今按""今注"的内容并不详赡，实在看不出原来那部《开宝新详定本草》又会有如何的诠释"未允"。更有意思的是，《开宝重定本草》似乎还把宋太祖御制序给撤掉了，至少今天从《证类本草》仅能看到李昉所撰"开宝重定序"①。

李昉在序言中叙述本书之缘起，先说陶弘景所作《本草经集注》"列为七卷，南国行焉"，然后谓"逮乎有唐，别加参校"，所完成的《新修本草》，"本经漏功则补之，陶氏误说则证之"。但从唐显庆至宋开宝经历四百年，乃至"朱字墨字无本得同，旧注新注其文互阙"，感叹"非圣主抚大同之运，永无疆之休，其何以改而正之哉"，于是奉圣命"尽考传误，刊为定本"，无一语提及上年完成的《开宝新详定本草》。然后由"类例非允，从而革焉"八字引出若干修订之处：

类例非允，从而革焉。至如笔头灰，兔毫也，而在草部，今移附兔头骨之下；半天河、地浆，皆水也，亦在草部，今移附土石类之间。败鼓皮移附于兽皮，胡桐泪改从于木类。紫矿亦木也，自玉石品而取焉；伏翼实禽也，由

① 这篇序言在《证类本草》中题为"开宝重定序"，未著撰人，据《宋史·刘翰传》引有此序全文，谓"昉等序之曰"。

虫鱼部而移焉。橘柚附于果实，食盐附于光盐。生姜、干姜，同归一说。至于鸡肠、蘩蒌，陆英、蒴藋，以类相似，从而附之。仍采陈藏器《拾遗》、李含光《音义》，或讨源于别本，或传效于医家，参而较之，辨其臧否。至如突厥白，旧说灰类，今是木根；天麻根，解似赤箭，今又全异。去非取是，特立新条。

"类例"涉及体例处理，以上变动确实见于保存在《证类本草》中的《开宝重定本草》。但其实并不清楚，这些究竟是《开宝新详定本草》所为，还是《开宝重定本草》纠偏；但即使由《开宝重定本草》新改动，这些问题也属细节，完全没有必要将已经镂版定型的《开宝新详定本草》毁弃重修。

先分析"详定"与"重定"的参与人员变动。从唐代《新修本草》以来，官修本草例由医药技术人员和政府行政人员两班人马构成，在技术人员方面，前后两书的技术工作皆由刘翰、马志主持，《开宝新详定本草》有翰林医官翟煦、张素、王从蕴、吴复圭、王光祐、陈昭遇、安自良参与其事，《开宝重定本草》参与医官名单据《宋史·刘翰传》，有翟煦、张素、吴复珪、王光祐（祜）、陈昭遇等五人，仅缺王从蕴与安自良；而行政负责人则由扈蒙、卢多逊，调整为李昉、王祐、扈蒙。如此看来，旧本在技术上应该没有严重不妥，更像是政治层面有一些问题需要处理。道理很简单，如果确如李昉序言所举的那些"类例非允"导致重修本草，刘翰、马志不仅需承担主要责任，其学术水平也将受到怀疑，故即使不遭受处分，也不应该在《开宝重定本草》中继续担任"技术负责人"。

今天看到的《开宝重定本草》乃是以《新修本草》为蓝本进行增补，而在此之前，五代后蜀韩保升奉敕编定本草，已经对《新修本草》进行增补，书名为《重广英公本草》。据"补注所引书传"云：

> 《蜀重广英公本草》。伪蜀翰林学士韩保升等与诸医工取《唐本草》并图经相参校，更加删定，稍增注释，孟昶自为序。凡二十卷，今谓之《蜀本草》。

或许存在这样的可能，《开宝新详定本草》乃是以后蜀所编《重广英公本草》为蓝本进行增补，书成以后才忽然意识到犯了一件事关国体的"严重政治错误"，因为宋朝视孟蜀为僭伪，如果承接《重广英公本草》续编本草，即相当于认可后蜀国家的合法性，于是仓促重编一本《开宝重定本草》，撇开《重广英公本草》，而径与《新修本草》相衔接。

新编的《开宝重定本草》中凡采纳《重广英公本草》

的内容，皆改称为"别本注"，而不出现具体书名①。直到嘉祐年间重修本草，大宋一统将近百年，已不太在意五代的割据，其引用《重广英公本草》之处，则径称为"蜀本"或"蜀本图经"。尽管如此，"补注所引书传"在《重广英公本草》条仍然很有立场地强调，此书乃是"伪蜀"翰林学士韩保升等取《唐本草》并图经，更加删定，稍增注释而成。

五代至宋初，正闰是关乎政权合法性的头等大事，《资治通鉴》使用后梁、后唐、后晋、后汉、后周年号以纪该国之事，司马光为此专门解释说："非尊此而卑彼，有正闰之辨也。"故杨维桢《三史正统辨》云："是非之论既明，正闰之统可定。"这种"正闰之辨"影响社会文化

---

① 尚志钧对《开宝本草》所引"别本注"有专门讨论，认为："将《开宝》所引'别本注'与掌禹锡所引'蜀本注'，在内容上、体例上均相同。所以《开宝》所引的'别本注'，实际上即是'蜀本注'。"同样也从政治原因解释这一称呼上的差异："《蜀本草》是蜀政府组织人力修的，为此，宋代也不承认蜀政府修的《蜀本草》。由于《蜀本草》是《唐本草》重修之书，但又不是真正的《唐本草》，所以宋政府以'别本'（义为《唐本草》另一种本子）称之。"见尚志钧撰，尚元胜、尚元藕整理《中国本草要籍考》，安徽科学技术出版社，2009年，第159页。

的方方面面①，研究保存在《证类本草》中的《开宝本草》条文，很多细节都能看出修撰者在"正闰"问题上的立场表达。

荔枝是《开宝本草》新增药物，录其条文：

> 荔枝子，味甘，平，无毒。止渴，益人颜色。生岭南及巴中。其树高一二丈，叶青阴，凌冬不凋。形如松子，壳朱若红罗纹，肉青白若水精，甘美如蜜。四五月熟，百鸟食之，皆肥矣。

荔枝是热带水果，宋代主要产地有三，据蔡襄《荔枝谱》谓："荔枝之于天下，唯闽粤、南粤、巴蜀有之。"并论其高下云："验今之广南州郡与夔梓之间所出，大率早熟，肌肉薄而味甘酸，其精好者仅比东闽之下等。"而《开宝本草》所记荔枝产地居然将福建摒除在外，其实是出于政治方面的考虑。

五代时期，王氏割据福州、建州、泉州、漳州、汀州，建立闽国，天德三年（945）灭于南唐，至宋太祖开宝八年（975）宋兵攻占金陵，后主李煜奉表出降，国灭。《开宝重定本草》成于开宝七年，福建诸州尚不在大宋疆

---

① 关于正闰问题，可参刘浦江《正统论下的五代史观》，《唐研究》第十一卷，北京大学出版社，2005年，第639页。

域范围内，故于闽中物产避而不谈也。大宋一统以后，不再纠结这些问题，《本草图经》重新为荔枝优劣排序，仍闽产为第一："荔枝子生岭南及巴中，今泉、福、漳、嘉、蜀、渝、涪州、兴化军及二广州郡皆有之。其品闽中第一，蜀川次之，岭南为下。"

宋以前的主流本草都采用"滚雪球"的撰著模式①，所以《开宝本草》近乎完整地继承了《本草经集注》和《新修本草》的内容，而《开宝本草》又通过《证类本草》保存下来。因为《新修本草》尚存若干残卷，取与《证类本卓》对照，就能看出被《开宝本草》删削的信息。比如"竹叶"条陶弘景注释说：

　　凡取竹沥，唯用淡竹耳。竹实出蓝田，江东乃有花而无实，故凤鸟不至；而顷来斑斑有实，状如小麦，堪可为饭。

引文见于《新修本草》写本卷十三木部中品，与《证类本草》对勘，《开宝本草》删去"故凤鸟不至"五字。因为传说凤凰非梧桐不栖，非竹实不食，所以凤凰来、竹实满皆属祥瑞。此处涉及当时仍由南唐据有的"江东"，

①　本草书"滚雪球"的著作模式亦被比喻为"俄罗斯套娃"，参见王家葵《本草文献十八讲》，中华书局，2020年，第80页。

虽是历史文件，仍然予以删除①。此外，"莽草"条本草记产地"生上谷山谷及冤句"，据《新修本草》写本卷十三木部中品引陶弘景注释："上谷远在幽州，今东间诸山处处皆有。"《开宝本草》删去"上谷远在幽州"一句，则可能与宋代实行"先南后北"统一策略，迟迟未能收复幽云十六州有关。

《开宝本草》中也有正面宣示大宋对伪闰地区控制权的情况。五代南汉据有岭南，宋开宝四年灭国，《开宝本草》作于此后不久，两处提到此事。金屑条《开宝本草》先引陈藏器《本草拾遗》"岭南人云生金是毒蛇屎"，然后专门指出："据皇朝收复岭表询其事于彼人，殊无蛇屎之事。入药当必用熟金，恐后人览藏器之言惑之，故此明辨。""景天"条陶弘景说："广州城外有一树，云大三四围，呼为慎火树。"《开宝本草》批评说："皇朝收复岭表，得广州医官问其事，曾无慎火成树者，盖陶之误尔。"

包括荔枝产地在内，这些修辞策略与删改细节，当然可以视为偶然巧合，但如果与《开宝本草》前后两次修撰事件合观，更像是开宝七年重定时刻意为之者。

如果开宝七年重定的缘由确实如本论所推测的政治方面因素，则前面提到与正闰有关的修辞策略和删改细节应

① 陶弘景这段注释中，"凤鸟"是指向明确的关键词，删除以后，便可消减江东祥瑞的联想。

该都是重定者所为。据《续资治通鉴长编》开宝八年十一月，琼州上奏言"俗无医，民疾病但求巫祝"，宋太祖"诏以方书、本草给之"，此处的"本草"，应该就是新版的《开宝重定本草》。

虽然《宋史·艺文志》同时著录了卢多逊《开宝新详定本草》与李昉《开宝重定本草》，但前书可能根本就没有流传。因为本草"滚雪球"的著作体例，所以《嘉祐本草》卷一收录有《开宝重定本草》《新修本草》《本草经集注》的序言，此即"嘉祐补注总叙"所说："旧著开宝、英公、陶氏三序，皆有义例，所不可去。"但仅收李昉序言，而不收录太祖为《开宝新详定本草》御制序①，极有可能《开宝重定本草》并未收录此序。

开宝七年重修本草的政治原因已如上说，复考卢多逊仕履，在开宝六年四月上《开宝新详定本草》后，九月升"自翰林学士、兵部员外郎迁中书舍人、参知政事"，其后丁父忧，十一月即夺情起复，看来并未因主持本草工作受到处分。且《宋史·窦蒙传》提到开宝七年窦蒙上书请求恢复宰臣及参知政事记录时政的制度，诏可，因"以参知政事卢多逊典其事"，这也可能是改由李昉主持本草工作的原因。

① 历代官修本草中，仅《重广英公本草》《开宝新详定本草》与《本草品汇精要》有御制序言。

若是如此，或许可以考虑当初以《蜀本草》为据修撰《开宝新详定本草》直接出自太祖的指令，御制序也循此思路撰写，书成以后发现不妥，乃敕重修，至开宝七年《开宝重定本草》颁行，即将前书毁版。

本草疾病词汇琐谈

传统名物词汇的现代转译是一项大工程，医学领域主要涉及疾病名词与药物名词两件，相对而言，医史家多关注疾病，本草家更留心药物。范行准（1906—1998）《中国病史新义》是早期疾病史研究集大成之作，2000年成立"中医药学名词审定委员会"，对澄清古今疾病名实贡献尤多。

同一词汇，出自专业人士笔下，或普罗大众口中，意思可能有所出入；甚至皆见于医学文献，仍可因时代不同，内涵外延不完全一样。本草文献中的疾病信息，大都在药学语境下呈现，自有其特殊性，词义判断往往需要综合多方面信息。

一、"心痛"解纷

在中医词典中，"心"是多义词。就解剖学角度而言，主要指心脏，功能学上则又包括大脑在内；按照经络学说，指手少阴心经或手厥阴心包络经；诊断学上则指心脉或心在面部的望诊部位；从体表位置来说，既指心脏所在的胸部，又指剑突下的胃脘部位。如此等等，不一而足①。

"心痛"则更加复杂。《金匮要略》有九痛丸，专治九种心痛。据《千金要方》解释，为虫心痛、注心痛、风心痛、悸心痛、食心痛、饮心痛、冷心痛、热心痛、去来心痛九种。《诸病源候论·心痛病诸候》说："心痛者，风冷邪气乘于心也，其痛发，有死者，有不死者，有久成疹者。"又说："心为诸脏主而藏神，其正经不可伤，伤之而痛，为真心痛。朝发夕死，夕发朝死。"按，此说出自《灵枢·厥论》："真心痛，手足清至节，心痛甚，旦发夕死，夕发旦死。"从疼痛剧烈，乃至"朝发夕死，夕发朝死"的症状特点来看，很近似于心绞痛或急性心肌梗死。

"真心痛"当然是相对"假心痛"立言，后一种心痛也见于《黄帝内经》。《灵枢·邪气脏腑病形》云："胃病者，腹䐜胀，胃脘当心而痛，上肢两胁，膈咽不通，食饮

---

① 参看乔文彪、邢玉瑞《中医经典词语"心"诠释》，《陕西中医学院学报》2012 年 5 期。

不下。"对此，朱丹溪一言以蔽之："心痛，即胃脘痛，虽曰数多，不吃食，不死。"这种胃脘痛应该是消化系统的疾病，多数是急慢性胃肠炎、胃溃疡引起的胃肠痉挛性疼痛。现代口语中的"心口痛"，多数也是指这类疼痛。

中医自然能够区分两类心痛，但《证类本草》卷一所载《雷公炮炙论·序》谓"心痛欲死，速觅延胡"①中的"心痛"却称费解。"延胡"即是药物延胡索，又称"玄胡"，载于《开宝本草》，从功效看，此药主"产后诸病因血所为者"，如月经不调，腹中结块，崩中淋露，产后血运之类，没有特别提到止心痛的作用。

若"心痛"指属于胸痹的"真心痛"，这句话就相当于说"心（绞）痛欲死，速觅延胡"，而延胡索的作用当近似于硝酸甘油；若"心痛"指胃脘痛，这句话的意思就是"心（口）痛欲死，速觅延胡"，则延胡索的作用近似于硫酸阿托品。还有一种可能性，"心痛"可以是一个偏正词组，"心"是对"痛"的修饰，强调疼痛剧烈。如果是这样的话，这句话的意思就是"疼痛欲死，速觅延胡"，延胡索的作用近似于盐酸吗啡。

现代研究能够帮助解决此问题。延胡索为罂粟科紫堇属植物延胡索（Corydalis yanhusuo）的块茎，其中含有多

①原注："以延胡索作散，酒服之，立愈也。"

种生物碱，以四氢巴马汀（tetrahydropalmatine，亦称延胡索乙素）活性最强，具有中枢性镇痛作用，强度弱于吗啡而高于解热镇痛药。其镇痛作用原理，不仅在于阻断脑内多巴胺受体，还与增加与痛觉有关的特定脑区脑啡肽原和内啡肽原的 mRNA 表达，促进脑啡肽、内啡肽的释放有关[1]。由此看来，《雷公炮炙论》说"心痛欲死，速觅延胡"更像是强调其镇痛作用，而非特指心前区或剑突下的疼痛。

了解上述背景，再看《本草纲目》发明项李时珍对延胡索的论述："专治一身上下诸痛，用之中的，妙不可言。"应该也是强调其泛义的镇痛作用，而非特指心痛或者胃痛。

二、"脑满"发微

"脑满肠肥"亦作"肠肥脑满"，是贬义词。《汉语大词典》说："形容不劳而食，养尊处优，无所用心。"书证用《北齐书·琅玡王俨传》："琅玡王年少，肠肥脑满，轻为举措，长大自不复然，愿宽其罪。"《中文大辞典》云："鄙斥之辞。谓其人无知识，而厚自奉养，徒有壮盛之

---

[1] 参看杨宝峰、陈建国主编《药理学》第 9 版，人民卫生出版社，2018 年，第 166 页。

表也。"择纳兰性德《百字令》"便是脑满肠肥,尚难消受,此荒烟落照"为书证。两书都未对"脑满"作出具体解释。

"脑满"其实是医学词汇,最早见于魏晋时期成书的《名医别录》。《神农本草经》谓雌黄"炼之,久服轻身增年不老",魏晋名医增补"令人脑满"四字。传说雄黄与雌黄同山生,《名医别录》言雄黄"饵服之皆飞入人脑中",应该与"脑满"同是一义。因陶弘景未对"脑满"做出进一步说明,看不出属于治疗作用还是不良反应。不过陶弘景在槐实条针对"久服明目、益气,头不白,延年"的功效有注释说:"服之令脑满,发不白而长生。"如此看来,"脑满"显然是一种好作用。

在中古医方中果然有将"脑满"作褒义使用的例子。《千金翼方》卷二十一有以吐利法治疗万病的处方,形容用药功效说:"丈夫五劳七伤、阳气衰损、羸瘦骨立者,服之即瘥。旬月之间,肌肤充悦,脑满精溢。"同书卷十二地黄酒酥,"令人发白更黑,齿落更生,髓脑满实,还年却老,走及奔马,久服有子"。《神农本草经》干漆、胡麻两条都提到"填髓脑",应该与雌黄"令人脑满"一样,指充实髓脑的作用。

神仙家也有"脑满"之说,《养性延命录·教诫篇》

引彭祖云："人不知道，径服药损伤，血气不足，肉理^①空疏，髓脑不实，内已先病，故为外物所犯，风寒酒色以发之耳。若本充实，岂有病乎？"《真诰》卷十上清真人冯延寿口诀云："夫学生之夫，必夷心养神，服食治病，使脑宫填满，玄精不倾，然后可以存神服霞，呼吸二景耳。"

髓脑虚空故需要填补，除了服用干漆、胡麻、雌黄、雄黄等一干药物以外，房中术操作中的"还精补脑"，更是重要手段。如《医心方》卷二十八引《玉房秘诀》论御女之道云："女有五色，审所□扣，采其溢精，取液于口，精气还化，填满髓脑，避七损之禁，行八益之道，无逆五常，身乃可保。"

道家养生术，肠空与脑满同样重要。《抱朴子内篇·杂应》引道书云："欲得长生，肠中当清；欲得不死，肠中无滓。"《三洞珠囊》卷三服食品引《大有经》也说："五谷是剑命之凿，腐臭五藏，致命促缩。此根入口，无希久寿，汝欲不死，肠中无滓也。"所以苏东坡《和子由送将官梁左藏仲通》诗有"南都从事亦学道，不惜肠空夸脑满"之句，程缙的注释一语道破："道家云：欲得不死，肠中无滓；欲得不老；还精补脑。"苏轼还写过一篇《龙虎铅汞说》，将内丹法门介绍给弟弟苏辙，谓按此修为，则

---

① "肉里"即腠理。

"旬日之外，脑满而腰足轻"，也将"脑满"作为正面词汇使用。

回到《北齐书》的场景，高俨矫诏诛杀和士开，触怒后主高纬，斛律光从中斡旋，以俨"肠肥脑满"为理由请求宽恕。如上讨论，斛律光的本意是说高俨大腹便便而颅脑空空，即"肠肥脑空"，不知是口误，或者当时的俗语已然如此，说成了"肠肥脑满"，从兹以后遂为成语。

三、"旅拒"释词

苦参治疗齿病渊源甚古，《史记·扁鹊仓公列传》说："齐中大夫病龋齿，臣意灸其左大阳明脉，即为苦参汤，日嗽三升，出入五六日，病已。得之风，及卧开口，食而不嗽。"苦参古今品种变化不大，豆科植物苦参（Sophora flavescens）一直是药用主流，所含苦参碱、氧化苦参碱对与龋齿相关的厌氧菌具有杀菌作用。

因为《史记》的记载，后世遂有以苦参揩齿的习惯，《梦溪笔谈》卷十八云："余尝苦腰重，久坐则旅距十余步，然后能行。有一将佐见余曰：'得无用苦参洁齿否？'余时以病齿，用苦参数年矣。曰：'此病由也。苦参入齿，其气伤肾，能使人腰重。'后有太常少卿舒昭亮用苦参揩齿，岁久亦病腰。自后悉不用苦参，腰疾皆愈。此皆方书旧不载者。"

沈括的腰痛是否真由苦参引起，不得而知①，其中"旅距"一词则有探究的必要。《本草衍义》苦参条也说："有朝士苦腰重，久坐，旅拒十余步，然后能行。"《医说》云："予尝苦腰重，久坐则旅拒十余步，然后能行。"此皆袭《梦溪笔谈》，只是将"旅距"写作"旅拒"。

按，《中文大辞典》将"旅拒"解作违抗之义，例句用《北史·四夷传序》"至于贪而无厌，狠而好乱，强则旅拒，弱则稽服，其揆一也"。"旅拒"亦写作"旅距"，《后汉书·马援传》云："若大姓侵小民，黠羌欲旅距，此乃太守事宜。"王先谦集解："旅距，聚众相拒也。"聚众抵御、抗拒的意思，引申为抵挡、支撑之义，如贯休《冬末病中作》句："胸中有一物，旅拒复攻击。向下还上来，唯疑是肺石。"

据《汉语大词典》，旅距还有第三义，为矫健貌，词典以范成大《胭脂井》"腰支旅拒更神游，桃叶山前水自流"为书证。《梦溪笔谈》此处"旅拒"与腰部不适有关，

① 围绕苦参伤肾与否，中医自己也是异说纷呈。如《本草衍义补遗》云："苦参属木而有火。能峻补阴气。或得之而致腰重者，以其气降而不升也，非伤肾之谓。"李时珍则认为："子午乃少阴君火对化，故苦参、黄檗之苦寒，皆能补肾，盖取其苦燥湿、寒除热也。热生风，湿生虫，故又能治风杀虫。惟肾水弱而相火胜者，用之相宜。若火衰精冷，真元不足，及年高之人，不可用也。"

应该略同于第三义之"腰支旅拒",但解释为"矫健",则显然不通。

其实,"旅拒"在宋诗中数见,除了表示抵御、支撑的意思外,与范成大《胭脂井》诗中近似用法,尚有岳珂《山居作报书竟夜有感戏成》"笔研久荒秽,肩腕仍旅拒",范成大《题徐熙风牡丹》"从教旅拒春无力,细看腰支袅袅时"。此数例之"旅拒"解释为"矫健",同样不通。"腰支旅拒更神游""肩腕仍旅拒""从教旅拒春无力",此三处的"旅拒",都是腰部劳损需要支挡,不能矫健的意思。又检《诗话总龟》卷十八引《大业拾遗》云:"请丽华舞《玉树后庭花》,丽华辞以抛掷岁久,自井中出,腰肢旅拒,无复往时。"这一意思更加明确。

"旅拒"一词或源于腰疼通常用拳头抵顶,后遂以"旅拒"来形容腰弱。至于《梦溪笔谈》说久坐之后,需要"旅距十余步,然后能行",描述的就是用手扶抵腰部,蹒跚十余步,才能正常行走的样子。这更像腰椎间盘膨出的症状,自然与使用苦参毫无关系。

与"旅拒"相近,则有"偻拒"。《千金翼方》卷三十咒蛊毒文云:"今日甲乙,蛊毒须出;今日甲寅,蛊毒不神;今日丙丁,蛊毒不行;今日丙午,还着本主。虽然不死,腰脊偻拒。急急如律令。"此或"旅拒"之同音异写,字面上更强调腰脊佝偻的状态。

四、"眚盲"校字

《诸病源候论》卷二十八目病诸候详列眼科疾病，第十三为目青盲候，其略云："青盲者，谓眼本无异，瞳子黑白分明，直不见物耳。"按，不同版本中"青盲"亦写作"清盲"，校注者按语说："眼外观正常，而视力渐渐消失至盲无所见谓之青盲眼。其病名首见于《神农本草经》，而具体叙述症状，论其病机者，则以《病源》此论为最早。"[1]从症状表现来看，青盲大略相当于现代医学之视神经萎缩所致视力障碍。

《神农本草经》，空青、决明子、苋实、羖羊角、鲤鱼胆诸条皆言"主青盲"。检孙星衍、孙冯翼所辑《本草经》，空青条刻作"主眚盲"[2]，但未说明理由，其余各条仍为"主青盲"。二孙因为相信《本草经》是先秦著作，每根据《尔雅》《说文》等小学文献订正书中的药名、病名。此条大约是依《说文》"眚，目病生翳也"，觉得"眚"与"青"形近致误，但不知为何决明子等条仍维持"青盲"

---

① 丁光迪主编《诸病源候论校注》下，人民卫生出版社，1992年，第787页。
② 仅初刻之《问经堂丛书》本如此，后来《周氏医学丛书》本、周澄之校刻《医学丛书》十二种本、《四部备要》本，以及黄奭辑本皆重新校订为"青"。

未加修订。

森立之很以二孙的意见为然,《本草经考注》谓:"'青盲'或作'清盲',皆俗书假借也,宜作'眚盲'"。并引《说文》"眚,目病生翳也","盲,目无眸子也",李奇注《汉书》"内妖曰眚",《经典释文·周易音义》引郑玄"异自内生曰眚",认为:"然则眚盲,谓眸子内生翳而无见也。"

但仔细推考,二孙和森立之的看法未必妥当。按照《说文》本意,"眚"专指眸子为翳膜覆盖而影响视力;但如《诸病源候论》青盲候所强调,青盲乃"眼本无异,瞳子黑白分明",若有翳膜覆盖,则单列一条"目青盲有翳候",其略云:"白黑二睛无有损伤,瞳子分明,但不见物,名为青盲;更加以风热乘之,气不外泄,蕴积于睛间,而生翳似蝇翅者,覆瞳子上,故谓青盲翳也。"

《淮南子·精神训》有"清目而不以视"之语,范行准认为此所描述者即是清盲状态,阐释说:"眸子看去清莹无恙,但却不见物,这恰和唐初孙愐《唐韵》所说'目清视无光'的话相同。"[1]

清盲因为眼部外观与正常无异,故被用来诈病,《太平御览》卷七四三疾病部引《益部耆旧传》云:"公孙述

① 范行准《中国病史新义》,中医古籍出版社,1989年,第722页。

僭号，征犍为任永君，许以大位。永君故托以清盲，妻于面前淫若不见；子入井，忍情不问。述伏诛，永君澡浴，引镜照形，曰：'世适平，目即清。'妻乃自杀。"又："冯信季成亦不授公孙述聘，托清盲十三年，侍婢于面前淫而不问。述诛，取纸作书，婢因自杀。"

如此看来，此病当如范行准所说，以"清盲"为正写，或因通假，或因省略，写作"青盲"，后以"青盲"较为通行，二孙改作"眚盲"则误。

本草笔谈

漫谈中国古典文学中的药物

郑诗亮按：此次访谈，源于暑期的一个偶然。王家葵先生莅沪，大家谈天说地。他聊到，《水浒》所载"蒙汗药"的"蒙汗"作用，在医学上确有根据。由这个话头深谈下去，就有了如许篇幅的访谈。王先生是成都中医药大学教授，对本草学、药理学深有研究。酷嗜文史的他素有"博学好古"之名，在道教研究方面更是成果丰硕：著有《陶弘景丛考》，辑录、校注的数种道教文献，都收入"道教典籍选刊"。这一切，都在这篇访谈中得到了淋漓尽致的体现。

【问】我想先从古代小说里面记载的"不死之药"谈起。有很多据说能让人长生不死的仙药，东方朔曾向汉武帝进献甘露，秦汉以来流行灵芝，《白蛇传》里面白蛇盗来的灵芝就有起死回生之功，等到炼丹术兴起之后，帝王又热衷于让方士炼取丹药。您能谈谈这些丹药的情况吗?

【答】其实,古人这类求仙问药的行为,不妨用一句诗来概括:"服食求神仙,多为药所误。"这句诗出自《古诗十九首·驱车上东门》,全诗是这样的:"驱车上东门,遥望郭北墓。白杨何萧萧,松柏夹广路。下有陈死人,杳杳即长暮。潜寐黄泉下,千载永不寤。浩浩阴阳移,年命如朝露。人生忽如寄,寿无金石固。万岁更相送,贤圣莫能度。服食求神仙,多为药所误。不如饮美酒,被服纨与素。"

这首诗感叹一个浅白的道理:人总是要死的。人有生长壮老已,这是自然规律。道家崇尚自然,讲"道法自然",如庄子、老子,其实不屑于关心这样的"生死大事";可是与神仙家合流而形成的道教,却在神仙家的影响下,以极大的热情投入"关爱生命"的宏伟事业中。长生久视是神仙家的信仰,经过道教的鼓吹,直到今天也是中国人的根本信仰。

长生不老,首先得从理论上证明肉身具有不老不死的可能性。王充在《论衡·道虚》中把各种宣称有效的长生方术嘲弄了一番,其中一句话很厉害:"万物变化,无复还者。"用白话来说,就是生命如逝水,单向不可逆。葛洪在《抱朴子内篇》中,用许多篇幅辩论此事,总结起来就是:神仙实有,神仙无种,神仙可学。长生不死,是神仙的初阶。

把《论衡》与《抱朴子内篇》对看，葛洪简直是在与王充"隔空喊话"。葛洪如何驳王充呢？当然也是举例，指责王充之流"夫所见少则所怪多，世之常也"。《抱朴子内篇·金丹》提到一项关键，葛洪说："丹砂烧之成水银，积变又还成丹砂。"这是言丹砂与水银之间的互变，在神仙家眼中便是"回还"，所以称为"还丹"。王充不是说"万物变化，无复还者"吗，水银与丹砂之间则可以循环往复变化不休，于是为炼服"丹药"埋下伏笔。

神仙家的一句重要口号也通过《抱朴子内篇·黄白》记录下来："我命在我不在天，还丹成金亿万年。"这个口号是反天命的，主张以人力干预自然、改造自然。这里当然也看得出，神仙家们还是存有一分清醒和理智，没有好意思去狡辩说，长生不老就是老庄的"自然而然"。

【问】前面您谈到的都是长生术的理论问题，神仙家达到长生不死目标采取的"技术手段"有哪些呢？

【答】方法多多，概括起来，不外三端：服食、房中、导引。

先对后两家简单一说。房中是通过性活动成仙，讲究的是"动而不泄"，后来发展到"还精补脑"。这与后面要说到的春药、催情剂等有一定的联系，也与"以人补人"在理论上有共通之处，我曾经写过一篇《论房中术起源中的文化问题》，此处就不展开了。导引则是肢体运动，类似于"广播体操"；如果增加"行气"，以意念指导真气在体内循行，则是"内丹"的滥觞。

回到服食，服食起源于"不死之药"的传说，《山海经·海内西经》说有巫彭、巫抵、巫阳、巫履、巫凡、巫相等，"皆操不死之药以距之"。最早的"不死药"掌握在居住于虚无缥缈间的神仙之手，《史记·封禅书》谓蓬莱、方丈、瀛洲三神山"诸仙人及不死之药皆在焉"。但随着徐市、卢生、侯公等觅药的失败，求药由仙界转向了凡间。

服食也有派别，都说自己的最有效，内部竞争很是激烈。大致分两大类吧，天然物与人工制成品。服食天然物的历史应该更加久远，所服食的当然是一些难得之品，细分又有两支派。一支以金玉丹沙诸矿物为至宝，姑称为"金石派"，另一支则贵芝草巨胜诸植物，可称为"草木派"。安期生食枣大如瓜，就是后一流派。暂不论这两支派孰先孰后，就影响而论，金石派远胜草木派。

《黄帝九鼎神丹经诀》说："且草木药埋之即朽，煮之即烂，烧之即焦，不能自生，焉能生人。"最早的金石派以服食黄金、云母、丹沙等天然矿物为主，其理论基础如《抱朴子内篇·仙药》引《玉经》所说："服金者寿如金，服玉者寿如玉。"《周易参同契》也说："金性不败朽，故为万物宝，术士服食之，寿命得长久。"这就是一种显而易见的交感巫术思维模式，《列仙传》中服矿物而致神仙者，有赤松子服水玉，方回炼食云母，任光善饵丹沙等。

但可以想见，金石之物多具毒性，过量或可致死，这与长生久视的目标背道而驰，所以，金石派方士很快由采服天然矿物，改为炼制后饵服，这正是后世丹鼎道派的权舆。

与导引行气不能成仙一样，服食最终也无缘仙界，迷信如汉武帝，晚年也承认"向时愚惑，为方士所欺，天下岂有仙人？尽妖妄耳，节食服药，差可少病而已"。现存最早的本草书《神农本草经》其实是神仙方士的"服食指南"。

人工制成品较为后起，其主流便是我们通常说的"炼丹术"。炼丹术也有演进过程，早期似乎还是炼金，只是按照李少君的说法："祠灶则致物，致物而丹砂可化为黄金，黄金成以为饮食器则益寿，益寿而海中蓬莱仙者可见，见之以封禅则不死。黄帝是也。"另一种则抛弃黄金、白银（即黄白）的追求，在丹砂、水银、铅丹中寻求变化。

服丹从汉代以来，不绝如缕。有科技上的积极意义，但执迷不悟者大有人在。

【问】您说到服丹，让我想到魏晋名士爱服用的寒食散，它具体指的是什么？

【答】晚近最早对五石散产生兴趣的是文学家鲁迅和文献学家余嘉锡。前者利用他在日本受到的医学训练，作了历史文化上的阐释；后者利用文献学功夫，进行了文献考辨。化学家对这个问题也给予了足够的重视，比如王奎克《五石散新考》（收入赵匡华主编《中国古代化学史研究》)。但医学家，尤其是药理学家对这件事关心不够，留下很多未解之谜。

五石散的来历，余嘉锡先生考证得很清楚，主要是由张仲景之"侯氏黑散"和"紫石寒食散"合二为一，成为《千金翼方》的"五石更生散"，也就是通常说的"寒食散"。"五石更生散"里面有5种金石药，即紫石英、白石英、赤石脂、钟乳、石硫黄，再加上一些植物、动物药，可这个处方里并没有什么毒性剧烈的药物。

王奎克先生结合文献、化学、毒理，破解了这个谜团。王先生发现，孙思邈所记录的五石散，其实是篡改过的。由"侯氏黑散"和"紫石寒食散"合并加减而来的"五石更生散"，使用的5种金石药应该是紫石英、白石英、赤石脂、钟乳与礜石，孙思邈著录的时候，以"石硫黄"取代了"礜石"。这不仅是文献学功夫，结合砷中毒的毒理学表现，也是能够成立的。可以这样说，鲁迅、余嘉锡两位没有解决的问题，被王奎克彻底地解决了，值得大力表扬。

《千金翼方》记录处方有误的五石更生散，更可能是孙思邈有意为之。《千金要方·解五石毒第三》说："余自有识性以来，亲见朝野仕人遭者不一，所以宁食野葛，不服五石，明其有大大猛毒，不可不慎也。有识者遇此方即须焚之，勿久留也。今但录主对以防先服者，其方已从烟灭，不复须存，为含生害也。"由此可见孙思邈对五石散之深恶痛绝，又怎会在书中显明地记录原方呢？

类似的出于"善良愿望"篡改文献，我还见过一例。《养性延命录·教诫篇第一》引《神农经》说："食石者肥泽不老。"陶弘景注释："谓炼五石也。"以上文字出自正统《道藏》本之《云笈七签》，可在《四库全书》本的《云笈七签》中，这句陶弘景注释被篡改为"谓炼五英也"。五英指的是五色石英，一下子就绕开了与五石散的瓜葛。由此看来，为了保护读书人不受五石散的诱惑，四库馆臣也是煞费苦心了。

【问】王奎克先生所注意到的砷中毒的毒理学表现，具体指的是什么？您前面提到关于五石散的未解之谜具体指的是什么？

【答】礜石是砷黄铁矿。无机砷进入人体之后引发的慢性砷中毒，与《诸病源候论·解散病诸候》卷六记载服散出现的症状基本吻合："欲候知其得力，人进食多，是一候；气下，颜色和悦，是二候；头面身痒瘙，是三候；策策恶风，是四候；厌厌欲寐，是五候也。"

如此服散之后要行散、饮冷，不能穿衣服，用冷水浇头，诸如此类的"古怪"行为也就很好解释了。砷中毒可以出现明显的皮损，皮肤表面发生溃疡，这是一方面；另一方面，末梢神经的损害也会让人体感觉异常，常见的如肢体远端对称性手套、袜套式麻木感等。皮肤感染出现溃疡，或者皮肤感觉异常，敏感、疼痛，都可以出现"不胜衣"的样子,无法穿衣服,即便是轻薄的绸缎衣服,沾身也觉得不自在。服散的人,相当部分死于痈疽。痈疽多数时候是指皮肤的细菌感染,这是古人特别害怕的疾病——评书上说秦桧死于"搭背疮"发作,就是指这个病。引起感染的主要病原体是金黄色葡萄球菌,这种细菌毒力很强,进入血液之后会引发败血症,在青霉素发明之前,这是要命的病,所以古人"谈痈色变"。服散的人因为有皮损,再加上感觉异常,恣意挠抓,一旦发生感染,就很容易挂掉。

关于五石散,还有一些枝节问题没有解决。从五石散的制作来看,以前我们通常认为,五石散是炼丹术的一个支派,现在看来不对。仔细分析五石散的组成与制作,完全没有经过丹鼎,就是矿物加上一些植物做成粉剂,或者粗颗粒,然后和酒吞服。为什么我觉得它和炼丹术完全无关呢?因为在魏晋时代,炼丹术发展的水平已经很高,在炼丹术士眼中,名士服用的五石散简直是"小儿科"的玩意儿,他们服用的是自己炼制的"更高级"的丹药。明白了这一点,就会理解,为什么葛洪完全没有谈到五石散,陶弘景即便谈到,也非常之不屑。

第二个是关键的问题。魏晋时代如此大规模的服食五石散,不能不让人怀疑其中是否存在成瘾性的倾向。因为后来者看到前人服散之后的惨状,还是不畏死,依然要去尝试,仅仅用何晏说的那句"非唯治病,亦觉神明开朗",

不太好解释。但医学界关于药物是否有依赖性是靠戒断症状来判定的：对精神性药物产生依赖后，一旦停止供给，病人会出现肉体和精神上的症状。检点文献，我只在《医心方》卷十九"服丹发热救解法第十三"中发现一段近似的表现："凡服药发动之时，即觉通身微肿，或眼中泪下，或鼻内水流，或多呻吹，或咥嚏，此等并是药觉触之候，宜勿怪也。"在《养性延命录校注》附录《太清经辑注》中，我加按语说："此段描述服丹后流涕、流泪、哈欠等，极似药物依赖性（drug dependence），本篇称为药觉触之候。"但我还是不能完全自信，毕竟没有文献提到砷制剂存在依赖性（按，重新审读这篇访谈的时候，又咨询了从事毒理学研究的同事，彼提到"印象中"有使用砷剂发生依赖性的报告。但仓促之间未能检索出相关文献，且存疑）；而从本草方书及其他文献来看，汉魏六朝时期似乎也没有具较强成瘾性的物质（比如鸦片之类）为医人所了解。稍为例外的是麻蕡——桑科植物大麻的雌花，含大麻酚（cannabinols），有强烈的致幻作用，《本草经》记载"麻蕡，多食令人见鬼狂走"，就是这一作用。但大麻成瘾性不高，也没有证据在五石散中使用。以当时人所掌握的植物和矿物的情况来看，他们所了解的药物里面似乎没有这么强成瘾性的药物。那么，不成瘾又有很大肉体伤害的药物，怎么会在这么长时间内，这样大规模地服用呢？医学上无法解释，或许有其他的原因。其实，从社会学角度来看魏晋时人，他们的精神状态和二十世纪六十年代的嬉皮士颇为相似。那个年代的人也滥用药物，当然，滥用的是大麻和海洛因。所以，对魏晋时人为什么会前赴后继、冒着死亡风险去服散这个问题，"神明开朗"之类含混的"魏晋风度"还不足以解释。真相究竟若何，期待后贤。

【问】在魏晋之后的时代，流行什么样的丹药？

【答】唐代盛行服食石钟乳和硫黄，可能都是魏晋五石散的"替代品"。我研究《证类本草》时写过一段札记，直接抄录吧。

石钟乳又名钟乳石（stalactite），是碳酸钙的沉淀物，与水垢的成分类似（水垢除了碳酸钙以外，还含有氢氧化镁）。钟乳成为"仙药"，有一个渐变过程。

《本草经》并没有提到石钟乳有久服长生的功效，森立之辑《本草经》将其列为中品，可称只眼独具。但汉代也非完全没有服食钟乳者，《列仙传》说："邛疏能行气练形，煮石髓而服之，谓之石钟乳。"《名医别录》给钟乳添上了"久服延年益寿，好颜色，不老，令人有子"的功效，并告诫说："不炼服之，令人淋。"不过六朝以来炼丹的事几乎被道士包揽，而道士们更看重铅汞在炉燧中的变化，如石钟乳之类的钙化物并不太受重视。陶弘景说钟乳"仙经用之少，而俗方所重，亦甚贵"，应该是事实。

不知什么原因，唐代人嗜好此物。《新修本草》将石钟乳由中品调整为上品；孙思邈《千金翼方》卷二十二记载有"飞炼研煮钟乳及和草药服疗"处方六首；《外台秘要》卷三十七、三十八有《乳石论》上下两卷。柳宗元有一篇《与崔连州论石钟乳书》，赞扬钟乳之精美者："食之使人荣华温柔，其气宣流，生胃通肠，寿善康宁，心平意舒，其乐愉愉。"

我很怀疑六朝隋唐单独服用钟乳，或许是由魏晋间人服食寒食散的习惯演变而来。寒食散配方复杂，毒性亦大，后来就减省为了单用钟乳一物。

尽管服食家奢言钟乳的养生作用，但与寒食散一样，益阳事——也就是增强性功能——才是主要目的。白居易的诗说："钟乳三千两，金钗十二行。妒他心似火，欺我鬓如霜。慰老资歌笑，销愁仰酒浆。眼看狂不得，狂得且须狂。"他在自注中说："（牛）思黯自夸前后服钟乳三千两，甚得力，而歌舞之妓颇多。"苏东坡说得更直白："无复青黏和漆叶，枉将钟乳敌仙茅。"仙茅便是益阳的要药，取与钟乳相对，说明两者的作用是相同的。

服食硫黄的习惯，或许也与五石散有关。前面提到王奎克先生的考证，《千金翼方》所记录的"五石更生散"版本，即以石硫黄取代礜石，此则又是唐代人服用硫黄的滥觞。

硫黄为炼丹家所需，《本草经》说"能化金银铜铁奇物"，但就像苏颂所注意到的："谨按古方书未有服饵硫黄者。本经所说功用，止于治疮蚀，攻积聚冷气，脚弱等，而近世遂火炼治为常服丸散，观其制炼服食之法，殊无本源。"苏颂的意见十分正确，服食硫黄的习惯的确开始于唐代。李肇《唐国史补》卷中云："韦山甫以石流黄济人嗜欲，故其术大行，多有暴风死者。"《旧唐书·裴潾传》称"宪宗（唐宪宗，公元806年至820年在位）季年，锐于服饵，诏天下搜访奇士"，裴潾上疏谏曰："伏见自去年已来，诸处频荐药术之士，有韦山甫、柳泌等，或更相称引，迄今狂谬，荐送渐多。"因此可知士大夫服硫黄的习惯开始于元和年间，而其危害可举诗歌为证。张祜《硫黄》诗："一粒硫黄入贵门，寝堂深处问玄言。时人尽说韦山甫，昨日余干吊子孙。"韩愈也是受害者，白居易《思旧》诗有句："退之服硫黄，一病讫不痊。"

针对硫黄的毒性，晚唐《药性论》乃说："石硫黄，有大毒，以黑锡煎汤解之。"黑锡（铅）是否能解毒不得而知，宋代《太平惠民和剂局方》之黑锡丹用硫黄补阳，配以黑锡，应该是受此说的影响。

【问】明代流行"以人补人"，我们经常看到小说里提到这样一些药物：秋石、红铅、蟠桃酒和紫河车。能否请您谈谈这些药物的来龙去脉？

【答】明代张三锡曾在《医学六要》中说："大凡虚弱人，须以人补人，河车、人乳、红铅俱妙。"我以为，以人补人只是表象，这与内丹家以人体为炉鼎的思维方式有关，归根结底，其内在逻辑仍然是道教返老还少的"还丹"。是内丹家从以自己的身体为炉鼎来炼丹，发展到假借他人的身体来炼丹。所问的四种物件，都是用来炼制"还丹"的。秋石、红铅、乳汁、胎盘，代表生化孕育，仍然是原始思维，巫术的交感律。

先说"秋石"。秋石的历史据说可以追溯到汉代，《周易参同契》就提到："淮南炼秋石，王阳嘉黄芽。"但早期丹经所称的"秋石"是不是用小便炼成，不能确定。一般认为明确记录见于宋代《苏沈良方》卷六之秋石方。可注意的是，其中提到，"广南有一道人，惟与人炼秋石为业，谓之还元丹"。则当时已经有以此为职业者，亦见其社会认可程度。

秋石是从尿中获得的结晶物质，主要是尿酸钙、磷酸钙。但李约瑟坚持认为，按照秋石的制作方法，可以获得性激素。这一说法存在争议，有人做过模拟实验。2001年左右，中科大张秉伦老师的一位硕士也做过秋石的实验，用了五个配方，得出的结论是没有性激素。朱晶在其2008年北大博士论文《丹药、尿液与激素：秋石的历史研究》中得出的结论是，一百四十余种记载的秋石制作方法中，确实存在获得活性激素的可能性。具体说法如下："古代操作条件下可能从尿液中提取类固醇激素、蛋白质多肽激素和氨基酸衍生物激素，142 个秋石炼法中，多数所得秋石不含活性激素，部分可得到含活性激素的秋石，部分可能得到含活性激素的秋石；模拟实验研究结果显示部分阳炼法所得秋石含有性激素。"

朱晶的研究非常值得赞赏。但站在古人的角度考量，他们设计"秋石"的逻辑理路确实不是为了获得激素。不然"红铅"里面似乎没有雌激素，那又怎么说呢？要说雄性激素，还不如在"以脏补脏"的思路指导下，直接吞服各种动物的"鞭"（阴茎和睾丸），还有可能真正含有睾丸酮。要不干脆吞服动物的肾上腺，里面含有若干种类的甾体激素（类固醇），既有氢化可的松、醛固酮，也有脱氢表雄酮、睾丸酮、雌二醇。

红铅是用月经制备的。"妇人月水"是一种带有巫术色彩的药物，宋代《嘉祐本草》正式著录，《本草纲目》续载，并记录别名"红铅"。李时珍对此物深恶痛绝，从《本草纲目》对红铅的言论就可以看出来。释名项说："邪术家谓之红铅，谬名也。"集解项又说："今有方士邪术，鼓弄愚人，以法取童女初行经水服食，谓之先天红铅，巧立名色，多方配合，谓《参同契》之金华，《悟真篇》之首经，皆此物也。愚人信之，吞咽秽滓，以为秘方，往往发出丹疹，殊可叹恶。按萧了真《金丹诗》云：'一等旁门性好淫，强阳复去采他阴。口含天癸称为药，似恁泇沮枉用心。'呜呼，人观此可自悟矣。凡红铅方，今并不录。"

红铅的做法，明代方谷《本草纂要》卷八"红铅"条说："铅，味咸、淡，气平，无毒。红铅者，女子二七之首经也。以纸收之，如桃花之片，日久不变其色，是真铅也。以火炼存性，好酒服，治男子阴虚不足，腿足无力，百节疼痛，腰背酸拆，头眩眼花，自汗虚热，咳嗽无痰，小便频数；或精神短少，遗精梦泄；或魂魄飞扬，梦寐惊惕，是皆阴虚不足之症，用此真阴之剂补之。大抵红铅补于阴，秋石补于阳。阴有所亏，采阴之精而补之；阳有所损，炼阳之精而实之，此全阴阳之大体也。吾闻仙家有云：‘采阴补阳真妙诀，红铅秋石为奇药。有人采炼得天真，寿延一纪不须说。’”

明代皇甫嵩《本草发明》卷六说："红铅，性温、热。取童女首经为妙，二三度者次之。以法取炼，真能续命回元。合秋石制服，尤妙。"其制作方法明代本草记载很清楚，这里就不详述了。至于鼓吹红铅者，如卢之颐《本草乘雅半偈》指责李时珍："濒湖未见神奇，徒自妄诋。"

乳汁美其名曰"蟠桃酒"，这是象形兼会意。胎盘名曰"紫河车"，《本草纲目》解释："丹书云：天地之先，阴阳之祖，乾坤之囊砣，铅汞之匡廓，胚胎将兆，九九数足，我则乘而载之，故谓之河车。其色有红、有绿、有紫，以紫者为良。"这两味药物的使用历史悠久，也都被明代方术家神秘化了。

国人的"补养习惯"，我是不以为然的。从药理学的角度讨论药物，用药目的有三：治疗、预防、诊断。治疗用药是大宗，预防用药尤其要权衡利弊，在安全性与有效性之间做出决策。甚至以中医的立场，药物"以偏纠偏"，长期使用具有"偏性"的药物，也非所宜。"有病治病、无病强身"的东西基本不存在。

【问】《红楼梦》当中提到林妹妹常服用人参养荣丸，薛宝钗常服用冷香丸，能否请您谈谈这些药物，它们有药理基础吗？

【答】《红楼梦》中的人参养荣丸与冷香丸是作者根据情节发展需要设计的。好比一篇小说中的桥段：主人公翻弄手提袋，掉出一盒"百忧解"——于是读者便知道，此人患有"抑郁症"，这是小说作者为情节发展所作的铺垫。小说的研究者，如果因此去考究作者的医学涵养；或竟因此去分析主人公使用百忧解（氟西汀）还是帕罗西丁更加恰当；乃至追问，主人公为何不用左洛复（盐酸舍曲林）呢？那真是煞风景得很——而红学研究，似乎就是这样的。

人参养荣汤是宋代的医方，治疗脾肺气虚、荣血不足，有气血双补之功。至于"冷香丸"则是作者臆造的。可注意的是，《红楼梦》为冷香丸设计了一种十分复杂的制作程序，很具有"仪式性"，可产生类似于宗教上的神圣感。

可以用其他两个医方稍作类比。《医心方》卷二十六延年方第一引《太清经》服枸杞方："正月上寅之日取其根，二月上卯之日捣末服之；三月上辰之日取其茎，四月上巳之日捣末服之；五月上午之日取其叶，六月上未之日捣末服之；七月上申之日取其花，八月上酉之日捣末服之；九月上戌之日取其子，十月上亥之日捣末服之；十一月上子之日取其根，十二月上丑之日捣末服之。"又《证类本草》卷六菊花条引《玉函方》之"王子乔变白增年方"云："甘菊，三月上寅日采，名曰玉英；六月上寅日采，名曰容成；九月上寅日采，名曰金精；十二月上寅日采，名曰长生。长生者，根茎是也。四味并阴干百日，取等分，以成日合捣千杵为末，酒调下一钱匕。以蜜丸如桐子大，酒服七丸，一日三服。百日身轻润泽；服之一年，发白变黑；服之二年，齿落再生；服之三年，八十岁老人变为童儿，神效。"

可以看出，都是通过复杂的仪式让药物神圣化。至于曹雪芹想用"冷香丸"暗示什么，留给"红学家"们去索隐吧。

【问】古代小说当中常常把人参、何首乌、灵芝当作延年益寿的灵药，这些药物真有那样的功效吗？

【答】很高兴你说到何首乌。何首乌与人参、灵芝不同。人参是有药效的，但滥用之后，也会发生人参滥用综合征，消化道出血，有致死的报告。灵芝口服虽然可能没什么实际活性，但似乎也没有特别严重的不良反应。唯独何首乌是个例外，它在百姓生活中日用而不知——不是日用有益而不知，而是日用有害而不知！何首乌直到唐代才出现，唐人李翱写了篇《何首乌传》，收入《证类本草》："昔何首乌者，顺州南河县人。祖名能嗣，父名延秀。能嗣常慕道术，随师在山。因醉夜卧山野，忽见有藤二株，相去三尺余，苗蔓相交，久而方解，解了又交。惊讶其异，至旦遂掘其根归。问诸人，无识者。后有山老忽来。示之。答曰：子既无嗣，其藤乃异，此恐是神仙之药，何不服之？遂杵为末，空心酒服一钱。服数月似强健，因此常服，又加二钱。服之经年，旧疾皆愈，发乌容少。数年之内，即有子，名延秀；秀生首乌，首乌之名，因此而得。生数子，年百余岁，发黑。有李安期者，与首乌乡里亲善，窃得方服，其寿至长，遂叙其事。"

何首乌的名字格外害人，因为叫"首乌"，遂一直被认为是返老还童、乌发的灵丹妙药，不管是膏方还是丸剂，只要治疗衰老白头的处方，都少不了它。但是，从植物学的角度来看，何首乌和泻药大黄同属蓼科，它也含有与大黄类似的蒽醌，可致腹泻，对年老体衰的人效果尤其显著。按照中医的逻辑，腹泻会让人体虚，所以需要炮制，蒸煮晒干，乃至九蒸九晒，也就是刚才说到的"仪式化"操作，做出来的成品叫"制首乌"。

可是，谁知道呢，这样用了一千多年的何首乌，当然也包括经过"仪式化"处理的制首乌，却有很严重的肝脏毒性。你问，一千多年的临床实践，难道不足以了解何首乌的毒性？确实是这样的，没有统计学帮忙，医生对散在病例的观察，其实很难全面了解药物的治疗作用和毒性反应。制首乌毒性是不是小点呢？是的，可未必是好事。有一份报告说，制首乌蒽醌、鞣质含量不高，对肝的损害相对较小，但因为损害出现较晚，病人使用的时间反而更长，同样也引起严重的毒性反应。

许多药物，若事先不知道它的危害，使用一辈子也未必能了解其毒性。我的意见，如果不经过规范的临床试验，除非在用药后短时间内出现强烈伤害，一般是三天左右，医生或患者，才比较有可能意识到，中毒与用药之间存在因果联系。这样我们就容易理解，为什么古人服食铅丹、水银，竟然乐此不疲——因为中毒要在几年乃至几十年以后才逐渐暴露。何首乌也是如此，这才是真正的"服食求神仙，多为药所误"呢。

【问】宋代朝野都好香药，沈括曾经记载说，宋朝官员在皇帝面前奏答时会口含鸡舌香，这是什么药物？宋代流行的香药还有哪些？

【答】鸡舌香就是丁香，干燥的花蕾叫作"公丁香"，果实是"母丁香"。汉代就有人用来含在口中，以避免口臭，皇帝也常用来赏赐大臣。宋人笔记中有关丁香香口的记载特别多。这究竟是怎么回事呢？从医学上来说，口腔有异味，主要两方面原因：一是内科疾病，如糖尿病、肾病、肝病等；另一种情况更加常见，就是口腔疾病，如牙周病、龋齿、牙结石等。古人当然有洁齿措施，但确实不完善，口腔清洁做得非常不好。虽然我们从印度人那里学来了嚼杨枝，还有用盐或某些活性炭物质擦牙齿，也有牙刷，但直到今天，中国人的口腔保健比西方人差得多，比如我们绝大多数人不知道牙线为何物——牙缝里残留的食物残渣发酵，是口腔异味的一个重要来源，在口腔的厌氧环境里，这种残渣也是引起龋齿的一个重要原因。

话题回到丁香。如果你去补牙的话，就会发现，医生把你的牙齿钻开以后，使用的填充物里面就有丁香油。丁香油是丁香的挥发油，主要成分是丁香酚，有很强的抗菌作用，另外还可以止疼。由此设想，古人口含丁香，其实也起到了抑杀口腔细菌的作用，而不仅仅是通过辛香来消除口腔异味；当然辛辣刺激，或许还能让使用者的口腔产生"清爽"的感觉。

有关宋代香药研究的专题论文很多，我对此关注较少，就不做门外之谈了。

【问】《后汉书》中记载华佗用麻沸散实施外科手术，明清小说当中经常出现蒙汗药，《水浒传》"智取生辰纲"中，晁盖等人用蒙汗药麻翻了杨志，那么，蒙汗药究竟是真是假？

【答】麻沸散的研究很多，基本结论是毫无问题的。古代骨科、皮肤科手术，为了避免让病人感到痛苦，先要饮用麻沸散。有一篇文献，万方、宋大仁、吕锡琛合著的《古方麻沸散考》，资料很丰富，广泛征引文献，确定唐宋以来的麻沸散使用的主要药物是洋金花（又称押不卢花）和坐拿草。坐拿草载《本草图经》，与洋金花一样，都是茄科曼陀罗属的植物，含有东莨菪碱，这是二十世纪七十年代热闹一时的"中药麻醉"的主要成分，具有镇静催眠麻醉作用。至于华佗使用的麻沸散，一般认为用的是毛茛科乌头类的植物，利用乌头碱的中枢毒性。

智取生辰纲里面说到的蒙汗药其实只见于小说，子史书记载甚少，仅从《普济方》中检索到一条："（以白扁豆）治蒙汗毒，目瞪不能言，如醉。"但这种蒙汗药应该有其生活来源。比如氯仿，以前也是用作麻醉的，小说里面就演绎说，强盗用一块浸满了哥罗芳（chloroform）的纱布蒙在人的口上，然后打劫。氯仿用于手术麻醉时，就是"麻沸散"，抢劫的时候就变成了"蒙汗药"。

似乎少有人了解，"蒙汗药"真的就是不出汗的意思。洋金花里面含有阿托品和东莨菪碱，都是副交感神经 M 受体阻断剂。M 受体控制外分泌腺，如汗腺、泪腺、唾液腺的分泌，阻断 M 受体，腺体分泌减少。比如内脏绞痛，注射阿托品后，疼痛迅速缓解，但会明显的口干。回到智取生辰纲的场景，当时是大热天，酒里面加了蒙汗药，军士吃了酒之后，就像注射了阿托品一样，全身的汗一下子就没了。或许这就是"蒙汗"的本意——不出汗。

【问】古代小说当中经常出现一些媚药或者说春药，譬如《赵飞燕外传》中，赵飞燕的妹妹进献给汉成帝的

"脔恤胶"，又如《开元天宝遗事》中安禄山进献给唐玄宗的"助情花香"，明清小说里面更是出现大量春药的记载，这些药物真的有效吗？

【答】先说脔恤胶或者助情花香，它们针对的无疑是男性勃起功能障碍。性医学研究得已经很清楚了，影响男性勃起功能的，大约有这样一些因素：年龄；疾病，比如糖尿病；某些药物，比如利血平；心理因素，比如焦虑。可以明确的是，在育亨宾（yohimbine）发现之前，没有任何一种药物能够真正改善病理性勃起功能障碍。阳痿的发生本来就有心理的原因，即便是生理原因，也会在一次或多次失败之后，形成很严重的心理阴影，并伴有强烈的焦虑，而焦虑又加重功能障碍。所以，我理解，古书记载的这些媚药恐怕主要是起到心理安慰的作用。后来有了西地那非（伟哥），育亨宾也趋于淘汰，副作用太大的缘故。

催情药的定义很含混，按照小说描述，大约可以使"被"用药者陷入意乱情迷的状态。性兴奋是由生理、心理引起的双重反应，按照性医学研究，小说中那种催情剂应该是不存在的；至于药物的"催情效应"，或许也与暗示或者环境诱导有关，其中的心理学的问题，非我所熟悉。

你没有问，我想附带一说的是"守宫砂"。有关守宫砂的传说很多。《太平御览》卷九百四十六引《淮南万毕术》说："守宫饰女臂，有文章。取守宫新合阴阳者，牝牡各一，藏之瓮中，阴干百日，以饰女臂，则生文章。与男子合阴阳，辄灭去。"又云："取七月七日守宫阴干之，治合，以井花水和，涂女人身，有文章，则以丹涂之，不去者不淫，去者有奸。"看似很厉害的样子，其实是逗你玩的。这不过是古代"直男癌"们关于"处女情结"的意淫，当然也可能在一定程度上起到吓唬女性、保守贞操的作用。守宫砂如此，膏恤胶、助情花香之类，亦复如是。

【问】古人常用哪些避孕药？我们从宫斗小说、影视剧中看到的，用药贴在肚脐上即可避孕，还有喝一碗药汤就马上流产，这些都是真的吗？

【答】先说堕胎药的问题。中医十分强调，妊娠期间要避免使用损伤胎元的药物，比如攻下、逐水、破血、开窍的药物。那么，这些药物能不能堕胎呢？麝香是一个选择，它是可以堕胎的。但古人说得比较夸张，夸张到什么程度，说一个人用麝香熏了衣服，走近一个怀孕的妇人，她就流产了。如果真是这样，那么引产就不再是个难题了。但是从药理研究来看，麝香酮确实引起宫缩，有引产作用；但作为引产药，作用似乎还不够剧烈。现代研究者从天花粉中提取植物蛋白，用作引产。临床主要是注射给药，也有羊膜腔内注射，确有效果。从动物实验的情况推测，提取液直接阴道给药也会有效——但古人似乎不知道这个"秘方"。必须强调，天花粉蛋白的引产作用，主要基于免疫反应，过敏反应风险太大，甚至有过敏性休克致死的可能。

再说避孕药。贴肚脐避孕，哦，不，那是治痔疮——开玩笑哈。避孕药是一个世界级的难题。我恰好对此有一点点了解。很多年前，有一本《药理学》教材的避孕药章节分给我写，为此查了不少资料。当时就感到，对避孕药来说，安全性和有效性的要求之高，超乎想象。先说安全性。因为使用的人群实在太广，故要求绝对没有损害。直到今天，女性避孕药，主要是雌激素和孕激素复合物那一类，都还存在争议；尽管很多研究都表明，在推荐剂量范围内，即使长期使用这类避孕药，对女性子宫癌、乳腺癌没有增加趋势，但质疑者依然很多。再说有效性。避孕药的要求很明确，就是避免怀孕，失败率哪怕只有千分之一也不行，因为对当事人来说这就是百分之百的事情。还有一条很重要，停药之后可恢复，也就是可逆性。至于小说中提到的那些避孕方法，没有一个靠谱的。但如果撇开安全性，只谈有效性，那么如卫矛科植物雷公藤、昆明山海棠之类，对生殖系统影响极大，尤其是对雌性生殖系统，引起月经紊乱、排卵延迟等，也部分损害雄性生殖系统，由此当然可以导致不孕不育，但这是生殖毒性，显然不能作为避孕药使用。一个可能作为男用避孕药的是棉酚，从棉籽油中提取，能够抑制生精上皮，有杀精作用，但安全性和可恢复性上，似乎还存在一些问题。

话说毒药与解药

郑诗亮按：此次访谈，是去年暑期的一个访谈的继续。当时的一次闲谈中，王家葵先生聊到，《水浒》所载"蒙汗药"的"蒙汗"作用，在医学上确有根据。由这个话头深谈下去，就有了一篇《王家葵谈中国古典文学中的药物》。可惜的是，当时竟然没有涉及"毒药"和"解药"这个话题。今年夏天，我们弥补上了这个遗憾。

【问】很高兴能在去年和您谈完古典文学里的药物之后，今年继续有关"毒药"的话题。能否请您首先定义一下，什么叫"毒药"？

【答】很高兴我们继续有关"毒药"的话题。

说到"毒药"，首先明确一点，我所谈论的"毒药"，就是毒理学（toxicology）所定义的毒药：在一定条件下，以较小剂量进入机体就能干扰正常生化过程或生理功能，引起暂时或永久性的病理改变，甚至危及生命的化学物质，此即通常意义的毒药（poison）。

为什么这样纠结呢？因为中医有一派意见认为，古代医药文献里面出现的"毒药"并不全都是指毒性，更是对药物"偏性"的概括——事实上，所谓"偏性"，本身就是一个需要准确定义的词汇。他们常举的例句，一是《周礼·天官》"医师掌医之政令，聚毒药以供医事"，郑玄注："毒药，药之辛苦者，药之物恒多毒。"另一句是《素问·脏气法时论》"毒药攻邪，五谷为养，五果为助，五畜为益，五菜为充"，王冰注："药谓金玉、土石、草木、菜果、虫鱼、鸟兽之类，皆可以祛邪养正者也。然辟邪安正，惟毒乃能，以其能然，故通谓之毒药也。"

我不同意这样的看法，研究专业词汇的定义，专业文献的表述最有说服力。"毒药"是药学词汇，不妨先看《神农本草经》的意见。《本草经》把药物分为上中下三品，毒性之有无，是分类依据之一，所以经文说："上药无毒，多服、久服不伤人。"请注意句中"多服"与"久服"是两个概念，多服指短时间摄入较大剂量，久服指常规剂量较长时间摄入，如果出现"伤人"的后果，对应的毒理学概念分别是急性毒性（acute toxicity）和慢性毒性（chronic toxicity）。具体使用例句，如"（麻蕡）多食令人见鬼狂走"，"（刘寄奴草）多服令人痢"，"（白垩）久服伤五脏，令人羸瘦"，"（矾石）久服伤人骨"等。

《诸病源候论》为隋代太医巢元方"奉诏所作"，是一部代表官方意见的病理学著作。该书"解诸药毒候"条开宗明义即说："凡药物云'有毒'及'有大毒'者，皆能变乱，于人为害，亦能杀人。"这可以视为针对本草条文中"有毒"字样的司法解释。

因此，尽管古代本草学家对具体药物毒性判断存在若干错谬，但其所谈论的，就是符合于现代毒理学定义的"毒性"，这也是我们今天对话所涉及的"毒药"。

【问】明清小说里面写到过很多毒药，情节往往很神奇，效果常常很惊人，这些毒药真的都存在吗？

【答】我们从"见血封喉"谈起吧。"见血封喉"是明清小说里面的词汇，检索一下，《镜花缘》有这样的情节：一只斑毛大虫中了猎户的药箭，"大吼一声，将身纵起，离地数丈，随即落下，四脚朝天，眼中插着一箭，竟自不动"，多九公喝彩道："真好神箭，果然见血封喉。"转向唐敖解释说："此箭乃猎户放的药箭，系用毒草所制。凡猛兽着了此箭，任他凶勇，登时血脉凝结，气嗓紧闭，所以叫见血封喉。"

"见血封喉"并不仅形容毒性剧烈或者毒效迅速，其实也可以是箭毒（curare）类毒药中毒的客观写照。

呼吸运动主要依靠膈肌和肋间肌收缩舒张来完成，这些都属于骨骼肌，受运动神经的调控。南美印第安人从防己科箭毒藤属植物中提取浸膏，称为箭毒，涂抹在箭镞上，用于战争和捕猎。箭毒中的主要成分是右旋筒箭毒碱

（d-tubocurarine），能够阻断运动神经与骨骼肌之间的信号传递，产生强大的肌肉松弛作用。但不同部位的骨骼肌对筒箭毒碱敏感度不一样，眼部肌肉最先松弛，然后是肩胛四肢、颈部和躯干肌肉的松弛，再以后是肋间肌松弛，出现腹式呼吸，最后膈肌麻痹，呼吸停止死亡。身躯庞大的野兽中箭以后，首先瘫软下来，数分钟到半小时死于呼吸抑制。在人而言，同样也是颈部肌群的松弛效应早于肋间肌、膈肌的抑制；故在受害者中毒死亡以前，能够感受并表达出因喉肌麻痹而出现的强烈窒息感，于是给旁观者留下"见血封喉"的残酷印象。

晚近医书中也提到"见血封喉"，清人所撰《外科证治全书》卷四有一条，说毒箭伤人，其中"一种是草乌膏，喂涂箭镞名射罔，人若中之，见血封喉而死"。草乌的毒性成分主要是二萜双酯类生物碱如乌头碱（aconitine）之类，中毒者多数死于心律失常，而非呼吸抑制。植物学家把分布在两广、海南、云南的一种桑科乔木箭毒木称作见血封喉树，这种植物茎干、枝叶等都含有乳白色汁液，当地人也用来涂抹箭头，射杀野兽。但箭毒木所含毒性物质为强心苷（cardiac glycoside）结构，也是心脏毒性，似乎不会出现"见血封喉"的效应。如果"见血封喉"确实是毒理效应的客观描述，相关物种还有深入探究的必要。

【问】刚才您提到"射罔"，这是什么？

【答】毒药种类很多，射罔只是其中一种，我们依次来说吧。

先说"射罔"，这在古代是一类鼎鼎大名的毒药。《神农本草经》乌头条说："其汁煎之名射罔，杀禽兽。"陶弘景注释："捣榨茎取汁，日煎为射罔，猎人以傅箭，射禽兽，中人亦死，宜速解之。"清代赵学敏《本草纲目拾遗》引用《白猿经》，有用草乌制作射罔膏的详细方法，可以得到砂糖样的乌头碱结晶，据说"挑起取用，上箭最快，到身走数步即死"，按照李约瑟的观点，这是最早的生物碱提取物。乌头碱猎杀野兽，当然也可以杀人。《国语·晋语》"骊姬受福，乃寘鸩于酒，寘堇于肉"，贾逵注："堇，乌头也。"这应是使用乌头投毒较早记录。

另一则记录见于《汉书·外戚传》，女医淳于衍受霍光夫人的指使给汉宣帝的许皇后下药，使用的也是附子、乌头一类。皇后饮下毒药，顿觉不适，问道："我头岑岑也，药中得无有毒?"淳于衍敷衍几句，皇后便"遂愈加烦懑而崩"。"岑岑"亦写作"涔涔"，烦闷不舒的样子，《尚书·说命》说"药不瞑眩"，应该就是这种昏昏冒冒的状态。这也是乌头碱中毒的标准状态，乃由中枢毒性所致。《涌幢小品》说，朱熹曾误服乌喙中毒，当时的症状也是"头涔涔，渐烦愦，遍体皆黑，几至危殆"，所幸及时发现，通过催吐而得减轻。

乌头碱中毒在临床最为常见，时有死亡案例。以下几种情况尤其注意：附子是中医常用药，如果处方剂量过大，且调剂处理不当，所含乌头碱未得充分水解，可引起中毒反应；民间风湿药酒，许多都有乌头属植物如草乌、雪上一支蒿等《中国药典》严禁内服的"草药"，病人偏听偏信而中毒；市售外用风湿酊剂，涂抹过量，或皮肤有创口，乌头碱吸收中毒。

【问】在我国古代的文学作品与文人笔记中，有一种毒物常被提及，就是断肠草。这是一种什么样的毒物呢？它真实存在吗？效力如何？

【答】这个说来话长，我们可以从"钩吻"谈起。

作为毒药，钩吻比乌头更加"有戏"。就跟"见血封喉"一样，"钩吻"一词也是刻画药物的毒效，此如陶弘景说："（钩吻）言其入口则钩人喉吻。或言'吻'作'挽'字，牵挽人肠而绝之。"而因疗效得名的药物，很容易发生同名异物现象，即不同时间、不同地域，凡下咽即能毙命，或者令咽喉部产生强烈不适感的植物，都有可能被称为"钩吻"。而"钩吻"急呼为"莨"，《广雅·释草》"莨，钩吻也"即由此而来。历代与"钩吻"名称相关，大致毛莨科、百部科、漆树科、马钱科、卫矛科多种有毒植物。

一种钩吻与黄精形状相似而善恶相反，《博物志》云："黄帝问天老曰：天地所生，岂有食之令人不死者乎？天老曰：太阳之草，名曰黄精，饵而食之，可以长生。太阴之草，名曰钩吻，不可食，入口立死。人信钩吻之杀人，不信黄精之益寿，不亦惑乎？"陶弘景也说："钩吻别是一草，叶似黄精而茎紫，当心抽花，黄色，初生既极类黄精，故以为杀生之对也。"这种植物大约是百部科的黄精叶钩吻。此植物有一定的毒性，据说舐食其叶，有很强的割舌感，但也达不到下咽立死的程度，估计采药人挖黄精时误收，后来以讹传讹，被附会为大毒药钩吻。

钩吻又名野葛，也写作"冶葛"。白居易《有木》组诗中有一首涉及误食野葛中毒："有木香荑荑，山头生一蘽。主人不知名，移种近轩闼。爱其有芳味，因以调曲糵。前后曾饮者，十人无一活。岂徒悔封植，兼亦误采掇。试问识药人，始知名野葛。年深已滋蔓，刀斧不可伐。何时猛风来，为我连根拔。"不过，非常之人必有过人之处，《博物志》说魏武帝曹操"习啖冶葛至一尺，亦多饮鸩酒"，大约是百毒不侵的意思。可注意的是这里钩吻以长度计量，《南州异物志》也说，"取冶葛一名钩吻数寸"，提示入药部位为藤茎或者根茎，原植物可能是漆树科毒漆藤。此植物掌状复叶三小叶与豆科葛相似，所以得名"野葛"，《博物志》说"野葛食之杀人，家葛种之三年不收，后旅生亦不可食"者，或许即是同类。

唐代的钩吻又不一样，《新修本草》说："野葛生桂州以南，村墟间巷间皆有，彼人通名钩吻，亦谓苗名钩吻，根名野葛，蔓生。"《岭表录异》补充说："野葛，毒草也。俗呼为胡蔓草。"这种生岭南的钩吻，为马钱科植物胡蔓藤，是后世钩吻的主流品种。这也是武侠小说中经常提到的"断肠草"之一，《本草纲目》说："广人谓之胡蔓草，亦曰断肠草。入人畜腹内，即粘肠上，半日则黑烂，又名烂肠草。"

这几种"钩吻"中，以胡蔓草的毒性最大，土人常用来毒人或自杀。《清稗类钞》说："岭南有胡蔓草，叶如麻，花黄而小。一叶入口，百窍溃血，人无复生，凶民将取以毒人，则招摇若喜舞然。或有私怨者茹之，呷水一口，则肠立断。或与人哄，置于食，以毙其亲，诬以人命者有之。制为麻药，置酒中，饮后昏不知人，然醒后不死。"读过一篇茂名市公安局关于钩吻（胡蔓草）中毒 40 例尸检报告，其中投毒 15 例，自杀 20 例，因治病内服或外用 5 例，约半数在 1—2 小时内死亡，最小致死剂量为 3 片嫩叶。从症状看，咽喉部有烧灼感、窒息感，并可以出现剧烈腹痛，这也与"钩吻"或者"断肠草"的名义相符。

【问】既然名叫断肠草，足以说明毒性之强了，史籍中记载，宋太宗赐李煜"牵机药"，令其自毙。这个比断肠草更厉害的"牵机药"是什么呢？

【答】南唐后主李煜降宋以后，偶然发故国之思，徐铉报告了宋太宗，于是赐下牵机药，饮之毙命。王铚的《默记》说："牵机药者，服之前却数十回，头足相就如牵机状也。"事件的真实性存在争议，但服药后躯体状态，显然就是背肌强直性痉挛，致使头和下肢后弯而躯干向前成弓形的"角弓反张"体态，由此我们相信，"牵机药"确实是用马钱子调配。

马钱子这一较钩吻更厉害的毒药，是马钱科植物马钱的种子，含有马钱子生物碱，剧毒。马钱是外来物种，因为种子的形状略同于葫芦科植物木鳖子，所以《本草纲目》称之为"番木鳖"。李时珍说："番木鳖生回回国，今西土邛州诸处皆有之。或云能毒狗至死。"马钱子生物碱中的士的宁（strychnine），能增加脊髓的兴奋性，使脊髓反射的应激性提高，反射时间缩短，神经冲动易于传导、骨骼肌的紧张度增加，曾经用于轻瘫、偏瘫等，民间也用于男性勃起功能障碍的辅助治疗。但士的宁安全范围狭窄，稍过量可致中枢广泛兴奋，全身骨骼肌挛缩，强直性惊厥，角弓反张，死亡率极高，已经从现代药物中淘汰。

【问】小说《甄嬛传》中有安陵容吃苦杏仁自杀的记载，苦杏仁真的能令人中毒身亡吗？

【答】安陵容吃苦杏仁自杀，确实是氰化物中毒。

爱看阿加莎推理小说的读者，一定记得经常飘荡在凶案现场的那一股淡淡的苦杏仁味儿，那就是氰化物特有的气味。氰化物抑制呼吸链，导致组织缺氧，死亡可以在染毒数分钟到一小时内发生。杏仁、桃仁中含有苦杏仁苷（amygdalin），属于氰糖苷（cyanogenic glycoside），在种子中所含苦杏仁酶的作用下，释放出微量的氢氰酸和苯甲醛，所谓的"平喘止嗽"作用，大约即通过此环节发生。

苦杏仁苷在苦杏仁中含量可以高达3%，一次摄入大剂量，确实可能发生氰化物中毒。至于零食甜杏仁、巴旦木，氰苷含量极微，一般来说是安全的。

古代医药家对这种毒性有所认识，所以本草中杏仁、桃仁都被标记为"有毒"；但知其然而不知其所以然，从《名医别录》开始就强调杏仁"其两仁者杀人"，后来又加上去尖、去皮的要求，所以通常的说法是，处方使用的杏仁、桃仁皆需要"去皮尖及双仁者"，否则可能"杀人"。按照现在已知，这样的说法完全是无稽之谈。可以设想，古人观察过因服食苦杏仁引起的死亡事件，不明原理，遂将责任归结为操作不当（未去皮、尖），或者罕见状态（双仁）。但问题不止于此，干瘪的苦杏仁不容易去皮，于是炮炙中习惯采用"焯法"，让杏仁在沸水中过一下，其本意是便于去皮操作，而此短暂的受热过程使得种子中所含苦杏仁酶部分灭活，从而减少氢氰酸的释放，居然也达到减毒的效果。

【问】古代的一些史籍如《史记》《汉书》《南唐书》等，有很多关于以鸩酒赐死和饮鸩酒自杀的记载。根据传说，鸩酒是用鸩鸟的羽毛划过的酒，有剧毒，真实的情况是什么呢？

【答】问得好，"鸩"才是史上最神奇的毒药。还是引《博物志》的说法吧，这算是当时博通上下古今的第一八卦书。该书引《神农经》说："药物有大毒不可入口鼻耳目者，入即杀人。一曰钩吻，二曰鸥，三曰阴命，四曰内童，五曰鸩，六曰蝐蜍。"

鸩排位不在第一，却因为"饮鸩止渴"的成语脍炙人口。此语出自《后汉书·霍谞传》："譬犹疗饥于附子，止渴于酖毒，未入肠胃，已绝咽喉，岂可为哉！"据注释家的意见，"酖"本意是饮酒为乐，此处假借为"鸩"；我意写作"酖"，可能还有一层意思，鸩毒几乎都是酒剂，如前引《国语》"寘鸩于酒"，所以"酖"可能就是"鸩酒"二字合体会意。翻检史书，饮鸩的记载不绝如缕。

《汉书·齐悼惠王刘肥传》说："太后怒，乃令人酌两卮鸩酒置前，令齐王为寿。"颜师古注引应昭云："鸩鸟黑身赤目，食蝮蛇、野葛。以其羽画酒中，饮之立死。"吃毒物所以自己也有毒，这是古人的简单思维，不必当真。《离骚》"吾令鸩为媒兮，鸩告余以不好"，王逸注："鸩，运日也，羽有毒，可杀人。以喻谗佞贼害人也。"洪兴祖补注引《广志》云："其鸟大如鸮，紫绿色，有毒，食蛇蝮。雄名运日，雌名阴谐。以其毛历饮卮，则杀人。"真是"好厉害的说"。

鸩是著名的毒鸟，当然也见载于本草，《名医别录》说鸩鸟毛"有大毒，入五脏烂，杀人"，陶弘景注释说："鸩毛羽，不可近人，而并疗蛇毒。带鸩喙，亦辟蛇。昔时皆用鸩毛为毒酒，故名鸩酒。"《新修本草》勇于不信，认为"羽画酒杀人，此是浪证"，即胡说八道的意思。陶弘景谓鸩鸟出交广深山中，"状如孔雀，五色杂斑"，《新修本草》也不以为然，说陶被交广人所欺诳。羽毛含有剧毒的禽鸟，迄今没有发现，恐怕也不真实存在，若只从形状似鹰鹞且能食蛇来看，这种鸩鸟颇像是鹰科猛禽蛇雕。或许古人惊异于鸟能食蛇，于是给这种鸟附会了若干神秘元素。但近年在巴布亚新几内亚发现一类冠林鵙鹟，皮肤和一身漂亮的羽毛中，竟含有一种类似于箭毒蛙的剧毒毒素。这类鵙鹟的形状与文献描述的鸩鸟相似，毒性特征也相似，或许就是传说中鸩鸟的本尊。但这类鵙鹟究竟是中国原有后来灭绝，或是一直就是外来，尚需进一步考察。《新修本草》说"羽画酒杀人，此是浪证"，则是少见多怪了。

【问】在古代一些小说中，丹顶鹤头上的"丹顶"被认为是一种剧毒物质，称为"鹤顶红"，一旦入口，便会置人于死地。这种药物真的存在吗？

【答】鹤顶红本是山茶花的品种，苏东坡咏山茶有"掌中调丹砂，染此鹤顶红"之句，这是以丹顶鹤（Grus japonensis）头上一点朱丹为比拟。可能到明清之际，鹤顶红才被用作一种剧毒药的隐名。

这种毒药早期秘密流传，外人不得知，遂根据名字想象为丹顶鹤的红顶，刚才说到的医生陈士铎都曾上当，《辨证录》讨论鸩酒时说："夫鸩毒乃鸩鸟之粪，非鸩鸟之羽毛，亦非鹤顶之红冠也。鸩鸟羽毛与鹤顶红冠皆不能杀人，不过生病，惟鸩粪则毒。"现代文献将毒药鹤顶红指认为三氧化二砷矿石，因含有杂质，呈粉红色，俗称"红信石"者，姑且备一说。

【问】另外，还有一种叫作"孔雀胆"的毒物，真的跟孔雀有关系吗？

【答】至于孔雀胆本是毒药中比较偏门的一种，因为郭沫若同名话剧，大众才有所耳闻。《孔雀胆》是一部悲剧，先抄几句百度百科："元末红巾起义，梁王逃至楚雄，向大理总管段功求援。段功助其击退义军。为感恩，梁王将公主阿盖许给段功为妻。后来，梁王打算除掉段功，于是密命阿盖公主以孔雀胆毒杀段功。阿盖拒受王命，并以实情告段功。段功虽然没有死于孔雀胆，仍然没有逃脱梁王的手掌，死于非命，阿盖公主不久也香消玉殒。"

这段故事在《南诏野史》《滇略》《尧山堂外纪》中都有记述，提到的毒药就是孔雀胆。孔雀胆并不是孔雀的胆囊，而是一种芫菁科昆虫大斑芫菁干燥的虫体，中医作为"斑蝥"入药。或许去除头部足翅后的虫体形似胆囊，遂以"孔雀胆"为隐名。斑蝥含斑蝥素，口服对胃肠道和泌尿系统有较强刺激性，对全身器官系统都有损害，可发生急性肾功能衰竭致死。

【问】很多小说里面还有养毒虫的记载，如蜘蛛、蜜蜂、蝎子、蟾蜍、蜈蚣等，这些记载靠谱吗？这些毒虫真的能够通过人工养育，来加强它们的毒性吗？

【答】古人真实了解或确切使用的毒药，以植物来源为主，其次是矿物来源，动物来源较为少见。至于你提到小说中常见的，利用毒蛇、蜘蛛、蜜蜂、蝎子、蟾蜍、蜈蚣等毒虫，抚育培养出"珍罕毒物"，抱歉，多数都是"小说家言"。

先解释原因。动物来源的毒药，以动物毒素为常见，这是一些动物进攻和防御的武器，多由毒腺分泌，以蛋白质为主。首先，中国境内剧毒动物不多，获取困难；更重要的是，对古人来说，毒素还面临提取、保存、使用三大难题。动物毒素以蛇毒为最常见，在中国，眼镜蛇科、蝰蛇科的一些蛇种，毒素可以致死。但即使获得足够量的毒液，精制并妥善保存，也需要通过开放性创口才能进入受害者体内而产生毒性。一般而言，口服会被消化屏障隔离，达不到效果。这样的毒药，可算是高成本低收益。至于蜘蛛、蜈蚣、蝎子，绝大多数中国本土品种的毒力太低，可以忽略不计。

非蛋白类的毒素在动物体内存在不多，但有两个很特别。一是河豚毒素，这是自然界天然存在的已知活性最强的神经毒素，这是一种生物碱，性质非常稳定，常规加热或酸性环境都不能破坏。中毒潜伏期短，缺乏有效的解救措施，可以在中毒后数分钟内死亡。另一个是蟾酥，这是中华大蟾蜍、黑眶蟾蜍等，耳后腺、眶下腺分泌物的干燥品，所含强心苷类物质，心脏毒性和局麻作用也可以致死。或许是太常见，不能勾起读者的新奇感，这两种毒性道具，都不经常在小说中出现。

附带一说，我至今没有想明白的是，古代人对自然界广泛存在，且活（毒）性明显的大型真菌如蘑菇之类，认识明显不足，检索笔记，仅得聊聊数条。《墨客挥犀》卷五说："菌不可妄食。建宁县山石间，忽生一菌，大如车盖，乡民异之，取以为馔，食者辄死。"南宋初年的一则毒蘑菇故事，一波三折，特别有意思，《西湖游览志余》卷二十四载："乾道初，灵隐寺后生一蕈，圆径二尺，红润可爱。寺主惊喜，以为珍品，不敢食，献之杨郡王。王亦奇之，曰：是当为玉食。奏进于孝宗，诏以美味宜供佛，复赐灵隐寺……盛之以盘。经日颇有汁液沾濡，两犬争舐之，一时狂死，寺僧大惊。"

【问】还有不少小说渲染苗疆的蛊毒，神乎其神，这种东西真的存在吗？

【答】你问"蛊毒"，那可是古代的"生物武器"。"蛊"的研究涉及医学、生物学、人类学、民族学、民俗学、文学等多个学科领域，研究都很深入，结论倒也直白，根本不存在你想象中的那种"蛊毒"。

不仅是"蛊"的问题如此，由于缺乏科学逻辑，古人某些有关毒性的观念，荒谬得超乎想象。举一个例子吧。

巴豆是大戟科植物巴豆的种子，载《神农本草经》属于"有大毒"的药物，巴豆所含脂肪油对肠道有极强的刺激性，引起剧烈腹泻，本草用来"荡练五脏六腑，开通闭塞"，也是真实疗效的写照。《鹿鼎记》中韦小宝使坏，买通马夫，给吴应熊的马喂饲巴豆，拉得一塌糊涂。另外又传说，林则徐起复不久，病泻痢而死，传说也是厨人用巴豆汤祸害。

巴豆毒性如此，可自古以来就有一项传说，谓巴豆能肥鼠，《淮南子·说林训》云："鱼食巴菽（豆）而死，鼠食之而肥。"《博物志》云："鼠食巴豆三年，重三十斤。"《南方草木状》也说："鼠食巴豆，其大如豚。"陶弘景亦相信此说，言"人吞一枚便欲死，而鼠食之，三年重三十斤"，并感叹说："物性乃有相耐如此尔。"实验室经常用巴豆油制作大鼠、小鼠腹泻的动物模型，只看到鼠们拉肚子到脱肛，还真没有"食之而肥"的现象发生。

何以荒谬如此呢？这如果不是误传的话，恐别有原因。巴豆油（croton oil）中所含巴豆醇二酯（phorbol diester）有致癌或促癌作用，可诱发小鼠、大鼠胃癌、肝癌。所谓巴豆肥鼠，或许是鼠类荷瘤后体态畸形，古人错误观察，以讹传讹。还有一种可能，除了巴豆，本草中强调药物在不同种属动物间反应性差异的记载还有很多，如《新修本草》说赤小豆"驴食脚轻，人食体重"，《本草拾遗》说生大豆的药性"牛食温，马食冷，一体之中，用之数变"等。其所依据的，未必是客观事实或使用经验，更像是方术家的故弄玄虚，或者某种巫术逻辑。

【问】说到古人对毒性的错误认识，能否请您多举一些例子？

【答】蜀椒也载于《神农本草经》，此为芸香科花椒属植物的果实，因为物种和产地不同，名目甚多，汉代以秦椒、蜀椒为大宗，大抵以花椒为主流。《孝经援神契》说"椒姜御湿"，本意可能是调味之用。作为调味品，花椒并没有明显的毒性，或许是惮于椒强烈的麻味，被标记为"有毒"；又将毒性归于闭口，谓"口闭者杀人"，换言之，只要将闭口椒去掉，便能安全无虞。关于椒的毒性，有一段掌故可资谈助。

据《后汉书·陈球传》，熹平元年（172），窦太后去世，宦官曹节等不欲太后与桓帝合葬，廷尉陈球力争。这是一场朝臣与宦官的斗争，其他大臣也是有备而来，传中提到太尉李咸"捣椒自随"。李咸出门前对妻子说："若皇太后不得配食桓帝，吾不生还矣。"椒便是花椒，无异辞，椒岂能成为自杀工具？通读后文，颇怀疑这是范晔在调侃李咸。

按照范晔的叙述，经过陈球慷慨陈词，事情渐有转机，"公卿以下，皆从球议"。然后范晔写道：李咸始不敢先发，见球辞正，然后大言曰："臣本谓宜尔，诚与臣意合。"会者皆为之愧。"大言"云云似乎已经含有讥讽，"会者皆为之愧"，究竟是会者自愧，还是为李咸愧，说不清楚。李咸之"捣椒自随"，恐怕也不是为了仰药自尽，而是麻痹口腔，关键时候好唯唯诺诺，真是老奸巨猾。张锡纯《医学衷中参西录·例言》对此事别有说法："尝因胃中受凉，嚼服花椒三十粒，下咽后即觉气不上达，移时呼吸始复常。乃悟古人谏君恐有不测，故有捣椒自随者。由斯观之，用药可不慎哉。"他的意思是椒吃得死人，恐怕不是这样的，但大剂量或许能产生短暂的麻痹。

范晔《后汉书》没有为李咸立传，其他人著的史书中则有之。袁宏《后汉纪》卷二十三说法不同，径言"公卿不敢谏，河南尹李咸执药上书"云云，然后"章省，上感其言，使公卿更议，诏中常侍赵忠监临议"云云，其后接范书公卿议论，陈球的意见。对此《后汉纪》整理本有注释说："范书陈球传，以众议在前，咸上疏在后。廷议时，陈球仗义执言，咸观望许久，才曰与球意合，会者皆为之愧。《通鉴考异》曰：'今按：史称咸廉干知名，在朝清忠，权幸惮之。其能捣椒自随，必死之心已固，不当临议畏葸不言。且若无李咸之先谏，中官擅权，无须延议而以冯贵人配桓帝，故当以袁纪为是。'"

我对此不敢苟同，历史真相固然不得而知，但范晔的叙述显然带有倾向性。袁宏说李咸是"执药上书"，而范晔直接点明所执的"药"不过是花椒；若能了解所捣之"椒"基本上不会致人于死命，这就足够了。

关于花椒的毒性，有人举《魏书》孝文帝的冯皇后被迫"含椒而尽"的故事反驳。我理解，这就跟徐达患"发背疮"，朱元璋遣人送肥鹅一样，只是皇帝"恩赐"一种"体面的"死法罢了，与"发背食鹅则死"的真实性毫无关联。进一步引申，前面说李煜死于"牵机药"，真伪虽然不得而知，但李后主所遭遇的一定是酷死，却是毋庸怀疑的。

【问】那种凭借空气扩散的毒物，有现实的可能性吗？而且，有些小说还将其描述成无臭无味，一闻即中毒，效果真的有这么神奇吗？

【答】你问了一个有意思的问题。无臭无味不是关键，重点线应该划在"凭借空气扩散"下面。你说的这类毒药，古代肯定没有，现代则有，那就是我们耳熟能详的沙林、索曼、芥子气等"化学武器"。

《铁围山丛谈》里面记了一件事，政和初年，徽宗亲自巡查内库，打开一个无字号的仓房，专门贮藏两广、蜀川进贡的毒药，野葛、胡蔓藤皆在其中，鸩毒尚只排在第三，更厉害的毒药"鼻嗅之立死"云云。自然界气态的毒物当然有，高浓度的硫化氢、二氧化硫在温泉区比较常见。但把天然存在的"毒物"做成"毒药"，却有一项困难，如何搜集、贮藏，如何保证在使用环境中维持毒效浓度，如何保护施毒者不受侵害。若做不到，则一切免提。

关于"无臭无味"也可以啰唆两句。这属于错误思维，颜色、气味与毒性有无、毒力强弱没有关联性，但此问题的背后，隐含民众对"快速鉴毒能力"的热望。事实上，除了"以身试毒"外，古人并没有更好的测毒手段。流传最广的是银器验毒，《本草纲目》说："今人用银器饮食，遇毒则变黑，中毒死者，亦以银物探试之。"记得小时候蘑菇炖肉，做好以后先要用银筷子插入肉中，看有没有变黑，然后才放心食用。后来才知道，这种验毒方法非常不靠谱。

古人常用的大毒药砒霜，成分是 As_3O_2，主要由各种砷矿石升华制得，技术所限，未能完全脱硫，所以砒霜里面杂有少量的硫，遇到银可以生成黑色的硫化银，肉眼所见即是银器变黑。蒙昧时代，这一经验无限被扩大，银子不仅可以验毒，甚至传说还能防毒呢。

【问】前面说了这么多毒药，但我们还漏了一个重大问题——解药，能否请您谈谈这方面的情况。

【答】中毒是急诊医生经常处理的情况，如果染毒物质判断明确，几项工作应同时进行，一是尽快脱离毒源，一是使用特异性解毒剂，一是对症支持疗法。古代解毒疗法大致也包括这三项，但无法截然分开，可以笼统地称作"解药"。

前面引《博物志》说曹操"习啖冶葛至一尺，亦多饮鸩酒"，后人觉得不可思议，于是自动"脑补"。据说蕹菜能解毒，所以《南方草木状》就说："冶葛有大毒，以蕹汁滴其苗，当时萎死。世传魏武能啖冶葛至一尺，云先食此菜。"蕹菜就是菜场常见的空心菜，又名藤藤菜，为旋花科植物蘘菜，这个菜能解钩吻野葛之毒，姑妄听之吧。

说到这里，我忽然想起，《博物志》关于曹操的这段八卦，以前似乎有人讨论过，大意是曹操为了避免中毒，经常小剂量服毒，以增加对毒药的耐受性。现在想来，完全不对，且不说许多毒药的耐受未必可以后天培养，用这种方法来防毒风险也太大。我更相信这个传说就是曹营的人散布，暗示曹操既不怕野葛，也不怕鸩酒，以减少被人投毒的可能。后人以先食蘘菜再吃野葛来解释，未免自作多情了。

【问】武侠小说中经常看到，主人公预先或事后服下"解药"，于是对手的毒药无效，或者已经发生的中毒霍然而愈。真有这样的"解药"吗？

【答】特异性解毒剂以免疫学家贡献最大，这就是我们或许听过的各类抗毒血清。除此而外，则是化学解毒剂，如针对亚硝酸盐中毒的亚甲蓝，砷中毒的二巯基丙醇，氰化物中毒的亚硝酸钠与硫代硫酸钠联用（这是旅美药理毒理学家陈克恢先生的贡献，陈先生研究麻黄碱，是中药现代研究的先驱），吗啡中毒的纳洛酮，安定类中毒的氟马西尼，有机磷中毒的解磷定、阿托品联用等。

古人也有寻求特异性解毒剂的想法，刚才说蘘菜解野葛毒就是一例。《博物志》引《神农经》说："一曰狼毒，占斯解之；二曰巴豆，藿汁解之；三曰黎卢，汤解之；四曰天雄、乌头，大豆解之；五曰班茅，戎盐解之。"

【问】那么，这些方法能够取得解毒效果吗？很令人怀疑啊。

【答】这些方法显然无效，于是寻求广谱解药方案，最常使用的有以下三种。

第一是甘草，又名"国老"，载《神农本草经》，是解毒的上品。《名医别录》说甘草能"安和七十二种石，一千二百种草"，"解百药毒"。药理研究证实，甘草煎液口服，能提高动物对多种毒素的耐受力，是一种非特异性解毒剂。甘草中含甘草酸（glycyrrhizic acid），因其甜味是蔗糖的 250 倍，故又名甘草甜素（glycyrrhizin），含量在 5%—10%。甘草甜素在肝脏分解为甘草次酸（glycyrrhetinic acid）和葡萄糖醛酸，后者可与含羧基、羟基的物质结合，使之失活，从而发生解毒作用；前者则具有肾上腺皮质激素样作用，可提高机体对毒素的耐受力。

第二是地浆水，载于《名医别录》，陶弘景说："此掘地作坎，以水沃其中，搅令浊，俄顷取之，以解中诸毒。山中有毒菌，人不识，煮食之，无不死。又枫树菌食之，令人笑不止，惟饮土浆皆差，余药不能救矣。"地浆解毒，笔记中甚多，如《茅亭客话》说："淳化中有民支氏，于昭觉寺设斋寺僧，市野蕈有黑而斑者，或黄白而赤者为斋食，众僧食讫悉皆吐泻，亦有死者。至时有医人急告之曰：但掘地作坑，以新汲水投坑中搅之澄清，名曰地浆，每服一小盏，不过再三，其毒即解。当时甚救得人。"地浆解毒并非玩笑，这很类似活性炭作为解毒剂的吸附作用，吸附胃肠道中尚未吸收的毒性物质，经大便排出，从而避免中毒进行性加重。

第三是粪清，这就比较恶心了。用或干或稀的便便来解毒，也见于《名医别录》，一番繁琐操作制成所谓的"黄龙汤"，甚至还是解救河豚中毒的"特异性解毒剂"。由此闹出的笑话不少，救回的人命几乎没有。既然无效，为何又屡用不绝呢，在《证类本草评注》"人屎"条我有一段按语，抄在下面，并以此结束这次谈话：

古代治疗水平低下，面对严重疾病，经常使用各类"令人作呕"的肮脏物事作为药物。如人部粪尿枯骨之类，除了催吐作用有可能减少经口染毒者毒物吸收以外，不会有真实疗效。其屡用不止，推考原因大约三端：其一，巫术之厌胜原理，或医术之"以毒攻毒"理论。如《本草纲目》"人屎"条的"四灵无价散"，主治痘疮黑陷，腹胀危笃者，"用人粪、猫粪、犬粪等分，腊月初旬收埋高燥黄土窖内，至腊八日取出，砂罐盛之，盐泥固济，炭火煅令烟尽为度。取出为末，入麝香少许，研匀，瓷器密封收之"。专门说，"此为劫剂"，"乃以毒攻毒"。其二，站在治疗者的立场，可能更宁愿病人因厌恶这些恶劣之品而拒绝服药，使医者比较容易摆脱治疗失败的尴尬。其三，从患者亲属的角度，也可因"已经采取如此极端的治疗方案而依然无效"，从而获得心理安慰。

本草文献笔谈

郑诗亮按：这是与王家葵先生关于本草的第三次访谈，主要涉及本草文献研究。

【问】想先从最基本的概念入手。能否请您谈谈何为"本草"？

【答】谈论本草问题，确实要从"本草"两字开始。可以直截了当地讲，"本草"从概念上大约与"药物学"相当，故将"本草"定义为古代的药物学，应该没有问题。只是在多数时候，本草用来作为是本草书（药物学著作）的专名，汉代以来的古代药学著作，绝大多数都以本草为书名，比如大家耳熟能详的《本草纲目》。

本草既然是古代药物学，容我稍微说远一点，对医药历史做一个简单的回顾。

药物疗法是先民应对疾病的手段之一，但不是主要手段。甲骨文能反映殷商人的疾病观念，治疗则以祭祀祈祷最为大宗，极少有涉及药物的卜辞。这一情况也与《史记·扁鹊仓公列传》中"上古之时，医有俞跗，治病不以汤液醴洒"的说法相吻合。

追溯历史，搜集食物更早于寻觅药物，《淮南子·修物训》说："（神农）尝百草之滋味，水泉之甘苦，令民之所避就，当此之时，一日而遇七十毒。"这是先民觅食的真实写照。所以本来是农业神祇的神农氏，渐渐也被赋予医药职能。药物起源于人类有意识的觅药行为，不妨设想一个场景，"神农"在辨识草木滋味、水泉甘苦过程中，遇到一种叶大型根黄色的植物，尝试以后，不仅滋味不佳，而且出现严重腹泻，这种被命名为"大黄"的植物当然就被作为"毒"口耳相传了。直到有一次，部落成员抱怨几天不能大便，神农回想起"大黄"的"毒"，于是建议病人少量的尝试，结果可想而知，各种不舒适爽然若失，于是获得一项经验，大黄能够"荡涤肠胃，推陈致新"，药物治疗学由此发端。所以晚出的药物著作托名神农，固然出于"尊古贱今"的原因，但特别选中神农也非偶然。

《史记·扁鹊仓公列传》提出病有六不治，"信巫不信医"为其中之一，这可以视为医学摆脱巫术干扰的标志。巫色彩浓厚的药物慢慢淡出，客观药物成为治疗的主流，药物疗法也逐渐流行。出土文献中《五十二病方》与《天回医简》时间稍有先后，从用药情况分析，正是药物学脱离巫文化的转折点。

药物学专著一定是药物疗法广泛实施，并有充分经验可供总结以后，才有可能产生。在《仓公列传》中，公乘阳庆传授仓公的医学著作中有《药论》，这是目前已知最早的药学文献。遗憾《药论》只存书名，具体内容则不得而知，1977年安徽阜阳双古堆出土西汉早期《万物》竹简，年代与仓公接近，记载药名及简单功效，可算是《药论》的实物标本。

"本草"一词首见于《汉书》，《郊祀志》云："（成帝初）候神方士使者副佐、本草待诏七十余人皆归家。"颜师古注："本草待诏，谓以方药本草而待诏者。"《平帝纪》元始五年又复"征天下通知逸经、古记、天文、历算、钟律、小学、史篇、方术、本草及以《五经》《论语》《孝经》《尔雅》教授者，在所为驾一封轺传，遣诣京师，至者数千人"。两处"本草"皆指本草学术，挟本草学问以备征召者。至《游侠传》谓楼护"诵医经、本草、方术数十万言"，此则专指本草之书，故言"诵读"。

但检《汉书·艺文志》方技略凡四门，医经、经方、房中、神仙，并没有本草书的痕迹，只是在经方类解题提到寒温、药味、五苦六辛等，隐含已见药学理论，且与后世本草所奉行者基本一致，较《万物》则有质的飞跃。如此而言，楼护所习诵之"本草"，虽未必是《神农本草经》，但其书之性质与学术水平应该大致相当，或者目为《神农本草经》早期传本也无不可。至于《艺文志》不载本草之书，正可能此类著作兴起未久，内府尚无典藏，故目录付阙，不必如章学诚在《校雠通义》中责备侍医李柱国工作疏漏，乃至"书有缺遗，类例不尽"也。

【问】那么，顺着前面的话题，请您进一步谈谈，何为"本草学"？

【答】为了说清"本草"的概念，拉杂说了这许多，至于"本草学"，自然是以本草为研究对象的现代学问。虽然通常归属于药学学科，其内容则更多地涉及人文历史，所以我在《本草文献十八讲》的前言中就用了"传统本草学研究的三个方面"作标题，分别讨论本草历史、本草文献、本草药物。

从东汉至今，本草的历史也就两千年，其中有六个重大事件决定了本草历史的发展走向。一是本草书的出现，一是齐梁之际陶弘景编辑《本草经集注》，一是唐初政府官修本草，一是北宋末唐慎微编辑《证类本草》，一是明代李时珍著《本草纲目》，一是20世纪20年代初陈克恢博士（1898—1988）发表麻黄研究论文。其中陶弘景与陈克恢两位的工作算得上特别的"锚点"，前者使本草成为超乎医药学术以外的"显学"，后者则在一定程度上决定了近现代中医药的命运。陈克恢的话题以后有机会讨论，这次只说陶弘景。

今天所见的这本《神农本草经》其实只是汉代众多本

草著作之一，此书之所以能够从中脱颖而出，乃是多方面因素的机缘合和。首先是书名被冠以"神农"二字，毕竟在上古神祇中，神农由于农神的原始设定，通过尝味草木的传说，最容易完成向"药神"的身份转化。所以虽然有"黄帝使岐伯尝味草木，典医疗疾"的说法，乃至有托名黄帝的本草，都不及"神农本草"影响力大。至于岐伯、雷公、桐君、扁鹊、子义、医和等，神格相对较低，自然需要让位给神农。

另一原因是体例结构之完备。首先是开创性地采用总论—各论的著作结构。《本草经》在药物条目之前有数条通论性文字，相当于后世药物学总论，涉及药材学、调剂学、药物治疗学等多个方面的基本原则，遵用至今的重要药性理论，如四气、五味、毒性，以及方剂的君臣佐使、七情配伍等，皆由《本草经》奠定。陶弘景循此，正式将《本草经集注》分为总论、各论两部分，由此确立本草著作的基本格局。其次，《本草经》将三百六十五种药物安置在上中下三品框架中，每一品内再按玉石、草木、兽禽虫鱼、果、菜、米谷的顺序依此排列，有条不紊。这种框架模式的优点是类例分明，即所谓"欲轻身益气不老延年者本上经""欲遏病补虚羸者本中经""欲除寒热邪气、破积聚、愈疾者本下经"，便于使用者按需检索。从《本草经》以来，本草书的各论几乎都以药物为标题，构成以药为单位相对独立的小条目。《本草经》开创一种模板化的条目撰写模式，药名以下，一般包括性味毒性、主治功用、别名、产地、采收等项。如玉泉条云："玉泉，味甘，平，无毒。主五脏百病，柔筋强骨，安魂魄，长肌肉，益气。久服耐寒暑，不饥渴，不老神仙。人临死服五斤，死三年色不变。一名玉札。生蓝田山谷。"

事实上，现代药物著作几乎都采用这种总论—各论结构，总论提纲挈领地概述学科核心问题，各论根据学科性质分配章节，其下则以药物为条目展开叙述，具体条文也基本程序化甚至栏目化。此并不意味着现代药物学的撰写方式模拟《本草经》而来，真实原因是《本草经》从一开始就找到了符合本学科的最佳著作方式，此即《荀子·解蔽》所言："好书者众矣，而仓颉独传者，壹也。"

更重要的原因则在政治学方面。

东汉以来流传的本草著作众多，许多都带有浓厚的神仙家色彩，比如《抱朴子内篇·仙药》引《神农四经》曰："上药令人身安命延，升为天神，遨游上下，使役万灵，体生毛羽，行厨立至。"又如《太平御览》卷七八引《神农本草》云："神农稽首再拜问于太乙小子曰：曾闻古之时寿过百岁而徂落之，咎独何气使然耶？太乙小子曰：天有九门，中道最良。神农乃从其尝药，以拯救人命。"今天流传的《本草经》则不同，尽管有巫术的孑遗，也存在阴阳、五行、谶纬家的影子，但立足于儒家思想，符合于当时代的主流文化价值。

汉代哲学，从立国至文景之世崇尚无为，以黄老为指归，到汉武帝时，董仲舒上"天人对策"，主张"罢黜百家，独尊儒术"，从此，儒家哲学成为汉代的官方哲学。本草为方技之一端，其实无关政治，但《本草经》则隐约存在一条儒家思想主线贯穿全篇。

君臣佐使的配伍原则见于《黄帝内经素问》，《至真要大论》云："主病之谓君，佐君之谓臣，应臣之谓使。"所谓主病为君，即根据病情病性，灵活确定方剂中的主药。这种配伍原则符合用药规律，在战国时期即为医生所接受，并用于指导医疗实践。如《庄子·徐无鬼》云："药也，其实堇也，桔梗也，鸡癕也，豕零也，是时为帝者也。"据骆耕道注："药无贵贱，愈病为良。且如治风，则以堇为君，堇，乌头也。去水则以豕苓为君，豕苓，木猪苓也。他皆类此。"与《素问》不同，《本草经》则强调"上药为君"，乃云："上药一百二十种为君，主养命以应天；中药一百二十种为臣，主养性以应人；下药一百二十五种为佐使，主治病以应地。"《本草经》这种机械划分药物君臣地位的方法，有悖临床用药规律，早为临床医家所诟病。如皇甫嵩《本草发明》云："苟善用之，虽乌、附下品可收回天之功；用之弗当，则上品如参、芪亦能伤人。丹砂、玉屑品极贵也，服之者多遇毒，又何必拘此三品为君、为臣、为佐使之别哉。"这种"上药为君"的观点，已完全脱离先秦"主病为君"的朴素唯物思想，是一种认识论上的倒退，是君权被神格化以后的产物。

《本草经》上药为君的主张，是汉代儒家尊君思想的折射，是《本草经》作者将儒家君臣体系在方药配伍中的理想化。上药应天，只有上药才具有为君的资格，此即《春秋繁露·郊义》所言："天者，百神之君也，王者之所最尊也。"按儒家确立的君臣伦常关系："天子受命于天；诸侯受命于天子；子受命于父；臣妾受命于君；妻受命于夫。"只有上药为君，方符合儒家对君王的定义与要求，即《白虎通·号》所谓之"德合天地者称帝"。上药顺受天命，即如"受命之君，天意之所予"，在方剂中的地位只能居于最贵，故为君。同样的道理，中药应人为贱，下药应地更贱，故只能居于臣属佐使的地位。

《本草经》还规定了方剂中的君臣比例，强调方剂中君药的唯一性，臣多于君，佐多于臣，使多于佐："药有君臣佐使，以相宣摄，合和宜用一君二臣三佐五使，又可一君三臣九佐使也。"恰如贾谊所说："等级分明，而天子加焉，故其尊不可及也。"这正是儒家政典模式的缩影。可以想象，若方剂中多君少臣、多臣少佐，必背儒家社会君臣上下之礼。但事实上，这种理想化的君臣格局，对临床用药指导意义不大。如陶弘景在《本草经集注》中说："检仙俗道诸方，亦不必皆尔。大抵养命之药则多君，养性之药则多臣，疗病之药则多佐。"

《本草经》以"三品合三百六十五种，法三百六十五度，一度应一日，以成一岁"，分上中下三品，以与天人地相成。《本草经》三百六十五种药数的得出，实本于儒家天人感应学说。据陶弘景解释："天道仁育，故云应天，独用百廿种者，当谓寅卯辰巳之月，法万物生荣时也；人怀性情，故云应人，一百二十种者，当谓午未申酉之月，法万物熟成时也；地体收杀，故云应地，独用一百廿五种者，当谓戌亥子丑之月，兼以闰之，盈数加之，法万物枯藏时也。"这正是董仲舒"人副天数"学说在药物学上的翻版。

综上数点可以看出，这本《本草经》的学术思想与汉代主流文化同调，经过陶弘景《本草经集注》的整理注释，终于在唐代进入官方视野，显庆二年政府出面官修，使本草成为"官学"的一部分。事实上，宋代以前，由政府出面组织修订传世文献，几乎都与政教相关，官修本草可算是唯一的例外。就此意义而言，如果不是陶弘景的特别举动，本草发展未必是今天所见的样子。

我在小书《本草文献十八讲》（其实应该是十九讲，止于民国初年曹炳章的《增订伪药条辨》，讲中药的假冒伪劣）后记中提到："学科史不外乎由人物、事件、著作构成，对本草学术而言，人物、事件多数保存于本草著作之中，因此拈《神农本草经》引起本草起源的话题，用《新修本草》代表官方介入，以《证类本草》讨论本草文献之层叠累加，择《滇南本草》来说明民间草药，如此以各类本草书串联而成。"事后想，第十八讲提及的《植物名实图考》作为旧本草学术之终结和现代植物学的发端，就学术文化意义而言，远超过《伪药条辨》。

【问】您曾经分别做过题为"本草的博物学打开方式"的讲座和"本草的药理学打开方式"的讲座，非常有趣。这两种"打开方式"有着怎样的区别和联系？

【答】"打开方式"是套用电脑词汇，其实就是观察审视问题的角度，这几个讲座的开篇我都谈了，读本草为什么需要"打开方式"，今天不重复这些理由。

言归正题，从博物学或者药理学角度看待本草中的信息，会有很多令人惊喜的发现。药理学是医学专业学科，研究药物与机体的相互作用和作用原理，关注药物的安全性与有效性。结合药理学基本知识，我们能够保证"两个或多个食物，绝不会因为联用的缘故，在短时间内，导致严重的不良反应，更遑论引起死亡"，前人津津乐道的食物相反是不存在的。基于这样的"知识背景"，我们很容易发现，《金匮要略》《本草经集注》《千金要方》《本草纲目》等文献所记载，以及老辈口耳相传的蜂蜜反葱会致人死命的说法是无稽之谈。有了这个基本立场，再去检视这个传说的接受史，考察其社会影响，推测最初产生的原因，就相对容易了。我有一篇《蜂蜜反葱禁忌之流变与原因蠡测》，专门讨论这个问题。

我理解的博物学是一门古学和杂学，需要经过仔细梳理才能融入现代知识系统。本草可以提供很多属于"博物学"的线索，有立场才便于发现问题。

先举一个与官制有关的例子，亭长是秦汉低于县一级的行政建制长官，《本草经》中有一种以葛花为食的昆虫葛上亭长，为芫菁科锯角豆芫菁，头红色体黑色，喜食豆科植物。陶弘景说葛上亭长"身黑而头赤，喻如人着玄衣赤帻，故名亭长"。按此说法，身着玄色衣服，头戴赤色巾帻，应该是亭长的标准打扮，这种昆虫即因此得名。而至少陶弘景知识体系中的亭长形象，通过这条注释就展现出来了。

再说一个与古琴有关的例子。唐代陈藏器《本草拾遗》收有棺材板，用的名字是"古榇板"，棺材板的各种神奇功效略过不提，其中一句特别有意思："古冢中棺木也，弥古者佳，杉材最良，千岁者通神。作琴底。"古棺材板可以做琴，真是闻所未闻，于是抄示古琴研究最有心得的严晓星兄。承他费心检出《梦溪笔谈·乐律一》云："琴虽用桐，然须多年木性都尽，声始发越。予曾见唐初路氏琴，木皆枯朽，殆不胜指，而其声愈清。又尝见越人陶道真畜一张越琴，传云古冢中败棺杉木也，声极劲挺。"并肯定"这不仅是目前所见取古棺为琴材的最早文献记载，年代也与以'败棺杉木'斫琴的张越较为接近，二者形成了一个有趣的互文"，严兄还为此专门写了一篇文章《取古棺为琴材的最早记载》，详为解说。如严兄所言，"这条斫琴材料藏身在古医书中，也就难怪久未为琴人所关注了"，并感叹"胡道静先生若见到，恐怕会将之增入《梦溪笔谈校证》的"。

【问】您在《本草博物志》中曾经借助现代中药药理学来解读许多"不可解"的事物，就算不谙相关学理的普通读者，读来也会感到趣味。这有如名侦探破案一般的巧思究竟从何而来，能否请您介绍一二？

【答】《本草博物志》是很有趣的书，书名取了点巧，借用张华《博物志》之名。所以有一次北大博雅讲座我用明清人的诗句集了一个对联："修真独许陶弘景（蒲庵禅师）；博雅争推张茂先（宋牧仲）。"上联陶弘景切本草，下联张茂先切博物志，居然还嵌合"博雅"两字，真是难得的巧合。

不过将本草与博物相勾连，陶弘景确实有开创之功。本草是古代药物学，除医药本身，其知识体系中也包含有矿物学、植物学、动物学内容；不仅如此，因为炼丹术与本草的特别渊源，化学也是本草学术的重要方面，陶弘景作《本草经集注》更开创性地将经史中的博物问题引入本草。

陶弘景开本草家重视经史材料之先河，苏敬、苏颂、唐慎微、寇宗奭等踵武其后，本草书遂不局限于医药学知识的总结记录，人文与自然信息皆囊括其中，初步形成"百科全书"的格局，至明代李时珍"渔猎群书，搜罗百氏，凡子史经传，声韵农圃，医卜星相，乐府诸家，稍有得处，辄着数言"，乃撰成集古代博物学大成之《本草纲目》。

至于您说我"善于"发现本草中的博物信息，思路从何而来，其实就是在研究本草中保持足够的敏感性，也就是常说的"问题意识"。比如《本草经集注》有一味药物垣衣，《本草纲目》集解项李时珍说："此乃砖墙城垣上苔衣也。生屋瓦上者，即为屋游。"根据此说，当是真藓科植物银叶真藓之类。陶弘景表示："方药不甚用，俗中少见有者。"《新修本草》针对这句话发表意见说："江南少墙，陶故云少见。"苏敬说"江南少墙"这就很突兀了，于是咨询几位古建专家的意见，并结合这类苔藓的生长特点，弄明白生长垣衣的"墙"应该是夯土墙，江南土壤韧性较差，隔墙多以木板为之，不似关中、中原，皆用黄土易于版筑。所谓"江南少墙"，应该是少见夯土墙的意思。简单一说，洞察力和知识储备二者缺一不可。我对薄荷的名实研究，也是由本草中的一句话引起。

问题的发端是《本草衍义》关于薄荷的一段小文字："薄荷世谓之南薄荷，为有一种龙脑薄荷，故言'南'以别之。小儿惊风，壮热须此引药，猫食之即醉，物相感尔。治骨蒸热劳，用其汁与众药熬为膏。"

作为资深猫奴，我自然知道所谓"猫食之即醉"，即"醉猫现象"，猫接触唇形科拟荆芥属（nepeta）的某些植物，比如拟荆芥（拟荆芥的学名 Nepeta cataria 也特别有意思，属名 nepeta 是香气的意思，与种加词 cataria 合起来，意思就是猫喜欢的香味）之类揉碎的茎叶以后，会出现摩擦、翻滚、拍打、啃咬、舔舐、跳跃、低鸣或大量分泌唾液等反应，有些猫则会发出嗥叫或喵声。这就是所谓的"醉猫效应"，活性成分主要为荆芥内酯。

薄荷醉猫的说法在宋代并非孤例。比如宋初陶谷《清异录》说："居士李巍求道雪窦山中，畦蔬自供。有问巍曰：日进何味？答曰：以炼鹤一羹，醉猫三饼。"有注释说："巍以莳萝、薄荷捣饭为饼。"欧阳修《归田录》云："薄荷醉猫，死猫引竹之类，皆世俗常知。"陆佃《埤雅》专门为猫设立条目，其中提到："世云薄荷醉猫，死猫引竹，物有相感者，出于自然，非人智虑所及。如薄荷醉猫、死猫引竹之类，乃因旧俗而知尔。"陆游《题画薄荷扇》云："薄荷花开蝶翅翻，风枝露叶弄秋妍。自怜不及狸奴黠，烂醉篱边不用钱。"李石《续博物志》卷九也说："鸠食桑椹则醉，猫食薄荷则醉，虎食狗则醉。"《宣和画谱》记内府藏何尊师《薄荷醉猫图》。但通常所言的薄荷乃是唇形科薄荷属物种，不含荆芥内酯，对猫完全没有吸引力。

如此众多的薄荷醉猫记载，显然不是古人错误观察，更可能的情况是，宋人谈论的薄荷，除沿用至今的薄荷外，拟荆芥也被视为薄荷。

又检南宋《履巉岩本草》卷上有猫儿薄荷条云："猫儿薄苛，治伤风、头脑风，通关膈，及小儿风涎，为要切之药。人家园庭多种之。猫儿食之似觉醉倒，俗云薄荷乃猫儿酒也。性极凉无毒。每日食后随茶嚼三两片，大能凉上鬲，去风痰。"该书所绘猫儿薄荷的图例虽然简单，但从"猫儿食之似觉醉倒"一句来看，应该就是拟荆芥。

再看前引《本草衍义》的文字，寇宗奭说"薄荷"名称之前加"南"字，是为了与龙脑薄荷相区别。按，宋代以来龙脑薄荷有多种说法，一种如《石门文字禅》说："鸡苏，本草龙脑薄荷也，东吴林下人夏月多以饮客。"即以鸡苏，亦即水苏为龙脑薄荷。一种是《本草图经》在茵陈条说："今南方医人用山茵陈，乃有数种。或著其说云：山茵陈，京下及北地用者，如艾蒿，叶细而背白，其气亦如艾，味苦，干则色黑；江南所用，茎叶都似家茵陈而大，高三四尺，气极芬香，味甘辛，俗又名龙脑薄荷。"谓江南将山茵陈称作龙脑薄荷，结合《本草图经》所绘江宁府茵蔯图，显然不是菊科植物茵陈蒿，或许就是唇形科的拟荆芥。

猫薄荷物种故事的曲折起伏，演讲时特别容易吸引听众，也是我本草博物讲座"压箱底"的话题之一。

【问】您曾出版在本草学界享有美誉的《神农本草经研究》，在药物考订方面则出版过《救荒本草校释与研究》《本草纲目图考》。您的"主业"是中药药理学，是如何对药物基原探讨产生兴趣，又是如何切入探讨的呢？

【答】回顾我的研究经历，偶然远多于必然。我本科念的是中药学，其实是比较现代的一门学科，高数和数理统计第一年就上了，化学构成学科的主干，无机化学、有机化学、物理化学、分析化学、仪器分析都上过，现代医学课程有解剖、生理、生物化学、微生物学、免疫学、药理学，专业课程自然偏于中药，仍以中药现代研究为主，比如中药药剂学、中药化学、中药药理学、中药鉴定学、中药炮制学等。属于传统中医学的只有四门课，医古文、中医学概论、中药学、方剂学。培养目标主要是适应中药厂的制药工程师，也包括临床药剂师。

我留校工作两年以后，1988年考上中药学（药理学方向）的研究生。刚才说了，药理学研究药物与机体相互作用和作用原理，不仅是一门现代学科，而且更偏向于医学而非药学。药理学是建立在生理学基础上，以药物为研究对象的学科。所以入学以后导师又让补了一系列医学课程，在学校上的病理生理学、诊断学和内科学，在华西上的高级生化、分子生物学、临床药理学、药物动力学。

被本草勾起兴趣完全属于偶然。1986年大学毕业不久，由母亲带领跟着朱寄尧老师学习，既不是向朱老师学习他的专业英语语法，甚至不专门是他所擅长的书法篆刻，所谓"入室弟子"，就是陪着老师闲聊，"有事弟子服其劳"而已。而我之所以成为现在的"我"，与这段长达十多年的从师经历分不开。

从学之初，恰逢老师以上海古籍出版社影印的高二适先生《新订急就篇及考证》为范本，每天都要写几页章草，为了"讨好"老师，我也找来急就篇临习。写到第二十三"灸刺和药逐去邪"，发现这么多自己熟悉的中药名，于是就有了作一篇"急就篇药名笺释"的念头。

虽然不自量力，准备材料的时候检出《本草经》来对照，这是我第一次正式接触本草，应该是 1988 年研究生入学考试结束，等待秋季学期入学这段时间。笺释并没有做成，因为使用的是孙星衍孙冯翼辑本，很多药名都被二孙根据《说文》《尔雅》等改为"雅名"，感觉有些改动似乎不妥，正好第一年研究生课程有"文献检索与利用"，结业需要提交课程论文，于是就写了一篇"孙辑《神农本草经》误改药名考辨"，这门课的老师是学报主编，很认可我的意见，于是顺利地发表在我校学报上。

首战告捷，对本草的兴趣渐渐浓厚起来，正课和实验之余，开始认真思考本草问题。很快就发现了关于《本草经》的一项"悖论"。既然常识性介绍说《本草经》是东汉晚期的作品，怎么学界又信奉孙星衍的意见，认为书中的药物产地是后汉人添附呢，二者必有一误。于是先写了一篇《〈神农本草经〉郡县考》，利用吐鲁番出土的《本草经集注》残片、敦煌发现的《新修本草》卷十残卷这两件朱墨分书的实物，以及保存在《证类本草》中关于地名的各种"内证"，再加上经文语言结构特征，切实证明郡县地名属于《神农本草经》本文。现在看这篇论文的思辨逻辑和材料举证，都属于一级棒。既然郡县地名属于《本草经》，地名的建置时间应该可以反映成书年代，于是写了《〈神农本草经〉成书年代新证》，居然被《中华医史杂志》采用，我觉得很荣幸。《本草经》既然是汉代的作品，理应具有汉代文化特征，便又写了一篇《论〈神农本草经〉成书的文化背景》，这是我第一次讨论历史文化，专门请四川师范大学刘君惠先生看过。

药物基原的古今变化，就是"名实"，本身是传统学问的一部分，尤其为清代朴学家重视和擅长。今天作名实研究与朴学家不同之处，则是需要刚才提到的"打开方式"。因为今人的语言环境、思维方式，不管个人喜欢与否，都是建立在现代社会"科学主义"平台上的。今天的名实研究与古人不同，"实"需要回到今天学术"共许"的科学语言上，对动植物来说，就是给出具体物种的拉丁名。扯一个笑话，据说张之洞内心还是很厌恶所谓的"西学"，所以严饬幕僚使用"新名词"，辜鸿铭爱调侃，报告说：大帅，其实"名词"也是"新名词"呢。

药物的古今名实对照，在中药学科内属于生药学家的工作，百年来成果丰硕。比如前面提到的《植物名实图考》，这是朴学家植物名实研究巅峰之作，其中植物种属的现代诠释则经过钟观光、吴征镒等老一辈植物学家几代人的努力，其结论性成果《植物名实图考新释》，终于经植物所王锦秀老师整理定稿，最近由上海科学技术出版社出版。

我个人而言，因为药学出身，接受过生药学的基本训练，具备一定的植物学知识，而最早讨论名实则是从矿物药开始的。

首先遇到的是矾石，起因是孙星衍辑《本草经》将药名由矾石改为"涅石"。本草"矾"的种类甚多，大都是某些金属的含水硫酸盐或由两种或两种以上金属硫酸盐结合成的含水复盐。古代"矾石"也是复合概念，根据外观形状和色泽分为不同的种类，《新修本草》说："矾石有五种，青矾、白矾、黄矾、黑矾、绛矾。"其中以白矾 $KAl(SO_4)_2 \cdot 12H_2O$ 最常见，唐代以来"多入药用"，但唐以前的情况则比较复杂。

《名医别录》提到矾石"能使铁为铜"，陶弘景注："其黄黑者名鸡屎矾，不入药，惟堪镀作以合熟铜，投苦酒中，涂铁皆作铜色；外虽铜色，内质不变。"此所描述的即是"水法炼铜"，利用置换反应提取单质铜。如此，这种所谓的"鸡屎矾"应该是硫酸铜矿，即通常说的"胆矾"，化学成分为 $CuSO_4 \cdot 5H_2O$。

《本草经》中的矾石似非胆矾，而是含铁的皂矾。郭璞注《山海经》谓《本草经》矾石一名涅石。据《淮南子·俶真训》云："以涅染缁。"高诱云："涅，矾石也。"

《说文》亦云："涅，黑土在水中也。"可见，涅石是一种黑色的矾。又据《金匮要略》治疗女劳发黄之消石矾石散，用消石、矾石两物，服药后"病随大小便去，小便正黄，大便正黑"。此以"大便正黑"为候，如果不是消化道出血的话，这种矾石更像是主要成分为硫酸亚铁的皂矾 $FeSO_4 \cdot 7H_2O$。以上是我写的第一篇与名实有关文章《矾石名实考》的主要内容，化学和药理学知识对研究有帮助。

植物药是古代药物之大宗，植物的名实考证则要结合文献的形态描述、图例、生态与产地综合判断。因为药理学的学科背景，我还特别注意文献提到的生物活性是否与真实物种吻合，比如前面所举薄荷的例子，我能根据醉猫现象提出"古代薄荷概念中除薄荷属植物外，可能还包括拟荆芥属植物在内"的意见。

名实问题比较专门，我以前出版过一册《中药材品种沿革及道地性》，最近增补修订为《本草名实五十讲》，一篇长文《药物名实研究的多重证据法》，对此问题有所阐述。至于您提到的《本草纲目图考》，我后面专门说。

【问】您的本草研究，除了传统考证，还借助丰富的诗文、书法、碑刻、道教文献等古代文献资料，解答本草文化中的诸多"为什么"，能否请您具体展开谈谈，为何会形成这种研究思路？

【答】我把中国的博物学归为"古学"，文理工农医的知识混杂，而按照古代的社会形态，"文科"统率后面自然学科，自然学科都为"文"服务。这些"文科"的古代知识人士，他们自然知识的获得，只要来源于博物学，本草因其博物学属性，也是其中一个重要知识来源。所以如《证类本草》《本草纲目》这类大型综合性本草的预设读者对象并不完全是临床医生，更包括文人，从浅处说是文人诗赋文章的"语料库"。陆游好多诗都有"读本草""观本草"，应该就是这种情况。正因为此，引据诗文来证明药物也就顺理成章了。清代以来朴学家更出于研究的目的留心本草，比如王念孙、段玉裁、郝懿行都在他们的著作中引据本草，孙星衍、王闿运辑复《本草经》，杨守敬帮柯逢时校刻《大观本草》，应该主要是出于经学研究的目的，而非看中其中的医药知识。由此意义而言，本草以外的各类文献，因为蕴含本草知识，也可以反过来作为本草研究的佐证。

举一个贝母的例子。贝母载于《诗经》，雅名为"蝱"。《鄘风·载驰》"陟彼阿丘，言采其蝱"，毛传云："蝱，贝母也。"又专门说："采其蝱者，将以疗疾。"《尔雅》《说文》都言"莔，贝母"，段玉裁注释说："莔正字，蝱假借字也。"

按照毛传解释，采贝母是为了疗疾，这是贝母入药的最早记载。后世说诗者间亦取此意见，如朱子《诗集传》云："蝱，贝母也。主疗郁结之疾。"本草家更循此加以发挥。陈承《重广神农本草并图经》云："贝母能散心胸郁结之气，殊有功，则《诗》所谓言采其蝱者是也。盖作诗者，本以不得志而言之，今用以治心中气不快，多愁郁者，殊有功，信矣。"《本经逢原》云："《鄘风》言采其蝱，善解心胸郁结之气，故诗人以此寓焉。肺受心包火乘，因而生痰，或为邪热所干，喘嗽烦闷，非此莫治。"《夕庵读本草快编》亦云："《诗》云言采其蝱，盖作诗者本于心志抑郁，欲采此以解之。仲景独窥其意，治寒实结胸，外无热者，立白散及三物陷胸汤。成无己释之曰：辛散而苦泄，桔梗、贝母之苦辛用以下气而散聚是也。"

用医学来解读诗经已经很有意思了，而贝母的名实更有意思。贝母以根的特征得名，"贝"正形容其小根如聚贝状，此即陶弘景说："形似聚贝子，故名贝母。"但其地上部分的形态特征古代却有两说，陆玑《毛诗草木鸟兽虫鱼疏》云："蝱，今药草贝母也。其叶如栝楼而细小，其子在根下如芋子，正白，四方连累相着，有分解也。"按照陆玑所形容，这种贝母应该是一种攀援状草本植物，如葫芦科假贝母之类，与后世百合科的川贝母、浙贝母迥然不同。这种假贝母茎基成鳞茎状，肥厚肉质，乳白色，球形，干燥后表面淡红棕色或暗棕色，稍有凹凸不平，质坚硬，断面角质样，符合"贝子"的特征。

葫芦科这种贝母有继承性，宋代《本草图经》分别引用陆玑和郭璞的意见，总结说："此有数种。《鄘诗》'言采其茵'，陆机疏云：'贝母也。其叶如栝楼而细小，其子在根下，如芋子，正白，四方连累相着，有分解。'今近道出者正类此。郭璞注《尔雅》云，'白花，叶似韭'，此种罕复见之。"《本草图经》绘有三幅贝母图例，其中图注为"贝母"者，即是葫芦科假贝母。北宋张载有一首咏贝母的诗云："贝母阶前蔓百寻，双桐盘绕叶森森。刚强顾我蹉跎甚，时欲低柔警寸心。"显然也是指此种。可见，直到宋代，葫芦科假贝母也是贝母的来源之一。

看到豆瓣网友评价《本草文献十八讲》说，"许多处实在无必要详写，若人物家世、小说故事等，冗不切题"，我深表无语。为了成立前面说到的"蜂蜜反葱"话题，证明这在古代是家喻户晓的常识，而非医药学者的专门知识，我专门举《金瓶梅》中的一段情节作为民众对"蜜葱禁忌"观念之接受。

《金瓶梅》六十一回"西门庆乘醉烧阴户，李瓶儿带病宴重阳"，讲李瓶儿病危，找了专看妇科的赵太医赵龙岗，一番诊断，赵太医顺口溜样念了一段药方："甘草甘遂与硇砂，黎芦巴豆与芫花，姜汁调着生半夏，用乌头杏仁天麻。这几味儿齐加，葱蜜和丸只一抓，清晨用烧酒送下。"为了刻画赵太医庸医形象，他口中念叨的句子全是医书本草记载的配伍禁忌，"葱蜜和丸只一抓"也是如此。

真实生活中也有实例。明代罗洪先的《念庵文集》中有一篇墓志铭，表彰一位"孙烈妇"夫死殉节。叙述自杀经过，有这样的情节："私取葱蜜和饮之，不得死。复计买砒霜食之，为守者所禁，又不得死。已而守者倦，乃就缢室中。"此证明两件事：第一，作为普通人的孙烈妇了解蜂蜜反葱的大背景，并深信不疑；第二，蜂蜜反葱反不死人。

【问】注意到您去年在籍合学院有一套本草文献讲座，今年又摄录道教文献整理课程，本草文献有哪些特别之处可以与大家分享呢？

【答】从文献的角度说本草，真是有意思的话题。本草是非常偏的学科领域，所以文献学家很少留意及此。与前面段玉裁、王念孙等把本草作为研究工具不同，真正把本草作为文献来对待，除了孙星衍辑复《本草经》，杨守敬校刻《大观本草》外，本草文献其实不太能入文献家的"法眼"。这样也就留给了我独立讨论本草的文献学属性的机会。

我说三点本草在文献学上的特别之处。

第一是文献体例的特别。您或许听过《钱本草》《书本草》《禅本草》还有《秀才本草》《圣门本草》这类以本草为书名，并使用本草"文体"的游戏之作吧。本草书在框架结构、书写条例、篇章内容等方面，与其他文献有较大区别，我总结为四点：（一）层叠累加的修订模式；（二）"总论—各论"式的篇章结构；（三）各论下分章节单元，可细化至二级三级；（四）各论药物按条目撰写，乃至发展为程式化的栏目。事实上，现代药物学各科著作比如《药剂学》《药物化学》《药理学》乃至《药典》几乎都采用这种总论—各论结构，总论提纲挈领地概述学科核心问题，各论根据学科性质分配章节，其下则以药物为条目展开叙述，具体条文也基本程序化甚至栏目化。前面已经说过：此并不意味着现代药物学的撰写方式模拟古代本草而来，真实原因是从《本草经》以来就找到了符合本学科的最佳著作方式。

第二是文献亡佚与辑复，本草书有非常特别之处。文献在流传过程中，因各种原因由显而隐，散佚乃至泯灭，最终彻底失传。后人从其他文献中爬梳整理，即是辑佚。宋代已开展正式的辑佚工作，如黄伯思辑《相鹤经》，王应麟辑《郑氏周易注》《郑氏尚书注》《三家诗考》，都是较早的辑佚著作。除经子书籍，《神农本草经》在南宋也有辑本。王炎（1137—1218）有感于本草药物由《本草经》的三百六十五种，增衍到《嘉祐本草》一千零七十六种，而"经之本文遂晦"，于是"摭旧辑为三卷"。这一辑本以"本草正经"为名，原书已经失传，但"本草正经序"尚存《双溪类稿》卷二十五中。

钩沉辑佚，往往只能收获原文献之一鳞半爪，直到清代修《四库全书》，馆臣利用《永乐大典》才整理辑录出几部相对完整的文献，而在此以前，《神农本草经》是为数不多的可以通过辑佚手段基本恢复全貌的著作。究其原因，则与陶弘景开创本草文献滚雪球式的文献编辑体例有关。郑樵《通志·校雠略》有"书有名亡实不亡论"，对辑佚工作作了初步总结，其中特别说到本草，所谓"《名医别录》虽亡，陶隐居已收入本草，李氏本草虽亡，唐慎微已收入《证类》"，如此之类，皆属于"名虽亡而实不亡者也"。一些重要本草如《神农本草经》、《本草经集注》、《新修本草》（即郑樵所言"李氏本草"）、《嘉祐本草》、《本草图经》，几乎完整地保存在至今尚存的《证类本草》之中，因此可以利用《证类本草》，将裹夹其中的本草剥离出来，恢复原貌。

第三是本草中尚保存"合本子注"的实物标本。合本子注是陈寅恪先生提出的概念，是早期佛经汉译过程中形成的特殊文体，"合本"是将同本异译的几部经书合编为一本，"子注"则是以小字夹注方式对母本的注释说明。按照陈寅恪的意见，南北朝时期几部重要文献，如裴松之注《三国志》、刘孝标注《世说新语》、郦道元注《水经》、杨衒之著《洛阳伽蓝记》等，都深受合本子注的影响。《本草经集注》亦是"合本子注"体例之俗用和变格，而且相对于《三国志注》诸书，本书"合本"特征更加鲜明。我在新完成的《本草经集注（辑复本）》的前言中对此问题有详细说明，以后还准备专文讨论，放在《本草文献识小录》中。

【问】看到您在做《本草经集注》的工作，能否请您稍为介绍一下？在本草研究方面，您还有什么后续的研究计划吗？

【答】其实我最近先后完成两本本草的整理和辑复，一部是耗时一年半的《神农本草经笺注》，以孙星衍辑本为据的笺疏和注释，加入中华书局"新编诸子集成续编"系列，是自己非常满意的一部作品，前言"《本草经》小史"一口气竟写了三万五千字。新完成的《本草经集注（辑复本）》则是多年的愿望，忽然机缘成熟，几个月的时间一气呵成。这个辑本挺有意思，确实可以多说几句。

陶弘景可能是写本时代最具有文献保存意识的著作家，他的著作如《真诰》《周氏冥通记》《养性延命录》《肘后百一方》都接近完好地保存至今，《本草经集注》则因他创立的独特文献著录形式，其主体部分也通过《证类本草》保存下来。正可以借《本草经集注》为例，说明陶弘景如何注意文献保护，以及如何从现存文献中去恢复此书的本来面貌。

写本时代的文献，在传抄过程中最容易发生信息的增衍和丢失。信息增衍有主动和被动两种情况，某一代文献保有者主动增益添加内容，或者在传抄中注释批语等附加内容混入正文；信息丢失的原因同样，可以是文献保有者主动删削，也可能抄写或流传过程中部分散佚。所以当陶弘景着手整理《神农本草经》时，他面对的情况是这样的："或五百九十五，或四百卅一，或三百一十九；或三品混糅，冷热舛错，草石不分，虫兽无辨；且所主治，互有多少。"这些《本草经》版本的载药数有多于三百六十五种者，也有不足此数者，按照陶弘景理解，他认为这种增删出自魏晋名医之手。针对以上情况，陶弘景乃"苞综诸经，研括烦省，以《神农本经》三品，合三百六十五为主，又进名医附品，亦三百六十五，合七百三十种，精粗皆取，无复遗落，分别科条，区畛物类，兼注铭世用土地所出，及仙经道术所须"，撰成《本草经集注》。具体来说，陶弘景用一本载药三百六十五种，上品一百二十种，中品一百二十种，下品一百二十五种的《本草经》作为底本，将名医们增补的意见用"附经为说"的方式与《本草经》文"合本"，为了使增补文字不与底本混淆，他采用朱书《本草经》，墨书名医之说，自己的"子注"用小字书写的办法。此外更增补三百六十五种药物，故《本草经集注》载药七百三十种。

《本草经集注》的药物按照玉石、草木、虫兽、果、菜、米食分类，各类再分上中下三品，另有一百七十九种属于"有名无实"，即陶弘景时代已经失去使用价值，甚至不知名实的药物，因为要凑够七百三十种之数而掺入者。《本草经集注》序录中陶弘景还记有这些药物的分类统计数字："玉石、草木三品合三百五十六种；虫兽、果、菜、米食三品合一百九十五种，有名无实三条合一百七十九种，合三百七十四种。"

唐代显庆年间，经苏敬提请，朝廷组织以长孙无忌、李勣领衔的官修本草队伍，完成第一部具有药典性质的《新修本草》。此书其实是《本草经集注》的"升级版"，将《本草经集注》的全部内容几乎完整地裹夹其中。后来宋代《开宝本草》《嘉祐本草》又以同样的方式修订升级，最后汇成《证类本草》流传下来。这种我们称为"滚雪球"或"套娃"的著作模式，使得《本草经》《本草经集注》《新修本草》等凭借《证类本草》保存下来。自然可以利用《证类本草》全面恢复这些本草的原貌。

但问题并不如此简单，从《新修本草》开始就对《本草经集注》药物的三品、玉石草木属性有所调整，一些药物又加以分条或者合并，再加上传抄过程中朱书《本草经》文误为墨书等情况，从《证类本草》中辑录出来的《本草经》已经无法符合陶弘景作《本草经集注》时"载药三百六十五种，上品一百二十种，中品一百二十种，下品一百二十五种"的初始状况，所以目前有明代以来中外《本草经》辑本二十余种，各自立说，没有完全相同者。

我从1988年开始作《本草经》研究，到2001年出版《神农本草经研究》，书中约有三分之一的篇幅讨论辑复问题，也一直有心完成一本属于自己的《神农本草经》辑本，甚至在书中列出了拟定的药物目录和辑复工作方案，但为出版条件所限，没有真正动笔。至于辑复《本草经集注》

的难度更在《本草经》之上，当时只是提出想法，尚无具体方案。

几年前中华书局朱立峰老师约我整理《神农本草经》，我其实考虑过用自己的辑本，但觉又得《本草经》辑本已有多种，另立新说固然好，但影响力不够，反而有害于观点的传播。在既往《本草经》辑本中，孙星衍辑本与日本森立之辑本最有特色，森立之自己另著有《本草经考注》详细解说，孙星衍辑本虽引经史及小学资料为按语，尚有补充纠正的必要，所以选孙星衍辑本做笺注。所以这次重辑《本草经》的机会是我自己主动放弃的。

《江苏文库》以影印方式重刊本省古籍，我曾经为陶弘景的《周氏冥通记》和《养性延命录》写过解题，后来《文库》出"精华编"，则以点校整理为主，其中即有陶弘景的《本草经集注》，承张志斌老师推荐我来作此书，对我来说真是意外之喜，于是"在愉快的气氛中接受了邀请"。待手边工作稍有交待，就迫不及待地思考如何利用现有条件恢复《本草经集注》七百三十种药数，如何使每类、每品药物数符合陶弘景留下的分项合计数据。大约用了整整一个月的时间完成"《本草经集注》新辑本拟目"，然后开始辑复整理，刚好疫情封控，禁闭家中无旁骛，工作效率出奇的高。我基本能保证，药物安排满足陶弘景预设的各种已知条件，具体条文也接近原貌，虽未敢言彻底恢复旧观，但去原书面貌应该不远。应该是我做文献辑复工作的"得意之作"了。

最后说一说工作计划。药理学是我专业所在，再过四年就可以光荣退休，教学水平高，居然获得过一次霍英东教学奖，科研则是我主动放弃的，所以甘心情愿地做了十六年"坐地板（四级）教授"，从不申报更高序列。而专业以外，我居然享有三块自留地，一个是今天与您谈论的本草学问，一个是道教上清派以陶弘景为中心的研究，一个是书法史与书法材料的考证，不负几十年耕耘，都有比较喜人的回报。

本草是我跨入文科领域的发端，因为机缘巧，又得到前辈如尚志钧老师、郑金生老师，朋辈如张瑞贤兄、赵中振兄的提携帮助，所以在领域内有一定影响。目前所作在深度和广度已经接近自己认识能力的极限，重复劳动则非所喜，除了即将动笔的《本草博物志（二集）》或许能给大家带来惊喜以外，还想写一本《本草图像学》的小书，以唤起美术史研究者对本草图像的关注，其他暂无想法。

书成感言

我与《瘗鹤铭》

——《瘗鹤铭新考》后记

作为书法发烧友，我很早就知道大字之祖《瘗鹤铭》的名头，手边也有几种印本，2002 年著《陶弘景丛考》，才真正着手研究。

"《瘗鹤铭》作者平议"是该书第四章"陶弘景书法丛考"中的一节，我本来顺着以陶弘景为作者的意见往下引申，特别拈出铭文中"天其未遂吾翔寥阔"一语，认为是陶弘景面对梁武帝压力之真情流露。文章已经写了大半，再次检视卞孝萱先生《冬青书屋笔记》中提到的皮日休悼鹤组诗，忽然意识到，不仅死鹤悼鹤葬鹤事件涉及的人物（五人）、地点（吴中）与瘗鹤铭相合，重大的 bug 在于，如果焦山《瘗鹤铭》确实是前代名人（比如陶弘景）所作，这本来是最贴切的诗典，皮日休、陆龟蒙等居然视而不见，太不合情理。要么他们不知道《瘗鹤铭》，要么《瘗鹤铭》根本就是他们的作品。

这一发现其实令我非常不安，犹豫了几天，终于推翻原有的文章框架，重新检视《瘗鹤铭》作者问题。稍加深入，我便遇到曾经困扰卞先生的"拦路虎"——如果确定《瘗鹤铭》是皮日休之作，铭文对应的壬辰、甲午年号，分别是咸通十三年（872）和乾符元年（874），而此时皮日休离开吴中已经两三年。

卞先生的解决办法是推定《瘗鹤铭》为晚唐好事者受皮日休影响所作，这其实已经是最好的意见了，我则还是觉得应该深入发掘皮日休的可能性。可复习几种中晚唐文学史著作后，确信皮日休壬辰、甲午年间的行踪无可动摇，于是又转向石刻本身，根据张力臣说第二石出于宋人翻刻的意见，推测翻刻时为了符合陶弘景行迹，改成壬辰、甲午的。这其实是强词夺理，但确实也为《瘗鹤铭》年代问题提供了一条新思路。趁着《陶弘景丛考》还未付梓，我便把此文投寄给《中国典籍与文化》，居然通过了匿名审查，但收到用稿通知时《陶弘景丛考》已经出版，我便主动撤稿，内心则很高兴，毕竟浅鄙之见能得到方家认可，应该是可以备一家之言了。

我做事总是做了便了，也没有特别的牵挂，《陶弘景丛考》弄完，我又回头玩了一段时间的本草，《瘗鹤铭》的事完全置诸脑后。其间稍稍可记者，是在江功举老师处买到了当年四川美术出版社用作影印底本的曾熙题跋本旧拓《瘗鹤铭》，拓本上有顾锡麟诹闻斋印章，大致是嘉道时的出水本。

2010 年后承新伟兄的美意，在《南方都市报》开"玉叩读碑"专栏，写了一系列谈碑的小文章，于是有机会重新检讨《瘗鹤铭》问题。我终于想出一种可能性，《瘗鹤铭》或许是皮日休他们受拟体诗启发，玩的一场"拟"陶弘景葬鹤游戏，一场 cosplay，于是循此思路写了一篇读碑的千字文来说明此观点。

2016 年经鸿哥促成，《玉叩读碑》再次结集，我觉得 70 篇小文章篇幅稍单薄，于是把历年碑帖考证论文汇成"玉叩斋碑帖考"作为《玉叩读碑》的下编，"《瘗鹤铭》作者平议"也收入其中。我当时很想全面修订，但文思窒碍，无从下笔，只得在文末增加一个标题"关于壬辰、甲午的另一种可能性"草率结束。

陆扬老师在所主编《唐研究》第二十三卷导言中，为了说明中古时代物质性与文明性之交错，专门拈出《瘗鹤铭》作为例证，注释说："在其'《瘗鹤铭》作者平议'中，王家葵在细致分析《瘗鹤铭》的文本和作者之后，认为此铭的出现，'根本是皮日休等导演的拟陶弘景葬鹤游戏'的结果。这一论断颠覆旧说，依靠的主要是间接证据和逻辑推断，但推论严密，本人认为颇有说服力。"

2017 年底，蒙南京师范大学美术学院汤宇星兄的邀请，我在悲鸿艺术人文讲座作了一场"《瘗鹤铭》的作者与年代"的演讲。一个来月的准备时间，我忽然想通一项关键,《瘗鹤铭》之所以从宋代以来受到关注,乃是其以恰当机缘进入文人视野的缘故,循此思路很快做出了大纲。演讲之当场更觉贯通,感觉自己把此问题的来龙去脉彻底想清楚了。当时即给宇星兄表示,抽空一定要重写文章,让《瘗鹤铭》年代作者问题成为定论。

此后竟又因循了一年多,其间虽做过"《瘗鹤铭》三题"的讲座,也为出版曾熙题跋本写过同题的前言,但并没有真正把文章写出来。直到今年2月15日宇星兄问我演讲稿整理得如何,说出版社打算上半年结集,我于是答应3月初旬交卷。谁知这次异乎寻常地顺利,不到一周时间就写成二万五千言的"再论《瘗鹤铭》的年代与作者"交给宇星兄,我又备份在《陶弘景丛考》文件夹内,预备将来修订《丛考》时使用。

今年6月份与宏亮、封龙兄议编艺术史研究丛书的事,觉得如《瘗鹤铭》这样基本可以结束争论的内容应收入丛书,但两万多字的篇幅显然不足,于是决定以前稿为上编,另写一篇"《瘗鹤铭》书法接受史"为下篇。后文也在当月底完成,上下篇合计5万字,篇幅还是少了些,又决定加两篇附录,附录一"《瘗鹤铭》存佚字迹综述",附录二"《松陵集》中的茅山意象"。前一篇综述水前和出水本的情况,后一篇深入剖析皮日休等对茅山道教的态度。

7月初着手研究存佚字迹,才写到仰面石(即第三石），忽然意识到所谓年代最早的潘宁本存字情况与张力臣的记载对不上号，这便是很严重的问题了，于是把综述工作暂时放下，全力考虑此事。又查对出水以前杨宾的传拓记录，再次证实我的判断，于是牵连出李国松本、翁方纲本的问题，写成一篇"故宫藏潘宁本《瘗鹤铭》再鉴：兼论水前本的问题"，并请仲威兄、长云兄看过，认为我的意见可以成立。

文章给沪上无尘书屋朱嘉荣兄看时，他敏锐地指出，陆宗润先生藏本后面有雍正年间徐用锡题跋，提到曹仲经说此本是曹亲自在残石出水以前拓得云云。我研究以后，又补写了千余字的附记讨论此问题，嘉荣与长云都认可。几天之后，嘉荣又说，以前《书谱》杂志上翁闿运先生有篇谈《瘗鹤铭》的文章，里面提到一张仰面石（第三石）拓片上钤有出水时早已去世的颜光敏的白文印，当然是水前拓的绝好证明。通过引证张弨、杨宾的记录，我结论说："由此判断，拓本上白文颜光敏印，一定是不良碑帖商人弄的狡狯，诱人上当而已。"

再过了几天，嘉荣兄又放大招，出示所藏有正书局石印《铁函斋藏水前本〈瘗鹤铭〉》，后面有杨宾的长跋和手绘碑图。杨跋与我的推论明显抵牾，究竟是题跋有问题，还是我的判断出问题，一时之间非常困惑。当夜失眠，资料在脑中过电影，忽然而来的一丝灵感，我找到关键所在。用了两天时间补写附记二，申述我的意见。用嘉荣兄的话来说，只要窗户纸捅破，后面就豁然开朗。果然，写作中又发现这份题跋和碑图更多的疑点，其出于伪造同样是决定无疑者。文章写好，刚好《书法丛刊》张玮老师询问近作，即以呈教，经审定刊布在 2020 年 2 期上。

《瘗鹤铭新考》的定本只保留两篇附录，原计划"《松陵集》中的茅山意象"，对本书来说略显枝蔓，事实上也没有时间完成，只能以后放入《陶弘景丛考》修订本中了。

本草研究三十年

——《本草博物志》后记

不知不觉之间，我以业余者的身份闯入本草研究领域三十多年了，并不觉得有总结的必要；即将完稿的《本草博物志》需要一篇后记，长途旅行思想放空，便靠回忆打发时间，随笔把浮现脑海的零碎细节记录下来以备遗忘。

我在大学念的中药专业，按照当时的学科设置，其实是在药学专业的框架下增加一些中医药知识。1986年毕业，留在药学系的中药研究室，跟着罗老师从事中药药理研究，同时备考药理学的研究生。两年以后顺利读研，以后又攻博，留校任教，先后主讲药理学、中药药理学、药物动力学基础、生物药剂学，直到现在仍担任药理学教职。

首次接触"本草"一词，居然是因为书法的缘故。

1987年春节，母亲带我趋谒四川大学外文系的朱寄尧先生，蒙先生允可，收为"入室弟子"——这是师母杨老师的戏言。老师当时以高二适《新定急就篇及考证》为日课，于是我也找来一本写着玩。《急就篇》第二十四"灸刺和药逐去邪"章中有30多个药名，高二适对每一个字都有专门考证，比如"茯苓"写作"伏令"，引《史记》又引流沙简，把道理说得非常清楚。我觉得有趣，便不自量力地想做一篇《〈急就篇〉药名笺释》。笺释当然没有做成，翻查资料中第一次接触孙星衍、孙冯翼辑的《神农本草经》，立即被吸引并陷入其中，时间是1988年，我22岁。

孙星衍是朴学大师，辑本用字非常考究，但因为和陶弘景一样迷信《神农本草经》是"神农之所作，不刊之书"，一些药名改得有些离谱。对我而言，这就算找到研究的切入点了，于是用了几个月的时间写了一篇《孙辑〈神农本草经〉误改药名举例》，正好研究生课程"文献检索与利用"由学报的黄老师担任，作为课程作业交上去，竟正式在学报刊登出来。

二十世纪八十年代的最后几年，我在写作上开了好几个头，第一篇本草论文登在我们学报，第一篇书法考证文章登在香港的《书谱》杂志，第一次连载在《龙门阵》杂志，第一次"豆腐块"文章刊在《书法报》。这些举动好像都延续到今天，不过进入九十年代，似乎全部业余时间主要耗费在两件事上，写字刻印和研读本草。

很多年以后我才明白一个道理，业余研究的面不必太广，但一定要深，所幸我在本草、书法、道教方面基本如此，于是能收到事半功倍的效果。

写完孙星衍的文章，我对《神农本草经》有了兴趣，很快发现一个大的 bug（错误）。既然常识性介绍说《神农本草经》是东汉晚期的作品，怎么学界又信奉孙星衍的意见，认为书中的药物产地是后汉人添附呢，二者必有一误。于是先写了一篇《〈神农本草经〉郡县考》，利用吐鲁番出土《本草经集注》残片和敦煌发现的《新修本草》卷一〇残卷，这两件朱墨分书的实物，以及保存在《证类本草》中关于地名的各种"内证"，再加上经文语言结构特征，切实证明郡县地名属于《神农本草经》本文。现在看这篇论文，也属于一级棒。

既然郡县地名属于《本草经》，地名的建置时间应该可以反映成书年代，于是写了《〈神农本草经〉成书年代新证——兼与贾以仁先生商榷》，居然被《中医药学报》采用，我觉得很荣幸。《神农本草经》既然是汉代的作品，理应具有汉代文化特征，便又写了一篇《论〈神农本草经〉成书的文化背景》，这是我第一次讨论历史文化，专门请四川师范大学刘君惠先生看过。

九十年代初，我就有系统研究《神农本草经》的计划，辑复是其中重要一项，先后写了《〈新修本草〉中〈本经〉〈别录〉药分条合并考》《〈本草经〉缺佚药考》《〈本草经〉三品位置考》等辑复《神农本草经》系列研究文章。

药物也是本草研究的重要内容，我虽然有一定的植物学、矿物学知识，但毕竟药材学、药物鉴定学与我从事的药理学隔行，所以我更愿意讨论与文化关系密切的药物问题。比如滑石一直有软滑石和硬滑石两类，古代滑石品种究竟如何，正仓院标本只能提供唐代的情况，我根据陶弘景说时人用作"冢中明器物"，结合长沙出汉代滑石材质密印的矿物学鉴定，写了一篇《滑石名实考》，与另一篇《矾石名实考》一起，都刊登在《中药材》杂志。

《神农本草经》的研究工作历时十二年，书稿交给张瑞贤兄，由他费心申请到"国家科学技术学术著作出版基金"，2001年由北京科学技术出版社正式出版。因为计划周密，书中每一节都是具体解决一项疑难的单独文章，合在一起却是层次递进的著作，而不是杂烩一样的论文集。

新世纪的头十年，前期埋下的各色种子渐次发芽，道经文献、书法史料，乃至书法"创作"等，都有任务等着我，本草方面工作做得不多。《中药材品种沿革及道地性》《救荒本草校释与研究》算是中平的作品，虽不劣，但与《神农本草经研究》相比，低了一个等次。

2010年以后，又顺缘做了一些本草方面的工作。张志斌、郑金生两位老师主持《本草纲目》项目，邀我参加，我提出图例校勘的思路，在蒋淼和颖翀的协助下完成大书《本草纲目图考》。此后着手著《证类本草评注》与《证类本草笺释》，希望提供给研究者一部《证类本草》校勘定本，同时也把我对本草文化的浅见以评注和笺释的方式贡献给大家。

2015 年应《文史知识》杂志刘淑丽老师约请，开了一个"本草文化撷谈"的栏目，连续 12 期，增补以后改题为《本草文献十八讲》即将出版；又有两次接受郑诗亮兄采访，涉及古代文化中形形色色的药物；后来又在"一席"作了一次"麻沸散与蒙汗药"的演讲，反馈都比较好。

我一直想把本草与文化的关联性更深刻地报告给大家，但高头讲章式的讨论非我擅长，戏说敷衍也非所喜，终于选择学术随笔体裁把所思所想记录下来。我曾经应赵益教授的邀请在南京大学做过一场讲座，题目是"本草：中国古代文化的百科全书"，标题已经宣明观点，现在用《本草博物志》为书名，也是这个意思。《荀子·天论》说"以为文则吉，以为神则凶"，我以为信然。

本书承郑金生老师赐序，褒誉有加，倍感惶恐，唯有继续努力，争取不负期望。感谢蒋桂华、徐增莱、李敏、郭平、华碧春老师赐下药材和植物照片，感谢刘小磊兄摘部分篇章刊布在《南方周末》，感谢北京大学出版社麦桑（徐迈）老师看中这个选题，并督促我完成。

【书成补记】

本书后记先于正文，书成以后再赘言数语。2019 年暑期正式动笔，开始是一周一篇的进度。至 7 月中旬，把《道在屎溺》《五台山下寒号虫》《高高的树上结槟榔》数篇缴呈麦桑审定，承她给出"小文章有大文化"的考语，坚定了我继续写作的信心，速度也逐渐加快，终于在 11 月 10 日写成本书第 81 篇《川蜀考》，20 余万字的书稿，仅用了 5 个月的时间。

书稿进行过程中，家大人因年老衰迈住院治疗，终于在 11 月 1 日往生极乐。将近一个月的时间，我每天往返医院，写作和运动成为排遣焦虑的"唯二"法宝，所以本书的完成和顺利出版，于我也有特别的纪念意义。

两松庵问学记：怀念恩师朱爷爷

我是一个理科生，学历、经历简单而顺利，毕业留校，由硕士念到博士，继续在大学担任药理学的教职。我之所以能够在文科领域，比如本草文献、道教历史、金石考鉴方面取得一点点成绩，完全得益于恩师朱爷爷。

一、入室

大学毕业的第一年春节，母亲忽然说起，她以前十九中同事杨淑媛老师的丈夫朱寄尧先生在四川大学，书法篆刻都很好，不妨去拜访。

三十多年过去了，第一次到桃林村趋谒老师的场景，宛在目前……

"寄尧中风几年了，不太见客。"师母的语气有些犹豫。

"某某（母亲的名讳）来了，我要见。"一个中气很足的声音从隔壁传来。稍过了会儿，老师拖着残迈的身躯从另一个房间挪出来。老师长我四十八岁，当年尚不到七十，清癯的面容，雪白的长髯，大有古风。我震慑于此，脱口便呼"朱爷爷"——其实按行辈算应该喊"朱伯伯"的，或许因为"爷爷"的称呼更加亲切，也就没有再改口。

寒暄之后，老师让我随意写几个字看看。我拈起笔来写吴昌硕集石鼓文的对联："水不求深鱼自乐；人之好吾鹿则鸣。"字还没有写完，老师制止道："不用了，就写你那个'葵'字。"我顺口问："用《说文》正字，还是汉篆?"老师略有些诧异，说："六把叉。"——"葵"字从艸、癸声。"癸"字小篆写作"^癸"，加上草头，故称"六把叉"。我艰难地把"叉子"画成，老师点头认可。后来才知道，杨老师当年从伍瘦梅先生习画，第一堂课便是"画"这几把叉子。

老师或许以为我是可塑之才，把我叫到他房间里继续谈话。所以师母后来开玩笑说："曼石，你不仅升堂，而且入室了。"

二、熏陶

朱爷爷中风以后左侧肢体失能，虽不再刻印，依然不废笔砚，书信日记都用毛笔，还坚持临池。我初见他的时候，正以高二适先生《新定急就章及考证》中的章草为日课，后来则专写唐太宗的《温泉铭》。

老师从来不以"书法家"自命，所以尽管我也经常以书刻习作呈览，他总是一味表扬，极少在技法上予以特别地提点。渐渐地我能体会到，老师更看重作品的"气息"，而"气息"乃是学养积淀，非技法训练所能获得。

亲近老师十余年，皆以谈话为主，主题极其散漫，上下古今无所不包。有时候是问答，或者无问自说，偶然也容忍我高谈阔论。当年谈话的内容大多不复记忆，也有少数情节铭记脑海，被我剪裁入文章，比如《近代书林品藻录》"赵熙（香宋）"条，我是这样写的：

先寄尧师为清寂堂弟子，曾数谒香宋，晚年语及荣县赵尧老，犹眉色飞动。又闻乌尤寺遍能和尚、江安黄稚荃老人谈论尧老亦复如是。"私以谓并世同国而有先生，安可无一见，假令获闻一语，用以自壮，讵非莫大之幸。"此华阳庞石帚第一次趋谒香宋先生，以文字为先容者。乃知当日蜀川人士心目中之赵尧生，正比如九百年前之苏东坡也。

同书"颜楷（雍耆）"条，我写道：

黄山谷曾惜苏东坡未得返乡社，使后生未能瞻望堂堂。考览近世蜀川艺术家流寓川外者，多克享大名，其著者如内江张大千、嘉定郭鼎堂、乐至谢嵩庵、泸县蒋兆和等。反之，省外名人一旦终老蜀地，则声名渐晦，直至湮没无闻。书画家如长洲顾子远、平湖吴一峰，学者如怀宁徐中舒、溧阳缪彦威莫不如此。至于川产才彦，虽早已蜚声域内，若返川定居，年代稍久，便知者寥寥。成都顾印伯、荣县赵尧生、华阳颜雍耆、江安黄稚荃皆有此遭遇。蜀地之埋没人才竟至于斯，堪发一叹。设若坡老返还乡间，恐亦难逃宿命。

这些观念，或直接得自老师，或受老师思想的启迪，亦算得上"渊源有自来"。

三、读书

朱爷爷一生爱书，阅读量十分惊人，周菊吾先生为他刻过"朱遗所得之书""朱遗所有旁行画革书"，分别用来钤盖中文书和西文书。疾病以后，买书的事皆由我代劳，看书的心得也多与我分享，偶然还赐下一两种。一九九八年老师八十初度，令我刻了两枚"八十一千卷"。老师自说，病后十余年读书千册。当时我手中一本老师看过的书，勾画甚多，扉页记有若干页码，乃是可记取内容之引得，便于日后检索；封三有毛笔题的"九七八"，则是病后所读第978册的意思。

嘉兴范笑我先生的秀州书局是我安利给朱爷爷，或者相反，已经不太记得。朱爷爷很喜欢书局的人文气氛，所以老师的名讳也多次出现在《秀州书局简讯》和《笑我贩书》中，网上检得一条：

一九九八年八月，因徐城北"秀州书局"一文，朱寄尧开始来信函购图书。最后一次来信购书是二〇〇二年十月，此年三月二十日，朱寄尧来信说："昨天得《秀州书局简讯》(141)，信封上写'身体好吗'一句，使我感动不已。我最近又复跌倒四次，于是完全卧床不起数月，今天才被扶坐床边写此信。今后如到成都，务必到四川大学外文系朱徽（我的第二个儿子，快六十岁，教授）谈谈，我已给他作了交代。人生百年，好多地方没有去过，好多书没有看过，但也无可奈何。"

作为语言学者，朱爷爷对字词句有特别之留意，遇到稍微冷僻一些的词汇都要弄个明白。以前没有"谷哥""度娘"可以请教，完全靠翻检辞书，所以经常给我来信，让代查《中文大字典》或《汉语大词典》。

比如他注意到张大千的题署，有时候用"大千杜多"，还有一枚印章也是此四字，就让我查"杜多"。原来杜多是梵语头陀（Dhūta）的别译，张大千以此纪念年轻时做小和尚的经历，于是释然。又有一次让我查"不识之无"，这好像是白居易的典故，算是常见词汇，所以待我面陈如此之后，他老人家忽然哈哈大笑，说他留意如"不速之客""不情之请""不虞之誉"这样结构的词汇，所以一下子被"不识之无"给魔障了。

受朱爷爷的影响，我在阅读中也渐渐增加对词汇的敏感，后来校释《养性延命录》《周氏冥通记》等道教古籍，颇以择词恰当、释义精准获得好评。

四、诗话

据说严几道（复）晚年以读"旁行画革"之书为悔，当年老师提起这段掌故，也是一副心有戚戚焉的样子。老师作为英语语法学的教授，专业成就甚丰，但他最引以为自豪的，则是蜀中名儒林山腴先生清寂堂弟子的身份，与我谈话，曾十分强调自己是"叩头弟子"，以与一般"学生弟子"相区别。所以在出版《现代英语语法学辞典》之后，便罢西书不观，潜心文史，《四川近百年诗话》与《两松庵杂记》两书皆是病后所作。

杨淑媛老师颇有诗兴，与师母比起来，朱爷爷"诗才"显然不及。他有一次偶然得句"学问半通名不显，一

生两任治丧员"，让我转述给他的老友川师大刘君惠教授
（1912—1999），君惠老师听了，颇不以为然。但就跟东坡
说"我虽不善书，晓书莫如我"一样，朱爷爷对诗歌有极
度热爱和深刻理解。记得有一次我为他买《苏轼诗集》全
八册，次周见面他告诉我，这几天把平生记得的诗篇默诵
了一下，杜诗尚能记得三分之一，苏诗还记得近千首。

　　朱爷爷是苏东坡与张大千的"死忠粉"，只要齿及两
人，必呼"东坡""大千"而不冠姓氏，亦必然升高语调，
眉飞色舞。于荣县诗人赵香宋也有这样的感情，但似稍减
一等，称"赵尧老"而不用升调。《四川近百年诗话》多
条涉及赵熙，广和居题壁乃是香宋的"政治诗"，当时脍
炙人口，事过境迁，幸有《诗话》揭出本事，读者方能体
会其高妙。又选录赵熙峨眉诗十数首，评语说："近体山
水诗，清辞丽句，意味隽永，刘裴村后一人而已。"

　　后来我有幸编过一册《玉雪双清》，是赵熙与老师胡
薇元唱和诗片。赵熙用"鱼""元""寒"三韵作绝句上老
师，老师依韵奉答；一来二去，竟有数十组之多。当时洪
宪复辟，倒袁运动此起彼伏，终于宣布取消帝制，恢复民
国纪年。赵熙的诗说："自古成功不易居，喜闻春令网罗
疏。欢声百里军区动，长乐花边罪己书。""依然天意从民
意，去国梁鸿费苦言。沸出滇池三百里，余甘回味醴泉
源。""思归只益陶潜醉，对客羞言范叔寒。从此蛇矛无荡
决，春风严尹望陈安。"这几首诗赞咏蔡锷护国军，又提

到当时首施两端的陈宧，希望他学习古代的陈安，反戈一击。诗篇的寓意皆很深刻，是研究赵熙思想的重要材料。此件册页既有掌故，更是诗史。当时我就想，如果朱爷爷见此，一定会采入诗话，不觉黯然。

五、点滴

朱爷爷中风多年，行动不便，除了定时趋谒，师生间主要通过书信交流。十余年间，我处存下的函片百余件，翻检这些信札，我还能回忆起当时受教的点点滴滴。即以书仪一事，以见夫子之循循善诱。

首次趋谒并没有说定下次拜访的时间，在母亲鼓励下，我试着给朱爷爷写了一封信，谈我对书法的粗浅认识。很快就收到朱爷爷的回信，约定每两周到川大一次。我随函附钤了几方自作印章，其中有一枚仿赵㧑叔九字白文"成都王家葵字满实印"，朱爷爷的回函信封则写"王满实先生收"，对我的教育便由兹开始。

朱爷爷拈出我写过去的信封，先说"朱某某"与"先生"应该同一大小，后面可以写"收"，旧式则习惯写一"升"字。继由"某某"引出"入门问讳""呼名不敬"的话题。

老师自说本名"遗勋"，字"寄尧"，中年后以字行。又举刘君惠先生的例子，说刘先生本名"道龢"，字"君惠"，号"佩蘅"，后来也"以字行"，名"君惠"字"君惠"了。于是问我的表字"满实"之来历，我说是母亲所赐，针对名字中的"葵"，取意充实饱满。朱爷爷首肯，然后说我写文著书被人直呼姓名为不妥，建议我也"以字行"。我私意觉得迂腐，当然没有敢采纳。不过后来朱爷爷对我的书面称谓，渐渐就改成"曼石"，而不用"满实"了。因为"曼石"正好和我的斋号"玉叩"相契，我也乐得使用，倒不全是"长者赐不敢辞"的缘故。

然后又说到平阙和称呼之上下，表扬我使用得体。我趁机请问赵孟𫖯致中峰和尚信札"中峰和尚老师侍者"之"侍者"为何意。老师答，这是古人谦虚之至的语言习惯，写信人自甘地位卑下，表示此函不敢冒昧直接递呈，需要通过左右侍从转递；写作足下、左右、文几，情况皆类似，程度有不同，谦卑恭敬则一。

后来我又"举一反三"，注意到晚近书写僧人的法号，往往以小一字号的"上下"两字隔开，乃至询问法号，也说"请问法师的上下"。尽管佛门自有一套说辞，我猜也是出于"呼名不敬"的俗礼。后来看米芾的《书史》，提到他见过一册辩才弟子草书千字文，"才"字、"永"字皆空缺不书，乃是避智永、辩才之讳。于是知道，至迟在宋代已经有僧人法号避讳的讲究。我这一浅见未能及时与老师交流，至今不知是否确切。

六、机缘

记得在《胡适日记》中读到这样一段话："我们做学问的人，必须常常有一个——或几个——研究的问题，方能有长进。有了问题在脑中，我们自然要去搜集材料，材料也自然有个附丽的中心，学问自然一天天有进无退。没有研究的问题的人，便没有读书的真动机。即使他肯读书，因为材料无所附丽，至多也不过成一只两脚书橱。何况没有问题的人决不肯真读书呢。"我深以这样的看法为然。

老师是外文系的学者，我则是药学系的毕业生，我们的谈话一般都围绕读书展开，很少涉及各自的专业，而老师则在无意之间为我找到了"读书的真动机"。

我初次谒见老师，老师正在练习章草，我虽然也有这部高二适先生的《新定急就章及考证》，却没有认真看过，这时为了投老师所好，也翻检出来学习。《急就章》第二十三为"灸刺和药逐去邪"，罗列了黄芩、茯苓等三十余个中药名。阅读中我忽然动念，何不引据本草，对此篇略作笺释。笺释最终没有完成——因为在找寻材料时，我发现《神农本草经》值得研究的地方更多——于是将全部业余时间都用在本草研究上，竭十二年之力完成我的第一部著作《神农本草经研究》。又因本草研究而涉及文献、历史、宗教领域，后来又撰成《陶弘景丛考》，这本书的年谱部分还请老师看过，正式出版，老师已不及见矣。

检出朱爷爷一九九三年八月来函，照例说买书读书之事，其中提到："昨夕阅《光明日报》'读书与出版'载文介绍新出版《本草纲目通释》一书，评价甚高。因念足下于此著精研有素，创获亦丰，有暇不妨将平时撰著一试何如。"这些年在本草方面我先后出版《神农本草经研究》（北京科学技术出版社，2001年）、《救荒本草校释与研究》（中医古籍出版社，2007年）、《中药材品种沿革及道地性》（中国医药科技出版社，2007年）、《本草纲目图考》（科学出版社，2018年）、《本草文献十八讲》（中华书局，2020年），即将出版的还有《证类本草评注》（中国医药科技出版社）、《本草笺谱》（三晋出版社）、《本草博物志》（北京大学出版社）等，应该不辜负老师的期许了。

【外一篇：诗话、杂记出版亲历记】

《四川近百年诗话》为朱爷爷发起，邀请王淡芳老师（1920—2005）襄助，两人共同完成。写好的文章最初是在四川人民出版社主办的《龙门阵》杂志上连载，反响甚好，一段时间以后，老师便有结集的打算。于时出书不易，我的朋友魏学峰当时在四川省文史研究馆，其下有《文史杂志》，乃商请学峰以《文史杂志》增刊的方式出版，出版费用则由老师一人支付。

简体铅字排印，稿件需要重新誊抄，师母与我都参与其事，写成以后，老师却不满意，乃亲自以毛笔重抄，用了数月之力才告竣。这份手稿后来流散出来，曾在孔网见到几页，蝇头小字一笔不苟，自愧不及。

序言出自刘君惠先生的大笔，以"审音知政"揭示本书的撰著目的，谓晚来海内诗人多流寓蜀中，"他们处李白、杜甫所历之地，经李白、杜甫所未历之变，为李白、杜甫所未尝为之诗，镳辔相接，沆瀣相通，有凄婉之音，极回荡之致"，"诗人们在严肃的灵魂探险以后，用心血凝成的诗篇，为中国近百年的历史进程留下了星星点点的航标"。表彰两位作者"把一些星星点点的航标汇集起来，写成《四川近百年诗话》。他们所敷论、所商榷、所赏析者，固不规规于蜀山蜀水之青碧而已"。这篇序文无华词、不敷衍，朱爷爷非常高兴，谓君惠先生晚年序作甚多，此与周菊吾先生印谱序并为双美。

印出的书册主要分赠友人，大家都夸赞是开凡例的著作，但稍嫌单薄，希望内容更加丰富；两位作者又都是老派心思，觉得16开杂志样式，与他们心目中的"书册"尚有距离，于是动笔增补，谋求再版。增补工作终于在一九九五年完成，次年以自印本的方式面世，书名由王淡芳的老师程千帆先生题写。

《诗话》告一段落，老师又开始整理笔记。自说"平生读书阅世，偶有所触，略事收录，岁月既久，积如千则"。两松庵是他的斋号，遂以"两松庵杂记"为书名，并请君惠先生题写。札记也在一九九五年自费印成，当时曾考虑与《诗话》合刊一册，但虑及《诗话》增补本由王淡芳先生出面操作，另外再增加己作似不太方便，于是单独梓行。

二〇〇二年朱爷爷去世以后，我一直留心寻找《四川近百年诗话》和《两松庵杂记》的出版机会。二〇一七年四月与顾鸿乔老师恢复联系，当时即说起出版之事，奈机缘未熟，于是先在巴蜀书社出版了顾老师所编叶伯和著的《中国音乐史》。

听顾老师讲，朱棣老师正在考虑编订朱爷爷的文稿，乃由顾老师出面请友人严晓星老师代为寻觅出版机会。经过多方努力，终于联系到四川教育出版社的苟世建老师答应出版两书。一切都顺利进行中，我也与朱棣老师有了联系；在微信交流中，我忽然询问朱老师，是否可以考虑交在中华书局出版。

我这样考虑确实不是心血来潮，也没有存任何私心。我对朱老师说："我之所以这样提出来，是因为我理解，朱爷爷这一辈人，在他们的观念中，能够在中华书局、上海古籍出版社、商务印书馆、生活·读书·新知三联书店这样的'大社'出书，乃是'终身荣幸'。"我说："依我的浅见，编前人遗集，只要条件允许，尽量按照前人'自己'的愿望去完成。比如本书，尽量体会朱爷爷的心思去进行编辑出版工作，尽可能符合他的意愿，就是对他老人家的最好纪念。"记得二十世纪五十年代朱爷爷在商务印书馆出版《英语最低限度词汇》，晚年谈起，依然有得色。基于这样的理解，我冒昧地提出在中华书局出书的建议。

朱棣老师接受了我的意见，于是我联系个厂兄和兆虎兄，顺利办成此事。毕竟是"半路杀出程咬金"，也因此给为此书出版努力的各方造成不便，我深表歉意。但老师著作出版为大，希望理解。

深信因果：《刘洙源集》出版感言

佛家讲因果，我作为一个佛教徒当然深信不疑。我同时也知道，佛言的"因果"，远不是凡夫所说"因果关系"那么简单，我们见到"果"，或许会对曾经经历过的某些事件，作出"因"方面的揣测，但究竟是否构成"因"，或者多大程度构成"因"，真不是凡夫所能了解。《刘洙集》顺利出版，我知道这是奶奶、廖奶、廖太孃的夙愿，她们去世已久，居然假我之手完成此事，非常不可思议。我把这一段故事写出来，也算是凡夫之我对"因"一知半解的认识吧。

一、相关人物

以下是与出版《刘洙源集》相关的人物。

刘洙源先生（1872—1950）是四川中江人，尊经书院弟子，游学北京，毕业于京师大学堂，毕业后应成都大学校长张澜之请，担任成都大学经学教授。精研佛典，在成都少城公园（今人民公园）创成都佛学社，执教席十余年，受学者众多，隆莲法师在俗时也从先生闻法，我奶奶、廖奶、廖太孃都是刘洙源先生的皈依弟子。刘洙源先生晚年在绵竹祥符寺从法光法师披剃，受具戒，法号昌宗，旋休归家乡富兴乡白云寺，故又称白云寺昌宗法师。法师的著作不多，以《佛法要领》最有名，这是与上海居士金弘恕笔谈佛教的整理记录，最初由佛学书局印行，虚云法师作序。刘先生还精研唯识，著有《唯识学纲要》，载于海潮音文库。

奶奶讳董思柔（1904—1971），是同盟会烈士董修武先生的女公子，成都女师修学英语，毕业后作英文教员，与隆莲法师同事，一起学佛，关系密切。

廖奶讳廖雪琴（1911—1991），是大爷爷王伯宜先生的夫人，识字不多，心地善良，深信佛法。

廖太孃讳廖清华（1900—1994），四川资中人，女师毕业，在多所学校担任训育，笃信佛法，收入文集的《佛法要领》，是刘洙源先生应广汉驻军周参谋长朗清先生所讲，上编由王靖寰记录，中下编廖寂慧记录，廖寂慧即是廖太孃在俗时的法名。1948年刘洙源先生出家时，廖太孃也随师披剃，法号隆信。新中国成立后被迫改装，仍坚守信仰，二十世纪八十年代隆莲法师在铁像寺办四川尼众佛学院，请廖太孃担任训育，兼授定学。90 岁高龄重新恢复僧装。

果芳法师是铁像寺现任当家，曾经是隆莲法师、定静法师的侍者。

王承军，四川中江人，刘洙源先生同乡，编有《蒙文通先生年谱长编》，2012 年由中华书局出版。现为巴蜀书社编辑，是《刘洙源集》的倡导者和出版者。

鲜成，四川阆中人，我的学生，喜欢西方哲学，学习唯识，熟悉近代唯识学术史，为《刘洙源集》撰写前言。

二、故事从我开始

我是《刘洙源集》顺利出版的串联者，所以故事要从我说起。

我生于 1966 年 8 月，"文革"开始，一片混乱状态。老居士们担心佛法断灭，所以经常聚集在红墙巷范太孃姐妹家（范太孃两姐妹也是刘洙源先生的弟子，非常精进），偷偷地做功课，隆莲法师也去。

我是奶奶的长孙，溺爱得不得了，每次就由廖奶背我，三人一起从陕西街走到红墙巷。我五岁的时候，奶奶就去世了，这些情节完全没有记忆。我出生时，廖奶腰椎结核做手术卧床整整两年，刚恢复正常行动，所以与我感情特别深，奶奶不在了，对我就跟亲奶奶一样。

1983 年夏天，我大学一年级的暑假，父亲到上海出差，也带上我，住在六叔杨树浦路的家中，整整一个月。有一天不知什么原因，我忽然想让父亲带我到龙华寺看看。当时龙华寺恢复不久，我在法物流通处见到一册《金刚经》，就要求父亲买，说带回去给廖奶。记得是一块钱，法师还取一张龙华寺开光纪念的毛巾给包裹整齐。

　　经书拿给廖奶，她老人家很高兴，不知怎么又借到大悲咒和早晚课的抄本，让我用毛笔抄写一份，于是她就恢复了日常课诵。廖太孃那时已经在铁像寺了，廖奶偶然也去住几天，一般都是我送她去，所以又跟廖太孃、隆莲法师熟悉了。隆莲法师经常说，要是董思柔在，这个（佛学院）一定要喊她来帮忙。

　　廖奶去世以后，我还偶然去铁像寺看廖太孃和老法师。因为会摸脉看病，所以每次不仅给廖太孃简单看一下，果芳法师的师父病肝癌，还做了一些治疗。1994 年秋廖太孃（隆信法师）圆寂，我专门去顶礼，然后再没有去铁像寺。

　　一直到 2005 年 5 月间，父亲体检发现恶疾，无法医治，我心情郁闷，忽然想到铁像寺，便乘车前往。在大雄宝殿顶了礼，我正要退出，法师在殿上整理供品，回头看到我，径直问："你是不是姓王？"我说是，又问"是不是叫王家葵"，我说是。然后说我奶奶是董思柔，她是果芳法师。我想起给她师父看病的事，于是就在客堂坐了一个多小时。

此后我便常去铁像寺，法师说起隆莲法师、定静法师、隆信师爷（廖太孃）的种种。听法师说过几次廖太孃圆寂前的不可思议，叠加起来大约是这样的：廖太孃身体一直很好，圆寂前几天又把以前写的老师刘洙源先生传记"熬更守夜"地整理了一遍，然后交待给果芳，言语中似乎还有什么心愿来不及完成（现在猜应该是整理出版《唯识学纲要》）。前一天把寺中大小佛像依次顶礼，连楼上的佛像都上去礼拜。早晨上殿，诵完经咒，就跟隆莲法师请假，说不舒服，先回寝室休息一会儿。隆莲法师遣人来看，已经有些意识模糊。当时果芳蹬三轮车在石羊场买菜，廖太孃一直想等果芳回来，没有等到，就让人诵《四分律比丘尼戒本》，在诵戒声中安详往生。

据果芳法师告，廖太孃圆寂前一日手写遗嘱，感叹老师恩重如山，恨未能报答万一。太孃所遗憾者当然就是老师著作的整理出版，所以隆莲法师在廖太孃圆寂的次年，编印《佛法要领》，手题书名，并撰写前言，也算圆满廖太孃的遗愿。

三、王承军计划《巴蜀文丛》

2013年我与王承军因宏亮兄的介绍认识，承他赐下新出的《蒙文通先生年谱长编》，往还渐多。不久他返回中江老家，在县志办上班，我和宏亮兄都不太以为然。所以过了一年多他又返回成都，我和宏亮兄很关心他的情况，我把白果林的房子借给他暂住，又觉得他需要一个较好的平台便于施展，于是我们想到了巴蜀书社。我们把想法给鸿哥汇报，鸿哥非常支持，他是文艺社的社长，和巴蜀两位负责人都熟，乃由他约林社、侯哥，我、宏亮、承军参加。这个事当然一说就成，承军在巴蜀书社也干得如鱼得水。

大约是 2016 年，有一次聚会承军说他申请了一套《巴蜀文丛》的计划，又说了拟选书目，我就听到其中有《刘洙源集》，当时非常激动，告诉他我愿意来编这本，并说铁像寺应该还保留有廖太孃写的传记手稿。

我太了解奶奶、廖奶、廖太孃她们的心思了。她们毕生敬重老师，为老师出版文集一定是她们最热切的愿望。还在二十世纪八十年代，廖太孃、范太孃姐妹、隆莲法师多方设法，历尽曲折，终于铅印了一册刘洙源先生的《佛法要领》，我还有幸领了一本，尤记得范太孃当时眉飞色舞的表情。现在我闻说刘先生的集子准备正式出版，同样也是悲欣交集——事后我专门问王承军，如果你不在巴蜀书社，会出这本《刘洙源集》吗，他说肯定不会。

四、第一次真实感受"不可思议"

记得果芳法师曾经说起廖太孃写刘先生传记的事,我想资料应该还在,所以跟着就去了铁像寺。听我说如此以后,法师也很高兴,转身就从身后的木柜子里面取出一叠教学笔记本,里面有廖太孃二十世纪八十年代和九十年代两次写的刘洙源先生传记,《佛法要领》和《唯识学纲要》的整理本等。我奇怪地问法师,咋个这么方便就放在客堂。她说前几天师爷的侄孙来检理信件,从楼上找出来,信拿走了,这些资料暂时放在柜子里。

语言文字根本无法写状我当时的感受,太不可思议了,廖太孃圆寂都二十多年了,这些东西居然要落实在我手上,就这么轻描淡写地交给我了。此前一年多,我帮果芳法师整理隆莲法师往来书信,我以为2005年再到铁像寺,就是为此因缘,结果不止于此,竟然还是为刘先生文集来的。

五、鲜成的工作

写这个的时候才想起,我与鲜成认识,也有奶奶的机缘。鲜成念的虽然也是中医大学药学院,我或许教过他,但完全没有印象。大约2001年我师妹出国两年,她的研究生交给我帮带,研究生叫付田,一交谈知她的外祖父是方善福先生。一说方先生的名字我知道，他是我老师朱寄尧先生的小学同学，跟我们家一直很熟，其中一个原因，他们念"市一小"（即后来的小南街小学，现在已经并入少城小学）时是我奶奶的学生。

付田说起她带的一个毕业生很有学问，专研哲学，希望跟我交流，于是互相认识。鲜成真的很厉害，专研西哲经院部分，据说川大哲学研究生都弄不过他，反正我不懂，都由他说。后来思维遇到一些障碍，请教我，我觉得唯识这一块或许对他有用，就建议他努力弄通，又介绍一位宗法法师皈依。唯识我也完全不懂，对他则非常简易，一年多时间就通透了，我只要遇到形而上的问题，都请教他。

我整理廖太孃写的刘先生传记，王承军觉得用作前言太单薄，希望写一篇像样的文章。这非我所能，立即想到鲜成，题目是我布置的"刘洙源先生的经学与佛学"，几经删定，就是现在书中的前言。也与鲜成说好，这本书整理者就以他的名字在前，我其实只是代表奶奶、廖奶、廖太孃占用一个名字，以表达她们对老师的景仰之情而已。

六、水到渠成

没有任何波折，《刘洙源集》顺利出版，今天承军把书送来，非常感慨，因记本末因缘如上。

缀
玉
百
一

题青州龙兴寺"欢喜"二字残石

【青州龙兴寺欢喜二字残石，佛经中字，北朝人书，此拓在处，有光明云覆盖，诸天欢喜，善神拥护。漫集宋贤句为欢喜歌谣以赞之。】

协气盘空兆吉祥（陈栋），一时幸会俱遐昌（曾丰）。二六时辰真快乐（张镃），还家五福寿而康（欧阳修）。人谋合处天心顺（崔与之），更借春风为发扬（卓田）。仙乐八方吹远阔（彭郁），指点蓬莱日月长（陈杰）。丹砂已化黄金鼎（黄庭坚），青琅玕栖紫凤凰（方回）。仙经药品夸难老（杨亿），风生露洗皆生香（谢薖）。琼田万顷珠千树（杨万里），碧涧潺潺佩玦锵（毛滂）。人间乃有真富贵（陆游），千年万年歌未央（梅尧臣）。万籁有声皆善颂（崔敦诗），金石声中举寿觞（孙何）。得酒陶然且欢喜（赵鼎臣），圣贤事业浩无疆（陈淳）。

弋阳旧民山水歌

【用东坡《聚星堂雪》原韵，集前贤成句作此，敬呈蒙竹庵道长。】

常持清净莲花叶（张说），林下眠禅看松雪（皎然）。曹霸丹青已白头（杜甫），天与黄筌艺奇绝（徐光溥）。浣花春水腻鱼笺（羊士谔），春潭琼草绿可折（李白）。同是蒙恬一管笔（方回），注尽波澜名不灭（司空图）。攒峰若雨纵横扫（皎然），忽作风驰如电掣（王邕）。山水之图张卖时（杜甫），龟甲屏风醉眼缬（李贺）。深隐云林始学仙（杜光庭），石中黄子黄金屑（顾况）。大千江路任风涛（韦璜），荣禄过眼才一瞥（程公许）。诗清虽为竹庵编（王炎），妙道通微怎生说（吕祖）。朝飞暮去弋阳溪（刘长卿），丈夫志气直如铁（寒山）。

题许可墨竹

【集宋贤句，奉题许可兄墨竹。】

飘飘许子旌阳后（欧阳修），袭取天巧不作难（黄庭坚）。以笔写竹如写字（方回），素毫幻出碧琅玕（赵汝绩）。含风带雨萧然意（胡寅），渭川千亩入毫端（方回）。狂枝怒叶凌绢素（司马光），老笔盘空墨未干（方岳）。高节自缘心匠出（宋庠），一梢潇洒胜千竿（黄庚）。我疑与可今犹在（胡仲弓），挂在空堂坐卧看（梅尧臣）。高拂九霄无曲处（马廷鸾），允矣直道非俗观（魏了翁）。

题《移花就镜》

【罗韬老师取司空表圣之廿四格点评诗书画印，撰成《移花就镜》。曩我亦以《诗品》论书，比较韬公大作，渺乎小矣。敬集宋贤句为赞语，以识景仰。】

二十四篇风月句（叶茵），妙处可识不可夸（陆游）。自照心中大圆镜（宋自逊），移下蟾宫一树花（卫宗武）。眼明忽见此奇绝（楼钥），美玉凿石金淘沙（方回）。多少嫱妍归藻鉴（袁燮），品题从昔属诗家（杨冠卿）。愧我初非草玄手（黄庭坚），猥冗言辞自咄嗟（王令）。

题《汉砖佛造像》

【林峤兄以汉砖为质，造佛像百躯，汇为一编，征
题于下走。按《法华经》云："彩画作佛像，百福庄严相，
自作若使人，皆已成佛道。"造像功德难思难议，欲赞无
辞，漫集宋贤句为长歌，敬识欢喜，非敢言题跋也。】

汉官威仪二百年（陈造），放光时有阶头砖（敖陶孙）。
剥落风雨埋煨尘（王安石），灵光岁久独岿然（刘攽）。石
骨谁人镌佛像（董嗣杲），丈六金身坐象筵（刘克庄）。墨
妙笔精真可喜（高斯得），留取清香在佛前（史铸）。佛称
功德难思议（释遵式），受持读诵日精专（邹浩）。画沙累
土皆见佛（陈与义），阎浮提中大福田（黄庭坚）。善念才
兴方寸地（丁正持），个中已有一灯传（晁公溯）。文殊般
若如是说（释遵式），华严法界出诸天（李复）。时信金刚
通佛慧（释印肃），觉海方乘般若船（释宗杲）。若会粟中
藏世界（释大观），已空沙界无大千（曾丰）。坐断前溪去
来路（王洋），一句不说祖师禅（陆游）。就中自有清凉处
（释师观），千佛名高此作缘（曹泾）。

题《此心安处》印谱

【不二堂主人刘健兄取东坡诗入印，集得百枚钤谱，题名曰"此心安处"，敬集宋贤句随喜说偈。】

东坡老仙有奇句（朱槔），清风习习生诗肠（王柏）。钟鼎山林元不二（袁说友），此心安处是吾乡（苏轼）。啸傲自然能远俗（顾禧），厌杀人间名利忙（徐集孙）。刘兄胸次参元化（李轼），径写新篇就印章（张镃）。古锦珠玑溢百枚（王炎），风流特可付文房（晁冲之）。刊之坚梓广流行（王迈），愿作元龟献未央（黄庭坚）。君当置酒吾当贺（陈师道），千里今宵共一舫（苏辙）。

题《一览众山小》印谱

【叔重敦堂两兄集吴子建（长屋）老师刻"一览众山小"白文印五枚钤谱，印面印侧皆有大图，读者可一目了然矣。漫集宋贤为赞语，即用杜句作结。】

子建才八斗（孙应时），伟观天下少（王之望）。在昔童稚中（安如山），头角已表表（陈与义）。谢公山林赏（张耒），物外得轻矫（滕岑）。雕虫惭小技（黄公度），幽情寄鱼鸟（陆游）。变化妙不测（刘黻），忘机心皎皎（曾巩）。造化生尤物（刘克庄），牛刀恢勿扰（苏籀）。五白成一呼（黄庭坚），穷搜入冥窅（何梦桂）。松竹惟参差（曹勋），云雾生缥缈（林宪）。个中真趣在（郭印），十未能一晓（梅尧臣）。王赵两故人（王灼），好古远可绍（李弥逊）。敢希辑为编（汪炎昶），宝篆烟轻绕（许应龙）。图事欲大快（冯时行），吾曹欣窈窕（赵蕃）。是中有精微（陈傅良），未说意先了（苏轼）。毫芒集阅尽（高斯得），一览众山小（杜甫）。

泥金书《金刚经》题辞

【昌黎兄泥金书《金刚经》将送濑亭维摩精舍纪念室供养，写成令我赞言数语，与兄订交垂三十年，谊不能辞，因集宋贤句说偈，随喜赞叹。】

抄经暂了佛因缘（赵蕃），岂为多闻与福田（程俱）。根尘已证清净慧（张孝祥），庭前翠柏自安禅（刘攽）。四句幻泡明般若（张方平），炼得金刚一性坚（李光）。伏虎已归天女去（杨谟），维摩病室故萧然（张纲）。人古道尊精舍在（陈子浩），象众低摧想法筵（王安石）。鸥社同盟交最久（方蒙仲），弹指江湖三十年（吴潜）。缁林法乐堪随喜（文彦博），且持诗句写拳拳（韦骧）。

贺湖湘金石会成立

【检永和九年砖拓，集宋贤句贺湖南金石会成立。】

岳麓湖湘多秀气（牟子才），吾侪风味雅同科（王十朋）。翰墨精神全魏汉（潘大临），蓬莱未必似岷峨（陈傅良）。岣嵝山高寻禹志（黄裳），惟有丰碑屹不磨（李流谦）。时人但数李北海（周紫芝），古灵题迹试摩挲（岳珂）。浯溪已借元碑显（王阮），中兴宜颂更宜歌（许及之）。当时文物如斯盛（邵雍），金石交朋互切磋（孙何）。正须今代如椽笔（吕祖谦），更作新诗继永和（苏轼）。

湖州"千甓留珍"展览题辞

【青州药安郡萧氏砖,《千甓亭砖考》谓与咸康四年萧氏砖同出, 药安即乐安。漫集宋贤句为补白。】

无事此静坐（苏轼），逍遥觉日长（祖无择）。友人幸为赐（司马光），贻我琼瑶章（王炎）。砖花驳鲜重（宋祁），独遗文字芳（林景熙）。乐安山水佳（林表民），华胥吾故乡（陆游）。拈笔书满纸（陈有声），入眼兴未央（张九成）。怀古意如何（范祖禹），虚白生吉祥（张栻）。

题《谁堂嘉果册》

【谁堂兄客东官廿载，出花果图征题，偶忆窗斋抚粤时，有题岭南花果图数十首，因剪裁为五绝句，以助雅兴。】

岭南风物画图添，蔓到琴床也不嫌。色即是空空是色，谁将胜果说华严。（释迦果又名番荔枝。）

也同鹤寿不知年，吉语偏从野老传。一种风姿描不得，本来无画亦无禅。（百事如意图。）

偶入琼林喜欲痴，引觞一饮沁人脾。问谁识得杨妃粉，可惜东坡饱啖时。（荔枝。）

南过衡阳落雁愁，引人清梦到罗浮。麟胎凤卵非常果，权当梧冈竹实收。（谁堂湘人旅粤。频婆果亦称凤眼果，末句用窗斋咏频婆原诗。）

白云山下涧池边，潇洒风姿脱俗缘。俗眼品题浑不解，好花清似钵中莲。（小莲池馆。）

题鹿苑居士《溪堂胜景图》

【鹿苑居士出新绘溪堂胜景手卷，拟钱玉潭笔意者，漫集宋贤句作歌以助雅兴。】

鹿苑身栖物外居（宋无），一轩气象自清虚（孔武仲）。点缀楼台成绘画（陈宓），有时闲落右军书（黄裳）。要看玉潭千丈雪（郭祥正），发挥泉石有新图（汪藻）。声名未误如椽笔（彭汝砺），妆点前山景色疏（张侃）。能将绘素传奇表（文彦博），竹槛松窗静有余（陈舜俞）。山如浮玉一峰立（晁补之），桃花春浪脱渊鱼（范成大）。谁谓冰姿太清淡（李纲），儒雅风流总不如（冯时行）。胜景可人观不遍（罗荣祖），世虑尘缘并扫除（郭祥正）。野人开卷微微笑（苏泂），闲对渔翁话古初（吴惟信）。身在范宽图画里（陆游），便知陶令爱吾庐（刘攽）。

题凤凰三年砖

【吴凤凰三年砖，笔势一同天发神谶碑，集宋贤句有题。】

几处败砖吟蟋蟀（朱继芳），苔侵土蚀丧素质（李奎报）。凤凰声里过三年（谭用之），玄玉磨研胜点漆（张守）。篆隶何妨更兼有（罗颂），编摩允属大手笔（林师蒧）。凛然皇象法书存（曾极），笔力滂葩少俦匹（韦骧）。文物岂惟淹汉魏（彭汝砺），异品已堪相甲乙（许及之）。

题方药雨校碑印

【白云松舍主人藏方药雨校碑印，缶翁精心之作，集宋贤句以识眼福。】

白云深处北窗凉（程俱），偶检图书见古方（林逋）。大碑小碑共检校（程九万），金石声中举寿觞（孙何）。老石摩挲堪篆刻（王炎），传授视此真印章（薛绍彭）。旧物只余苍石在（范纯仁），雅韵犹能并洁芳（赵公豫）。平生自叹雕虫手（吴可），珍重旃檀一瓣香（邹浩）。

题汉君子九思砖

【汉文字砖率多吉语，箴言不常见。此《论语》君子九思，可以为座右者，集宋贤句为赞语。】

一编论语用不尽（王柏），千古虞弦意未央（张栻）。孔子九思频点检（陈文蔚），温恭天赋此心良（苏辙）。若人于此能三省（虞俦），休苦栖心名利场（郭印）。吾儒根本在修身（袁燮），吾道方亨值一阳（陈宓）。从今座右置此纸（项安世），时平贤路如康庄（王迈）。

题旧拓《石鼓文》

【澹轩兄得萧蜕庵藏石鼓拓本，留置我处甚久。昨夕侍岳大人，竟夜不眠，检《石鼓文整理研究》附录历代石鼓诗，集成篇章以代题跋。乙未上巳。】

猎碣镌功事惘然（马臻《文庙石鼓诗》），文繁意晦徒支骈（韩寄庵《石鼓歌》）。字形汗漫随石缺（苏辙《石鼓歌》），为础为砧多历年（洪适《石鼓诗》）。羲皇已亡巧伪起（张耒《瓦器易石鼓文歌》），世人好古犹法传（韦应物《石鼓歌》）。韦韩二苏染大笔（吴苑《石鼓歌》），沉吟独立西风前（张养浩《石鼓诗》）。有周天子作辟雍（刘应秋《太学石鼓歌》），献禽每复勒成功（沈一贯《观太学石鼓歌》）。神物义不污秦垢（苏轼《石鼓歌》），太平留此溯遐踪（乾隆《石鼓诗》）。古画诘屈蛟龙隐（何景明《石鼓歌》），昌黎所以籀史通（翁方纲《辛鼓残字摹石诗》）。先后吟哦寄此鼓（何绍基《书韩苏石鼓歌后》），墨香披拂来松风（程晋芳《游太学观石鼓》）。宏文阮刻费搜罗（吴昌硕《石鼓诗》），重道崇文功不磨（乾隆《再题石鼓》）。沧桑久历弥可贵（王鸣盛《石鼓歌》），珊瑚碧树交枝柯（韩愈《石鼓歌》）。拓本寓目心一洗（宋荦《石鼓歌用苏子瞻原韵》），爱惜应劳神护诃（李东阳《石鼓歌》）。吾愿兴贤得真宝（乾隆《石鼓歌》），大吕元英岂足多（邓宗龄《观太学石鼓歌》）。

《王居士砖塔铭》题辞

【慕松轩主人得《王居士砖塔铭》善拓本，海内征题，装成皇皇巨册，我亦附骥尾。承赐下印本，爰集宋贤句作长歌纪事。】

客问王居士（王洋），三秀发灵芝（夏竦）。书法严贬褒（刘敞），何人字识奇（胡寅）。主人爱敬客（王炎），信笔辄书之（赵蕃）。名品各异标（韩维），江湖此白眉（胡仲弓）。流传世代久（熊禾），危脆不坚实（李流谦）。片石幸有传（王应麟），文星金石笔（戴栩）。优游慕赤松（孔武仲），辈流公第一（赵蕃）。拓本手不停（楼钥），展玩已盈帙（陆文圭）。云何得此本（敖陶孙），文房好静嘉（高斯得）。骥尾何由附（仲并），自惭井底蛙（李新）。忽忽闲拈笔（邵雍），题咏属诗家（黄庚）。雅志同所尚（文同），足为天下夸（郑獬）。

题菖蒲图卷

【菖蒲生石上，一寸九节者良，通神明，益智慧，上品仙药也，神农著在《本草》。谁堂兄图此，集宋贤句赞之。】

罗浮仙客隐（耿南仲），石涧水泠泠（洪咨夔）。五月菖蒲草（梅尧臣），轻坚九节青（徐瑞）。兰荪谁共采（范仲淹），芳气袭人醒（欧阳修）。上药能全命（胡宿），农皇旧有经（强至）。清芬醒耳目（连文凤），烹饮养颓龄（李复）。凭将摩诘画（袁说友），诗思妙通灵（陈深）。

题汉海内皆臣十二字砖

【海内皆臣十二字砖，吾友息见堂主人考订为汉安邑宫遗物，承赐下拓本，集宋贤句有题。】

汉家台榭与天通（田锡），汉家麟阁待英雄（赵期）。汉苑仙盘昔未浮（夏竦），汉皇虚筑望仙宫（王禹偁）。汉兴即有中天运（许及之），汉家恩信抚群戎（沈遘）。汉庭四海皆臣姜（郑清之），汉武余威信未穷（张嵲）。十雨五风蒙帝力（王炎），万户康宁五谷丰（孔平仲）。长瓢酒挹云泉酿（徐积），满瓮新醅粥面醲（陆游）。零乱园林遗物在（张耒），荒台已失凤凰踪（汪立信）。端拱雍熙诰尚存（林希逸），安邑曾收结实功（董嗣杲）。恐是金凫海底砖（杨万里），天地为炉造化工（黄浩）。匆匆岁月十数字（张埴），文物当年扫地空（吕本中）。满眼繁华何足贵（邵雍），百不堪言一叹中（王令）。聊向短笺论感慨（强至），一兴一废古今同（项安世）。

芝岩左泉

【丈雪通醉禅师尝卓锡般若寺，寺依灵芝岩，泉流飞漱，中道分左右，皆有旧题。戏拟一纸，集宋贤句书为补白。】

地产灵芝古道场（袁正规），石泉流出落花香（张俞）。一千丈雪与心照（陈著），偶泛溪边般若航（李洪）。

题古甓"封万年"拓本

【新冠三年，谈封控而色变，因用七阳韵，集宋贤句有题。】

雪中梅蕊验初阳（徐经孙），何辜民病重天殃（陈元晋）。翩翩仕路新冠盖（张耒），却愁苛政苦于蝗（路铎）。消残瘟疠曾非药（苏辙），祈禳已尽别无方（阳枋）。屠龙手段元非策（李之仪），如何祛鳄似祛羊（郑厚）。正复立谈封万户（晁补之），峻令朝行剧虎狼（刘筠）。昨日街头犹走马（张伯端），今是前非枉断肠（韩淲）。少城已破繁华梦（陆游），经过此日倍凄凉（吕南公）。养性已知无病染（徐铉），传闻何敢喜张皇（王柏）。竹简读残聊一叹（李流谦），北面三年蚁梦长（文天祥）。万事到头成幻灭（马之纯），古今兴废两茫茫（李处权）。

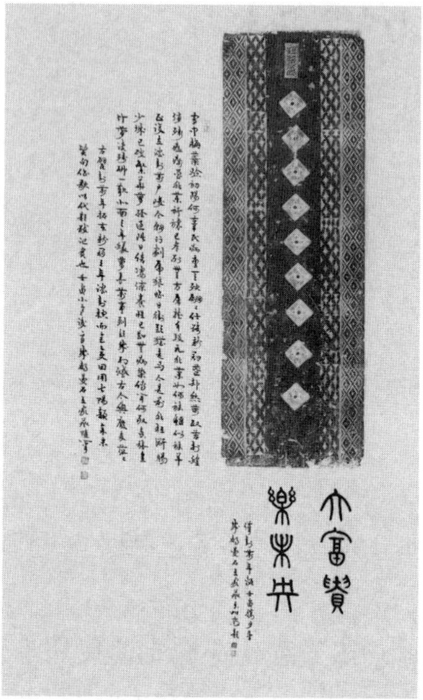

徐无闻先生手稿题辞

【徐无闻先生以书法篆刻邀誉，世人每忽略其学者身份。启元白序《徐无闻论文集》谓先生"于古文字之考辨，造诣尤邃"，信为知言。此《三亳考》，宜都杨惺吾先生原著，徐先生整理注释本，虽戋戋一册，集书法与学问为一，难得也。集宋贤句为赞语。】

艺文追伏郑（周必大），古邑辨三亳（陆文圭）。徐君万卷腹（陈造），贤才思述作（周善）。无闻而闻闻（释印肃），神功巧穿凿（戴复古）。笺疏欲谆谆（谢枋得），试尝论大略（王安石）。真迹俨然在（楼钥），吾侪所至乐（孔武仲）。

题浙东"虞"砖拓本

【浙东出"虞"字砖，与步摇佳人图案砖合拓一纸，取意虞美人。因拈虞姬故事，集宋贤句为题。】

宫样高梳西子鬟（杨万里），虞姬妆面留余潜（陆游）。霸王事业今已矣（苏洵），深涧无人草自斑（陈中）。（此言虞姬草，所谓"空余原上虞姬草，舞尽春风未肯休"者。）

题永陵玉带拓片

【振宇兄出前蜀永陵玉带拓片，难得一见者，漫集宋贤句。】

曾闻蜀国海棠盛（梅尧臣），蜀王心事此花知（王镃）。金鱼玉带公所有（敖陶孙），塔庙空留异代悲（刘友庆）。

题《王鲁复墓志》两首

【《唐王鲁复墓志》，以大中二年卒，前一年主人自撰，效陶渊明自作挽歌，旷达难得。鲁复号知道先生，王子晋之苗裔，平生著诗两千七百首，诗人也。用杜句篆"此意陶潜解"五字引首，集宋贤句为赞语。】

昔闻王子晋（欧阳修），跨鹤飞上天（李石）。道人仙之裔（崔次周），乃可数世传（陆游）。唐代诗人杰（强至），快吟三千篇（刘克庄）。达士多放旷（方回），恍若梦游仙（文同）。自作挽歌辞（李处权），无憾归重泉（司马光）。惟有知道者（陈普），无求恒泰然（黎廷瑞）。

【又题。按，《后汉书》赵岐字台卿，卒前于墓中自绘四贤像，故刘后村诗词皆称"台卿自志"，《后村诗话》论杜牧又言："晚节自志其墓，与台卿自志、渊明自挽何异。"故末句云云。】

唐有穷诗人（方回），辞卑名亦沦（梅尧臣）。篇章久零落（戴复古），瑶瑟流埃尘（曹勋）。困苦始知道（苏辙），悲喜俱伤神（姜特立）。一枕庄生梦（翁卷），时荣非所欣（章云心）。自志台卿墓（刘克庄），千古见如新（薛叔振）。

黑白双狸奴

【和平兄饲狸奴黑白两孩儿，戏集宋贤句。】

薄荷花开蝶翅翻（陆游），买鱼穿柳聘衔蝉（黄庭坚）。
定知黑白全无用（贾似道），人说狸花最直钱（陈郁）。

题开皇铜佛像拓本

【开皇铜佛像拓本，集宋贤句说偈。】

绝念契真如（杨亿），稽首谒佛像（滕岑）。拈花微笑时（高吉），一一如指掌（孙应时）。粲粲庵摩勒（秦观），是真法供养（释道冲）。

二寅斋亥年咏猪诗步韵两首

【戊戌岁除立春，二寅斋示己亥咏猪诗两首，或询能集句唱和否，急就成此。】

有如天际倾长河（司马光），世变峥嵘可奈何（陈杰）。曾驾铁船冲巨浪（章甫），肯容萧苇障前坡（苏轼）。不惭弄玉骑丹凤（苏轼），应有黄庭换白鹅（喻良能）。酒圣诗狂休问我（袁说友），人生知足一饱多（陈与义）。

新诗忽见相州红（陈著），诗傥穷人莫送穷（方岳）。立在殿庭还不弱（赵光义），逢时儿女各称雄（张耒）。江城寂寞无歌舞（杨万里），鲑菜清贫只韭葱（黄庭坚）。应是不眠非守岁（姜夔），两穷相遇说飘蓬（王镃）。

附二寅斋原诗

正逢新岁尔过河，我亦痴肥奈若何。面目无端畀八戒，声名有幸附东坡。奔来侧帽难随马，换得黄庭更羡鹅。只道蠢夯合在野，如今朝里不胜多。

争传小妹粉还红（《小猪佩奇》又译《粉红猪小妹》），世事如牌拱未穷。牲畜满园谁是主（《动物庄园》以猪群寓俄党），长空百战此为雄（宫崎骏《红猪》王牌飞行员化身为猪）。好从林下搜松露，莫向鼻端插大葱。闻道嫦娥添米兔，投胎难免有天蓬。

题西汉陶范

【西汉陶范，刻画"野马牝"三字，当是马足之一部分。九喜兄藏品，并笺题四字，集宋贤句为赞语以足完之。】

漫传西汉祠神马（杨亿），且看土偶笑桃人（朱翌）。为君甃饰标三字（家铉翁），十分清瘦转精神（刘克庄）。心潜模范识前规（薛绍彭），底用区区更出奇（马廷鸾）。刻画烂然犹可喜（王容），大书铭座更何疑（陆游）。剖开左右两相属（苏辙），炯然非石亦非玉（杨万里）。牝牡那穷神骏姿（赵蕃），至此方知夔一足（方回）。

题《松亭论道图》

【玉泉斋主人出松亭论道图征题。老子云"道可道非常道"，道岂易言哉，漫集宋贤句说偈。】

优游虚岁月（张士逊），闹里自静好（陈著）。道德千年事（黄庭坚），价重连城宝（陈普）。至人观实相（冯时行），胸中妙庄老（邹浩）。无名本自然（薛道光），可道非常道（李师中）。至治本无为（赵鼎），丹心中自保（朱熹）。逍遥化胡蝶（司马光），仙子迷蓬岛（彭汝砺）。炉烧九转丹（程敦厚），曾食如瓜枣（胡仲弓）。松亭临旷绝（文同），清矣濯怀抱（程如）。远籁起高松（顾逢），青溪合瑶草（陆文圭）。万化入丹青（宋庠），虬妍归品藻（苏辙）。

题陕本《争座位帖》

【米老《书史》谓《争座位帖》在颜最为杰思，想其忠义愤发，顿挫郁屈，意不在字，天真馨露，在于此书。标举为颜书第一，允称公论。友人出清拓本征题，集宋贤句赞之。】

向来坐位书（李处权），忠贤如此尔（陈造）。堂堂颜鲁公（岳珂），耿耿耀青史（白珽）。人间翰墨留（仇远），因此数幅纸（苏洵）。真气凄金石（曹勋），佳处政在此（张栻）。永与天地存（陈文蔚），圣贤独不死（方回）。

澹轩藏印题辞

【澹轩兄嗜古，最重乡邦文物，所蓄书画碑刻率以蜀川为主，印章则不以地域自限，浙派大师，元朱圣手，皆竭力罗致。今择百品裒为澹轩藏印初集，命书数语。观谱中诸印，以王禔福厂、陈翝巨来之作最为甲选，难得一见者。知吾蜀虽少一流之印人，易均室以后，仍有一流之藏家。因集宋贤句为赞，敬识眼福，非敢佛头着粪也。】

我公味冲澹（吴居厚），大道体柔刚（赵光义）。野性好书画（梅尧臣），至今犹珍藏（方回）。碑板摘奇艳（葛立方），名家盛汉唐（郑獬）。幽赏机缘熟（戴埴），入手两印章（孙应时）。篆刻大精奇（许月卿），几微察毫芒（真德秀）。指饰文字巧（韩维），元气夜生光（苏辙）。独肯勤收罗（苏轼），琴书乐一堂（司马光）。苓藿入谱录（苏籀），逍遥游帝乡（文天祥）。新集世方传（赵师秀），合有颂揄扬（唐士耻）。百川浮巨斝（张元幹），禔福俟穰穰（寇准）。寄言钦雅意（余靖），此乐殊未央（陆游）。

题《始平公造像》

【启元白崇帖，题始平公造像云："题记龙门字势雄，就中尤属始平公。学书别有观碑法，透过刀锋看笔锋。"乃借题发挥者，然刀笔之论亦足可取。慕松兄得始平公最旧拓本，因用此意集宋贤句为赞语。】

足怜名相惑愚顽（张镃），见说龙门不可攀（廖行之）。刀笔任从文俗议（苏颂），山阴岩壑妙人寰（楼钥）。

题南越国陶瓦拓片

【民国开筑广九铁路，东山出残甓甚夥，谢英伯、邓尔雅、蔡哲夫颇有考证，审定文字，订为南越故宫遗物。此官桥残瓦，曾是王贵老可居长物，捐赠公家矣，拓本亦不易得，漫集宋贤句为赞语。】

可种梅花便可居（宋伯仁），试今措手验何如（曾丰）。台倾邺苑多残瓦（宋庠），难觅河桥一字书（陈与义）。

题唐造像记残石

【唐造像记残石，仅存题名两行，可识者"史娘、德娘"数字，集宋贤句为题赞。】

金石空残片（苏颂），余情到娘子（陈与义）。识字略可数（方岳），纵横才片纸（五迈）。楷法书来近率更（陈著），刻画烂然犹可喜（王容）。凭师细考何年月（苏辙），不须苦问侬宗旨（刘克庄）。若非积行施功德（张伯端），千年幽独嗟谁氏（林景熙）。

题龟鹤齐寿花钱拓本

【友人出宣和御书"龟鹤齐寿"花钱拓本征题，杂缀前贤句。】

宣和天子崇神仙（李光），蕊珠深殿驻云軿（王安中）。汉宫玉树知何限（文彦博），掩映金乌上紫烟（姜特立）。仙家耕耘成白璧（黄庭坚），宜应佳兆中青钱（赵抃）。瘦金书法了可验（胡应麟），凤翥龙盘墨色鲜（曹勋）。未见鱼龙供汉戏（黄裳），却教龟鹤羡长年（杨杰）。黄粱富贵百年短（真山民），阅世真成叹逝川（李洪）。唤回艮岳游仙梦（尹廷高），几看沧海变桑田（张商英）。

题弥勒下生经残石

【弥勒下生经残石，造像善跏趺坐结施无畏印。敬题圣号，并集宋贤句为赞语。】

洁白光涵兜率天（黄义贞），都忘弥勒下生年（杨万里）。三十二应施无畏（黄庭坚），善护常开种福田（宋庠）。一尘不惹菩提树（杨公远），独棹孤峰般若船（释印肃）。言词海藏不胜赞（范成大），偶题诗句无须编（苏轼）。真实功德佛名号（释遵式），冀结龙华会里缘（王之道）。

鸿冥翁扶老杖拓本题辞

【丁季鹤先生赠鸿冥翁徐寿先生扶老杖拓本，敬集宋贤句为赞语，以识眼福，不敢云题跋也。】

一品千龄灵寿杖（刘过），彩云高捧老人星（王禹偁）。长生阅世凭何术（马廷鸾），天道流行自有经（王柏）。岁晚一棋终玉局（黄庭坚），即今谁不羡鸿冥（陆游）。太平乐事从谁得（仲并），辽鹤归来本姓丁（刘子翚）。

《般若心经》残石

【敬集宋贤句为般若心经赞语。印老云："《般若心经》文简而义丰，词约而理着，普令上中下根，同得一超直入如来地，于诸经中，最为第一。虽只二百六十字，而六百卷《大般若》甚深义理，包括罄尽。"粟米藏大千，此虽残石，亦是菩萨示现，蕴含如来秘密之藏，幸无以残缺轻之。】

如来藏有大经卷（程公许），指地指天称第一（释道颜）。妙契圆通观自在（释印肃），甚深般若波罗蜜（释法熏）。

古齐国陶器两首

【集宋贤句题古齐陶器两首。】

人生贵适志（魏了翁），功名与世事（释绍嵩）。泱泱古齐邦（张镃），陶埏皆作器（张耒）。尝闻庄生言（王令），句中寓深意（姚勉）。

访古或兴欢（蒋堂），此乐真不朽（苏轼）。是邦足文物（陈起），俱能金石寿（赵蕃）。要与风雅期（孙应时），采采泛卮酒（陈宓）。

题越王者旨剑

【越王者旨剑，勾践若子若孙者铸。俨愚兄手拓，集宋贤句为赞语，以识眼缘。】

海天东下越王州（张伯玉），抵掌功名一战收（李曾伯）。心益不忘尝胆事（李处权），为言豪杰尚缧囚（华岳）。饮阑方拥名娃醉（真山民），却教骑马逐吴钩（罗公升）。卧薪伯业今何在（王迈），磨剑只有空池留（孔武仲）。光芒紫气射牛斗（陈长方），月照三十六宫秋（武衍）。谁知传与痴儿子（张耒），吊古千载空悠悠（阎仓舒）。

题建德元年元始天尊造像

【道教造像较佛教为晚，初囿于老子"大象无形"，不以图像为能事。《辩正论》引《陶隐居内传》云："在茅山中立佛道二堂，隔日朝礼，佛堂有像，道堂无像。所以然者，道本无形，但是元气。"稍晚亦仿效佛教，言说造像功德，遂开塑化道像之风。如《洞玄灵宝三洞奉道科戒营始》造像品云："应变见身，暂显还隐，所以存真者系想圣容，故以丹青金碧，摹图形相，像彼真容，饰兹铅粉。凡厥系心，皆先造像。"北周建德元年九月李元海造元始天尊像，碑原在关中，今存美国弗利尔美术馆，保存虽完整，拓片不易求。此民国旧拓，曾经易均室先生收藏，难能可贵者。集宋贤句说偈。】

发生虽有象（苏轼），体道极无形（释智圆）。元气无奇耦（刘攽），令人识典型（陈深）。

题周退密诗笺

【友人出四明周退老诗笺征题，题赠丁景唐者。退老书法老而弥精，曩题诗云："人书俱老斯之谓，雅拙相生不费言。元气淋漓寿者相，澄明心境培福源。"因集宋贤句以识眼福。】

人瑞国之宝（崔与之），养炼岁月长（苏轼）。正色烟霞外（金君卿），游心翰墨场（吴淑）。手笔人多许（杨亿），室虚自生光（苏辙）。细读平安字（陈与义），诗中句堂堂（马先觉）。君从何处得此纸（欧阳修），从今岁岁只珍藏（吴潜）。

和二寅斋主人荣休

【二寅斋主人荣休有作，依韵集宋贤。】

胸中无复少年狂（晁公溯），来食邯郸道上粱（黄庭坚）。长安美人夸富贵（曾巩），东坡老子怜忠良（汪莘）。疾风不雪翻成雨（赵蕃），倦客寻闲误入忙（曹彦约）。嵇阮襟怀终旷达（文同），纵横健笔谁能当（陆游）。

附二寅斋原诗《工龄足三十年申请内退（离岗退养）通过，诗以示诸友》

少年意气几曾狂，卅载依违为稻粱。流品未跻非致仕，风尘差避等从良。著书过十犹多欠，课子成双傥更忙。莫笑在家穿鼻粢，汗淋学士我能当。

和二寅斋主人五十初度两首

【文辉兄五十初度，用知堂老人韵自寿，依韵集宋贤句奉酬。】

多病维摩尚在家（陆游），苦无度牒与袈裟（赵希逢）。诗成险语破鬼胆（虞俦），酒入肌肤忆冷蛇（苏洵）。已有骏驹传骥足（李新），何须流水觅胡麻（施枢）。书淫过似专房乐（陈郁），不羡乘风七碗茶（陈宓）。

欲学孤山处士家（曹勋），道冠儒履佛袈裟（释绍昙）。因知幻物出无象（黄庭坚），切忌当头触死蛇（释正觉）。却恨何须明似镜（舒坦），蓬生敢望直如麻（陈棣）。是凡是圣都休问（刘克庄），渴饮清泉困饮茶（谢谔）。

附二寅斋原诗

自喜江湖只此家，无师更不羡袈裟。朋来偶享人头马，夜读徒闻美女蛇。处世那堪腹成黑，作文未许肉为麻。中年一觉知何味，也付餐厅下午茶。

不属砖家属瓦家，只缘得子笑袈裟。何妨四眼便称狗，莫使两头甘作蛇。商海无能捞世界，书山有份拣芝麻。人人尽道香江好，最喜香江是奶茶。

题吴王断剑拓本

【吴王断剑，潜堂兄论"工吴"即戴吴，吴王余祭也，其说可取。铭文"有勇无勇，不可告人，人其智之"，有感慨焉，集宋贤句为赞语云。】

吴王铸剑成（周弼），炉冶阴阳辟（范仲淹）。会看击南溟（李弥逊），叱咤在三尺（五迈）。勇怯无定论（魏了翁），先训存金石（赵子岩）。谅彼耻不仁（王安石），智巧竟何益（张耒）。盖棺千年后（连文凤），墨水传遗迹（高祖之）。

和慎斋

【跑步机跌我，慎斋兄有诗慰问，依韵说偈，集宋贤句。】

疏花会结果（吴泳），为物岂无因（梅尧臣）。囊锦传宗旨（程公许），云门透法身（释慧方）。宁知有自性（方岳），岂敢示他人（魏野）。一跌未为失（杨时），虚堂不染尘（吴芾）。

附慎斋原诗

维摩曾示病，世事有前因。未得长生术，何能不坏身。簪花青眼客，落第白头人。象兆安天运，从兹醒幻尘。

题唐玄宗御注《金刚经》

【唐玄宗御注《道德经》《金刚经》《孝经》，三教一统。此御注《金刚经》残石，漫集宋贤句为赞语。】

从来唐治数开元（廖行之），万里山河拱至尊（陆游）。真如般若头头是（白玉蟾），独于要妙欲细论（王灼）。一笑拈花差易耳（刘克庄），极处是为天地根（方岳）。我来摩挲考岁月（艾性夫），检校残英有几存（程公许）。谁识九重宵旰意（范祖禹），一统三教清乾坤（胡宏）。

题召叔匜全形拓两首

【友人出召叔匜全形拓本征题，九喜、潜堂两兄先有题，我于先秦器愧无所知，欲赞无辞，因集剑南诗句为口号两首，聊以塞责。】

寂寞书生学奇字（《夏夜读书自嘲》），先秦金石古文章（《秋望》）。砚池湛湛一泓墨（《龟塘避暑》），又破铜匜半篆香（《北窗》）。

举世方夸稽古力（《野兴》），千金论价恐难酬（《夜寒与客烧干柴取暖戏作》）。个中妙趣谁堪语（《对酒》），气住神全形自留（《道院述怀》）。

题金石杂拓

【富彦先生出金石集拓征题，潜泉吴隐先生旧藏，集宋贤句为赞语，以识眼缘。】

文物希前代（梅尧臣），珉石尚珍藏（苏颂）。酌泉吴隐之（曹彦约），手墨粲琳琅（洪咨夔）。古佛灵如在（陈宓），虚白生吉祥（张栻）。文字追秦汉（赵蕃），轨躅参隋唐（李石）。灵芜郁宝鼎（张镃），高台无凤凰（戴复古）。砖瓦贱微物（欧阳修），因以颂无疆（周必大）。我作如是赞（释道冲），一笑春洋洋（高斯得）。

题唐陀罗尼经幢残石

【唐陀罗尼经幢残石，集宋贤句为赞语。】

断碑犹记会昌年（戴栩），梦幻吾身是偶然（王禹偁）。

澡雪正须功德水（王炎），含弘法界外无边（李复）。

双魁堂赏画图

【双魁堂出携子赏画图索题，主人雅人深致，蓄名家字画甚伙，漫集宋贤句为赞语。】

富贵功名不拟论（陆游），事如春梦了无痕（苏轼）。已为魁垒无双士（文同），始是东坡不二门（陈师道）。尊俎风流陈日月（仇远），斯文清气在乾坤（林景熙）。写梅当画同谁赏（董嗣杲），犹得他时耀子孙（强至）。

题昭庆寺读碑图两首

【绍典兄尊人执教昭庆寺小学，学校为寺庙改建，故名。庙倾圮日久，唯刘赟、周天球唱和诗碑尚完好。绍典兄访得拓片，倩友人作读碑图。步韵集宋贤句，聊为补白。】

白法归龙树（晁说之），沮溺识孔丘（姜特立）。寺古钟鱼在（赵希丙），塔坏断碑留（卢祖皋）。笔墨深关键（黄庭坚），诗篇更唱酬（楼钥）。飞鹰昭庆路（夏竦），依依眷昔游（孙应时）。

陵陆变沧海（曹勋），时移事亦移（欧阳修）。只疑春信早（杨时），不恨晨光迟（苏轼）。颢气微茫里（杨公远），东风浩荡时（姜特立）。往事杳难觅（叶发），真心梦寐知（陆游）。

题《万岁通天帖》

【元白先生《论书绝句·题万岁通天帖》云："琅玡奕代尽工书，真赝同传久不殊。万岁通天留响拓，金轮功绩过天枢。"论曰："近世此卷未发现之前，论唐摹右军帖，多推日本流传之丧乱帖、孔侍中帖。盖以其有'延历敕定'之印，著录于《东大寺献物账》，足以确证其为唐摹者。今此卷自石渠宝笈流出，重现人间，进帖之年月具在，钩摹自出当时。复有北宋史馆之印，南宋岳倦翁跋，卷中羲献帖外，复有僧虔诸贤之迹。其堪矜诩处，殆不止问一得三矣。"原帖官家藏密勿，晚来复制，化身千百，比较原作不爽毫厘，此古人未曾梦见者。即用元白先生韵，集宋贤句为赞语。】

故家多有二王书（高彦竹），秋水为神骨骼殊（李刘）。朱蜡誊摹犹若此（薛仙），语言道断转玄枢（释绍昙）。

题《赵仪碑》拓本

【蜀川汉刻不少，汉阙榜书、崖墓题刻皆为他处所无，严道《尊楗阁刻石》，建武中元立，东京隶书此为最早，洪景伯推崇备至，亡佚日久，一朝重见天日，诧为稀有。蜀地石质粗劣，丰碑大碣皆不能久长，《樊敏碑》曾得赵德父点品，多历年所，漫漶失真。所可幸运者，晚来则有《王孝渊碑》《赵仪碑》、都江堰《赵氾碑》、天府广场《李君碑》《裴君碑》出土，已足以方驾鲁豫诸省。此《赵仪碑》原石拓本，文辞断烂，难于卒读，书法开六朝楷体之先，可为临池之助，漫集唐句为赞语云。】

闲吟工部新来句（白居易），大小二篆生八分（杜甫）。何妨寄我临池兴（齐己），想望千秋岭上云（罗隐）。

王敬恒山水

【王敬恒先生彩墨山水，用东坡题《郭熙画秋山平远》原韵，集宋贤句为赞语。】

化笔交挥老更闲（苏舜元），青城游遍蜀中山（刘过）。浪迹已同鸥境界（陆游），平一丘壑胸次间（王洋）。丹青谁会开平远（程公许），未向郭熙见秋晚（王之道）。晚日迎风浸碧烟（袁说友），寒云片段浮重巘（林逋）。故作老木蟠风霜（黄庭坚），不学群葩附艳阳（史铸）。眼根磊落祛尘翳（黎廷瑞），更无纤霭隔清光（欧阳修）。百年积累到今日（张耒），皎洁一生余白发（晁说之）。丹青安得此一流（楼钥），坚然不朽贯金石（曹勋）。

题纫兰图

【邻蕉馆主人得无款《纫兰图》谓肖己容，恍惚若忆前世，因集宋贤句为题赞。】

世上丹青得许神（陈杰），自疑容貌是前身（王禹偁）。闲栖已合称高士（林逋），金石交深过古人（苏颂）。诗笔酒杯俱有味（史铸），蕉裳兰佩净无尘（张镃）。固应撩我题新句（陈与义），暂借酡颜戏写真（刘克庄）。

题杨健侯山水小品

【友人出吾蜀杨健侯先生山水小品征题，逸笔草草，自成高韵，用东坡《书鄢陵王主簿所画折枝》原韵，集宋贤句为赞语。】

云烟分境界（戴复古），平淡与古邻（蔡襄）。高韵自超异（李鹰），吾常慕昔人（陆游）。若个丹青里（陈师道），如何境日新（陈宓）。不复有故态（王柏），一点存者神（洪咨夔）。雅媚佳山水（方蒙仲），调和水墨匀（朱翌）。群芳间点染（卫宗武），问讯十分春（曹彦约）。

题老友云巢子写竹

【来雨兄出云巢写竹枝，集宋贤句为赞语。】

六年不见云巢老（艾性夫），想当落笔快挥扫（王之道）。狂枝怒叶凌绢素（司马光），冰鉴不容心潦草（罗尧）。以笔写竹如写字（方回），含风带雨萧然意（胡寅）。高节自缘心匠出（宋庠），操修迥与世俗异（王之道）。素毫幻出碧琅玕（赵汝绩），挂在空堂坐卧看（梅尧臣）。我疑与可今犹在（胡仲弓），一梢潇洒胜千竿（黄庚）。

题金釭拓本

【阮芸台得金釭，时贤歌咏，多由《汉书·孝成赵皇后传》"壁带往往为黄金釭，函蓝田璧"引申。竹庵兄以拓本征题，因集宋贤句为赞语，从俗亦用此典。】

默数方惊岁月长（陆游），古器残缺世已忘（苏轼）。金釭璧月相辉映（刘筠），长乐觚棱接未央（王炎）。看取汉家有故事（方回），尚疑飞燕舞昭阳（周麟之）。亲从芸阁获墨本（林师蒧），拟将金薤托琳琅（陈宓）。伸纸索句颇强颜（陈造），冥搜险韵搅枯肠（刘克庄）。如此至宝岂易得（钱元忠），当偕巨帙什袭藏（王迈）。

善业泥拓片

【善业泥拓片，篆书"妙莲华"为引首，集宋贤句说偈云。】

不因花事荣枯易（罗与之），欲访浮云起灭因（苏轼）。大圆镜智成无漏（徐天锡），曹溪一滴渡迷津（杨亿）。空花自满三千界（文天祥），为是如来幻化身（唐仲友）。不染不滞为净业（张伯端），白莲社里炼丰神（王灼）。弹指声中见弥勒（释宝昙），降伏心魔净六尘（张守）。同入涅盘三昧海（黄庭坚），澹月微云到本真（张道洽）。

庚子大吉

【书"庚子大吉",集宋贤句为口号。】

万物自生生（刘黻），吉祥斯止止（晁说之）。赋诗聊泚笔（陈造），相见作欢喜（元勋）。

题中岳庙石人冠顶"马"字拓本

【中岳庙石人冠顶"马"字石刻，黄小松司马剔土得之，《嵩洛访碑日记》审定为汉人八分无疑。晚闻居士出旧拓本征题，集宋贤句为赞语以识眼缘。】

石刻摩挲岁月流（刘过），汉家功业亦荒丘（许彦国）。浮云可籋真天马（袁燮），笔力当期挽万牛（王之道）。句眼端能敲一字（方回），浮沤乍起已千秋（牟巘）。言词海藏不胜赞（范成大），应有石人来点头（家铉翁）。

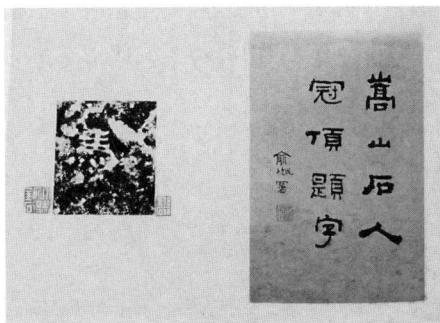

题那彦成楷书铁保神道碑

【那绎堂出铁梅庵门下，梅庵真书法颜，绎堂于鲁公亦有偏嗜，尤赏《多宝塔碑》，谓结法整密，道练劲洁，有细筋入骨之妙。《莲池书院法帖》因取善本上石，俾学者究心于其谨严完密处，可以知所从事矣。此绎堂书梅庵神道碑，立足《多宝塔》，一笔不苟，亦符东坡"字外出力中藏棱"之旨。个庵兄出此，漫集宋贤句为赞语。】

平生但玩鲁公碑（某公卿），翰墨文章自出奇（赵蕃）。久矣世间无健笔（陆游），正是冰姿蕴藉时（王柏）。莲池婉婉中流砥（徐元杰），更留残尊索题诗（吴芾）。

张大千绘青城野茯苓花笺

【大千绘青城野茯苓，即本草土茯苓也，明代以来用疗霉疮，声名播海外，即西书所谓中国根者。】

谁绘此图夸妙手（方回），药苗晚种已青青（晁说之）。村翁不解读本草（陆游），知有奇功似茯苓（苏轼）。

李印泉松柏砚拓片

【民国十二年，李印泉以农商总长署国务总理，一日即罢去，遂以"岁寒松柏"颜居所，纪实也，遂浼青山农题此砚。漫集宋贤句为赞语。】

芳物随凋零（李处权），松柏犹依然（黄庭坚）。英豪重节概（郑獬），嘉名高岁寒（司马光）。印此一片石（邓牧），逸兴发林泉（王辉）。

韩寿墓神道拓本题辞

【建安以后书风一转，隶体渐趋卑下，真楷书应运而出，钟王称圣，良有以也。此韩寿神道残石，隶书已有楷法，可为书体变化之标本。戏集宋贤句为赞，结句用偷香故事。】

自建安来汉道衰（刘克庄），贞石曾留几处碑（郭从义）。大篆小篆八分体（王禹偁），字比云峰险处奇（田锡）。晋代将军墓尚存（凌岩），碑倚空岩雾雨昏（凌万顷）。岂惟读辞玩点画（强至），字法破碎失本根（黄庶）。临池妙墨出元常（苏轼），右军笔阵争堂堂（薛绍彭）。竹简漆书何处觅（潘兴嗣），免教韩寿去偷香（胡仲弓）。

题《陆启成书法集》

【兰竹斋陆启成先生书法集付梓，集宋贤句为赞语。】

陆君酒酣喜自唱（强至），志不蝇营守笔耕（刘攽）。幽兰被径闻风早（黄庭坚），竹斋曾醉凤箫声（董嗣杲）。颇喜雪舟王逸少（方岳），楷法书来近率更（陈著）。嗜好自同皇甫癖（刘挚），定有新明到九成（苏轼）。元章嘉叟君所见（陆游），敢与前贤齐令名（吴芾）。点画各得万物体（黄庶），挺挺人才艺术精（钱选）。

梁礼堂寿董征诗依韵有作两首

【礼堂兄寿董思翁有作，依韵集宋贤句和之，愧不能工切，贻笑方家耳。】

姑射山中冰雪姿（袁燮），后身元亮更何疑（喻良能）。蓦然挥洒笔如扫（王炎），正是僧禅定起时（陈岩）。

吴兴祠堂祀百世（张元幹），二君联璧如长城（郑清之）。颜杨翰墨今谁解（裘万顷），书卷时开觉眼明（陆游）。

附礼堂原诗

松柏精神海鹤姿，南宗棒喝破群疑。三毫写罢凝神睨，如晦山风撼岳时。

帝业沦亡话启祯，荐觞我亦坐围城。今欢宝翰犹能继（予藏香光书小幅有今欢亦愿留句），白眼留将看晚明。

题赵朴老信札

【此赵朴老手书真迹，审为《巴汉辞典》处分意见，涉及人物皆可考。叶均居士曾入学汉藏教理院，后往锡兰求法，精研上座部佛学，通晓巴利文，译《法句经》《清净道论》，受朴老指派编《巴汉辞典》，未竟而示现无常。叶居士遗命法映法师完成其事，因使用《巴和辞典》为参考，朴老安排留日僧圆辉、德宗两法师协助。虽有朴老谆谆付嘱，此事竟不果成。漫集宋贤句以识感慨。】

闲取高僧史传评（张至龙），知师才智善经营（陈植）。可怜堕在如今劫（萧澥），梵语华言译不成（释绍昙）。

真本玉版十三行

【真本玉版十三行，戏集唐句以识眼福。】

神清王子敬（张南史），螭头笔更狂（罗隐）。池水犹含墨（孟浩然），澄澄写月光（卢照邻）。回飘洛神赋（释慧净），文思钱乐章（张九龄）。繁星收玉版（元稹），一纸十三行（白居易）。不及兰亭会（孟浩然），何由陪一觞（刘禹锡）。

文辉兄赐诗依韵敬答

【拟以《本草博物志》毛边本奉文辉兄，文辉兄辞之以诗。诗序云："玉㕚斋将赐新著，却其毛边本，因成一律。"依韵集宋贤句有和。】

我愧言诗赐（张耒），君才切玉刀（周邦彦）。神农书本草（章甫），楚客赋离骚（刘宰）。天马含风骨（文天祥），越禽惜羽毛（谢翱）。望洋始一叹（李流谦），末流故滔滔（刘应时）。

附文辉原诗

岁月谁偷去，杀猪更有刀。中年故油腻，大腹为牢骚。读帖无关墨，翻书不羡毛。沙滩今已到，后浪任滔滔。

君子之藏

【《说苑·杂言》云："孔子曰：与善人居，如入兰芷之室，久而不闻其香，则与之化矣；与恶人居，如入鲍鱼之肆，久而不闻其臭，亦与之化矣。故曰：丹之所藏者赤，乌之所藏者黑。君子慎所藏。"此所谓近朱者赤近墨者黑，故君子须慎其所处。友人出万历三十五年王谦题"君子之藏"拓本索题，漫集宋贤句说偈。】

楷正而端方（岳珂），兹其道所藏（曾丰）。矧惟君子学（袁燮），沐浴春兰芳（陆游）。

题《阅阅守书图》

【容斋老师蓄狸奴，倩遵渚山房作《阅阅守书图》，知我有同嗜，命为题赞。漫检《猫乘》，杂缀前贤成句，期博一粲。】

裹盐迎得小狸奴（陆游），端要山斋护旧书（文徵明）。闲借花阴眠昼暖（张权），仰看胡蝶坐阶除（刘基）。醒来独立栏杆畔（袁桷），不知绕膝诉无鱼（郑清之）。即今鼠辈都消尽（解缙），四脚撩天一任渠（元好问）。小诗却欠涪翁句（曾几），怅惘春风看画图（钱为）。

和慎斋生日诗

【慎斋诗翁辛丑元日生辰有作，依韵集宋贤句奉和。颈联纪实也。】

贤路绸缪早奋庸（宋庠），千篇诗费十年功（陆游）。芳春樽酒何由共（刘敞），乐岁佳辰定不空（陈宓）。拨遣簿书聊永日（王伯庠），自凭好句占东风（李流谦）。祝公寿共诗书久（王十朋），白发青衫道不穷（廖刚）。

附慎斋原诗

社栎非材术浅庸，修仙学佛两无功。寸心渐悟浮生幻，百事休嗟大梦空。我与流年皆过客，天教永日尽春风。何时一棹西溪水，碧渚盟鸥乐未穷。

严大可《未济诗草丙编》付梓

【大可兄《未济诗草丙编》付梓，我亦有狸奴之嗜，因用集中《近况》诗韵集宋贤句有和。】

斗帐香囊四角悬（杨亿），麝媒洒落生云烟（王炎）。敢希寄傲陶元亮（吴芾），始似闲行白乐天（张镃）。觅句有时携笔砚（陆游），读书直下悟蹄筌（吴龙翰）。狸奴闲占熏笼卧（陆游），欲伴骚人赋百篇（苏轼）。

附大可《近况》原诗

昶暑移阴帘未悬，颇璃承露碧生烟。不闻鸡犬往来夜，与乐狸猫自在天。市隐况难疏鄙俚，索居第恐落言筌。绝怜奇字膺闲阒，起诵扬雄覆瓿篇。

题陀罗尼经幢残石

【唐陀罗尼经幢残石，集宋贤句说偈。】

妙湛总持不动尊（苏轼），佛光山下一龛存（张商英）。
空花自满三千界（文天祥），总向虚空认法门（毛滂）。

题《汉刘熊碑》两首

【用王建、张祜题《刘熊碑》原韵，集宋贤句。】

士林往往推元龟（邓林），戞玉铿金出好词（项安世）。
我有蔡邕书欲付（刘克庄），泥沙先已蚀残碑（汪炎昶）。

莫将文采笑空疏（苏辙），尽是之人咳唾余（张商英）。
可止中郎虎贲似（方回），素筹留得蔡邕书（李虚己）。

残碑有"九思"字样因题

【友人出残碑打本,有"九思"字样,集宋贤句以代题跋。】

澄泉心地清无染(寇准),孔子九思频点检(陈文蔚)。断碑数尺谁所得(王安石),家风秀句刻琬琰(黄庭坚)。非谓疏慵效精进(刹书记),安仁白璧绝瑕玷(张耒)。志气飘飘游物外(黄应武),沂水弦歌重曾点(苏辙)。浊世狂澜挽不回(马廷鸾),安之若命心无慊(钱时)。

题东坡小真书《归去来辞》拓本

【东坡小真书《归去来辞》并集字十首之什刻石，不知何时何人所刻，真赝亦不能辨，四川博物院藏同品一卷，诸贤题跋谓是宋时单刻帖，太仓张氏涵翠堂掘地得石后所拓者。又有说为《秀餐轩帖》，未暇详检，漫集宋贤句为赞语。】

东坡老子金銮仙（王洋），雄文自贮胸中甲（王禹偁）。平生风望玉壶清（刘挚），歌传白雪欢声洽（史浩）。谁识朱弦太古音（刘宰），但见词源倒三峡（李流谦）。此地筌蹄求妙论（张伯玉），我书意造本无法（苏轼）。孰云无法与人传（葛天民），应恐天姿太明洁（宋庠）。情高尝见和陶篇（谭景先），洗出新诗耿冰雪（邓肃）。千山落木秀孤松（戴复古），归去来兮怀靖节（贾似道）。墨妙何劳法右军（李洪），本来信手忘工拙（陆游）。信手拈来即三昧（李流谦），变化溟蒙纷万象（邓谏从）。胸次峥嵘落笔

端（苏辙），珊瑚琢钩珠结网（洪咨夔）。更投涵翠举余杯
（王之望），玉刻小书题在榜（梅尧臣）。古今秀色餐不尽
（石应孙），由来真物有真赏（欧阳修）。

我与春风皆过客

【澹轩兄嘱以"我与春风皆过客"题笺，杂缀宋贤句成歌辞以报雅命。】

我与春风皆过客，空见春风发落花（时少章）。花时飞尽频行乐（陆游），雕巧春风弄物华（郑刚中）。春光已过三分二（刘克庄），春风一半属谁家（李龙高）。定知今古皆春梦（宋伯仁），摩挲石刻但咨嗟（李长庚）。身闲不傍功名路（宋祁），尽携书画到天涯（苏轼）。

题汉尚方镜拓本

【汉尚方镜拓本，集唐贤句为赞语，用代题跋。】

古镜菱花暗（骆宾王），依稀欲辨形（魏璀）。凭人远携得（元稹），徐看历杳冥（李频）。制作参造化（李白），中有日月精（皮日休）。河图孕八卦（陆龟蒙），星仙动二灵（刘宪）。玉泉何处记（吴丹），纤铓虫篆铭（刘禹锡）。科斗皆成字（岑参），凝规写圣情（张说）。汉代衣冠盛（武元衡），光华早著名（李百药）。上方传雅颂（钱起），玄酒荐芳馨（皎然）。常顺称厚载（贺知章），神气独安宁（白居易）。深意实在此（杜甫），谁得问先生（殷尧藩）。

题《杨公阙》拓本兼记访碑事

【辛丑伏中，云庐老师率浙大艺术与考古学院诸君入川访碑，澹轩兄出蜀中名石拓本助兴，诸君题字记游，平添美雅，因集宋贤句为小引。】

独扶栏干咏奇句（陈与义），访古寻碑可销日（梅尧臣）。自有良朋结胜游（张纲），吟赏岂无神助笔（刘克庄）。遥思汉阙雨新晴（夏竦），终岁蒿藜尚谁恤（曾巩）。善本何辞万金弃（米友仁），珍藏箧笥未为失（蔡襄）。多谢诸公共推毂（王之道），视履知当获元吉（陈文蔚）。

答董灵湖

【董灵湖兄《酬玉四题扇见寄》云："人间暑气半消磨，剩取吟怀甚着么。冰翼衣裳绿卿骨，一天风浪幻湘娥。"依韵集宋贤句为答辞。】

知君欲以诗相磨（苏轼），清净心田也洗么（胡宏）。庄蝶舞风忙似我（曾丰），开樽大笑呼琼娥（郭祥正）。

两和隆莲法师《成佛》诗

【隆莲法师创办尼众佛学院，恢复二部僧戒，弘扬圣教，"中国第一比丘尼"之誉非虚。余与法师谊属再晚，曾数聆教诲，获益良多。澹轩兄以新得法师书法征题，此法师《信佛、念佛、作佛、成佛》四首之一，诗书俱美雅，学浅不敢妄赞，敬依原韵集宋贤句以识景仰。】

鸿宝烧金竟不成（王安石），周天火候诳凡人（张继先）。老僧相顾应相笑（梅挚），仙客可望不可亲（杨万里）。窣堵招提俱昨梦（陆游），蒲团禅板记前身（吴则礼）。分明般若圆明相（葛胜仲），始是如来不动尊（强至）。

【又集古德韵语有和。】

驴不成兮马不成（绍昙），风颠作逞混凡人（道济）。众生世界了如幻（正觉），妙相圆明不可亲（子淳）。半夜髑髅惊破梦（子淳），一龛枯寂是前身（智愚）。休言兜率宫中事（绍昙），千佛名书补处尊（绍昙）。

附隆莲法师《成佛》诗

毕竟空何佛可成，众生平等佛犹人。三祇十地时方假，六道群魔怨敌亲。共笑丹霞烧木佛，却搜黄卷核金身。雪山半偈从何出，莫被波旬诳世尊。

《本草纲目图考》书成题扉

【《本草纲目图考》得蒋淼、颖艸两君相助，终于克成，集宋贤句题书扉奉赠。】

药中功效不寻常（史铸），满袖离骚草木香（史弥宁）。若把图经重校定（饶方），试寻本草细商量（苏辙）。书生考订言虽确（袁说友），遣客仍知醉不忘（赵蕃）。少壮及时宜努力（欧阳修），百家图籍待收藏（苏颂）。

题大同十一年砖

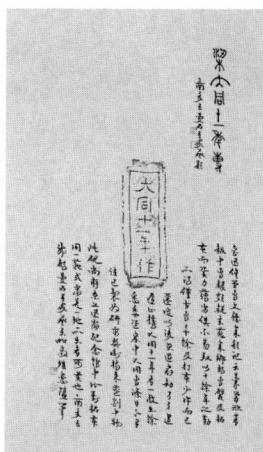

【大同十一年砖，鲁迅曾用凿砚，此其同款，偶忆《南史》云："弘景妙解术数，逆知梁祚复没，预制诗云：'夷甫任散淡，平叔坐论空，岂悟昭阳殿，遂作单于宫。'诗秘在箧里，化后，门人方稍出之。大同末，人士竞谈玄理，不习武事，后侯景篡，果在昭阳殿。"漫集宋贤句，有感慨焉。】

有人来问陶贞白（赵师秀），暮云空复指江东（吴芾）。侯景长驱走龙虎（晁说之），乱鸦无数失征鸿（李新）。江山已暗大同殿（王安中），昭阳竟作单于宫（周文璞）。

无题

【集宋贤句得"万事放怀闲岁月，几年无事在江湖"，书为楹帖，展成一律，用题边款。】

山水娱人道不孤（赵令衿），洒然仙意指虚无（胡寅）。满堂宾客皆豪杰（章甫），盖世功名傒大儒（刘宰）。万事放怀闲岁月（吕陶），几年无事在江湖（李之仪）。小山丛桂容招隐（刘攽），且把诗篇替画图（周必大）。

题黄龙元年宋氏砖拓

【东吴书法，篆隶皆不同常体，观古甓文字，气格多与天玺纪功、禅国山碑相合，乃知一时风气如斯。此黄龙元年砖，正孙仲谋称帝之年，意义又在书法之外矣。集宋贤句为口号，以识感慨。】

春雷犹自蛰黄龙（李彝），应洗人间万古聋（钱时），三国有人成底事（史浩），请看孙权与阿蒙（胡寅）。

闭门开卷真返吾

【跃林兄治物理学，书翰精雅，难能可贵者。新辑诗词书法成编，题曰"闭门开卷真返吾"，与兄书法江湖订交十余年，杂缀前贤句为赞语，敬助雅兴。】

萍踪十载寄江湖（黄仲昭），泉石清心只自娱（陈涟）。闭门读书人事绝（胡俨），高行唯与古为徒（陈恭尹）。早知大道心无外（薛瑄），要从出处见真吾（黄爵滋）。莫将药裹妨诗兴（湛若水），醉拂云笺任草书（潘希曾）。玩物不妨寻物理（赵蕃），数行小楷写阴符（纪坤）。精神翰墨犹生气（解缙），万丈文峰插海隅（梁柱臣）。

和韬公

【韬公老师《读王安石传》长歌，感时伤世，杰作也。染疫家居，检索宋贤句有和，敬呈贤者一笑耳。"哕"未能得，以"庆"代之。】

紫蕤欲佩凭谁系（王阮）。俚俗相传祛瘴厉（刘克庄）。凉云收雨颁慈惠（曹勋）。却有鬼神知子细（喻汝砺）。固知天运阴阳庆（张侃）。惊涛巨浸浩无际（王之道）。本待山河如带砺（王安石）。天面黯郁昏不济（王令）。龙池久负娲皇誓（何梦桂）。狐鼠何疑相睥睨（毛滂）。成书自讲前无例（林希逸）。何必枕戈防诡计（洪适）。几许风烟难尽揭（彭郁）。滩石已无回棹势（邵雍）。阴阳错行成疫疠（张耒）。岂谓九重恩未替（吴芾）。浪说新收若干税（范成大）。权臣悍将恣吞噬（李光）。尧民击壤虽难继（陆游）。鸡壅桔梗一称帝（苏轼）。王陵委积蠹明币（薛季宣）。攀条叶脱惊徂岁（葛胜仲）。杀牛欲赛西邻祭

（刘克庄）。笑谈解折奸雄锐（马之纯）。忍赋庚寅伤乱世（陈著）。

附罗韬老师《读王安石传》诗

天生德予一身系。宰治鄞县颇蹈厉。青苗诸法加仁惠。襟期阔大四海细。天津桥上杜鹃哕。（《邵氏闻见录》：邵雍于洛阳天津桥上闻鹃啼，预卜南士拜相，不吉。）一朝龙虎风云际。尧舜稷契相砥砺。法行周官志兼济。三不足畏无反誓。横眉何顾鸱行睨。鄞县终成赤县例。一拗自坚天下计。深河浅涧各厉揭。治水同理有异势。因药成毒助疢疾。旧患新患叠相替。助农良法甚苛税。百官求效如犬噬。流民泪尽以血继。自期致君齐二帝。贪名尤过贪琛币。今年公诞一千岁。目今追古诗为祭。方悟庄周识见锐。天降圣人多害世。

澹轩五十初度

【澹轩兄五十岁小像，敬集宋贤句为赞语。】

数枝红菡萏（文同），临池可手揽（晁公溯）。高轩聊自娱（汪应辰），喜静心常澹（李复）。虚白吉祥居（晁炯），直由诚意感（韩琦）。知己友朋间（强至），清能见肝胆（林希逸）。迎春祝寿祺（胡寅），题诗吾岂敢（雷乐发）。善颂无谀语（杨简），会将趋古淡（苏舜钦）。滋身九转丹（艾性夫），朱颜清可览（范仲淹）。

题《澹轩观鱼图》

【澹轩观鱼图，集宋贤句有题。】

观鱼得意还知乐（王安石），只此浮生已解忧（黄裳）。禁沼冰开跳锦鲤（王珪），散人心事寄沙鸥（陆游）。劝君终日酩酊醉（史铸），偶尔还成汗漫游（秦观）。更有澹轩轩上趣（周公弼），胸中云梦复何求（喻良能）。

题古砖拓两首

【六朝古砖，人物作欢喜状，集宋贤句说偈。】

摩登伽戏野狐禅（王洋），曲眉不想西家样（梅尧臣）。心安是处皆欢喜（李纲），更拟心斋得坐忘（韩元吉）。玄机参透何分别（牟巘），本来面目超诸相（范纯仁）。

【古砖不知岁月，拓刻人物如老僧入定，漫集宋贤句说偈。】

岁月潜消日里冰（苏辙），犹存人物作中兴（韩淲）。踏着此机何所似（杨简），瞑坐还同入定僧（赵文）。久矣荡除人我相（张镃），不知何处是三乘（李石）。

题宋黑石笔格

【潜心阁主人出宋黑石笔格拓本征题，混沌无铭刻，欲赞无辞，漫集宋贤句为口号。】

一编心画一炉香（刘黻），一架琴书一笔床（真山民）。懊恨雁来无个字（赵必象），风流特可付文房（晁冲之）。

寅年题虎头瓦当

　　虎头空有相（陆游），璇杓复建寅（周必大）。仙居赤城洞（蒋之奇），星瞻太乙神（刘筠）。离宫分碧瓦（梅尧臣），乃是物之珍（徐积）。百种聚奇怪（叶适），天终相吉人（方回）。神物多灵贶（祖无择），祥祺日日新（宋祁）。

蜀川疫情有感

【壬寅仲秋蜀川疫情有感，集宋贤句。】

去岁寒云久积阴（袁燮），暑雨滂然仅作霖（韩琦）。遂令邪风伺间隙（欧阳修），太平无象属人心（晁补之）。消残瘟疠曾非药（苏辙），未妨随证检千金（吕本中）。凭谁妙手如和缓（王炎），一点能销瘴毒深（李纲）。家家椒酒欢声里（陆游），想望汉唐犹视今（孔武仲）。

步赵香宋韵三首

【疫中步赵香宋韵，集宋贤三首，有感慨焉。】

京尘断绝闭门居（刘攽），天遣吾曹与世疏（韩驹）。
阴阳错行成疫疠（张耒），满怀空贮活人书（陆游）。

懒散无堪合杜门（吴芾），吁嗟世事已难言（陈著）。
暂游莲社同陶令（晁冲之），路口桃花似有源（陈舜俞）。

吟边莫放酒杯干（王圭），最爱青青耐岁寒（王十朋）。
沧海横流何日定（陆游），喜从劫火报平安（艾性夫）。

天地莽苍苍

【疫情三年，静默成常态，集宋贤句有作。】

人生所贵有精神（邵雍），堂中虚白见天真（吕溱）。谁言造物无偏处（徐积），仰观宇宙尚艰辛（王十朋）。岂念含灵钧物性（许及之），已将世界等微尘（苏轼）。多应粪土看荣贵（王野），荆榛不碍自由身（赵时韶）。山中老去陶弘景（钱选），溪谷幽深可避秦（喻良能）。风信不禁时动荡（韩淲），城市何妨亦隐沦（晁补之）。对镜如如皆般若（谢逸），优钵花开处处春（彭汝砺）。蓬荜随缘安静默（韩维），竹榭高吟迹已陈（吕希纯）。荒原拾穗谁怜我（刘克庄），今作江湖风月民（陆游）。

题汉二十四字砖拓本

【廿四字砖初出新繁，耕者犁田所得，福山王廉生先生入蜀，见之叹为稀有，遂为世知，晚来出者稍多，全品仍少见。集宋贤句为赞语。】

文翁为益州（王日翚），神光浮蜀道（林光朝）。片砖曷未化（王沂孙），妙墨人间宝（崔敦礼）。玲珑二十四（戴复古），春华丽词藻（喻良能）。此乐殊未央（欧阳修），勋名兼寿考（吴泳）。王公多雅故（范仲淹），至今存旧稿（蔡玉竦）。得之嘉不胜（吴城），寄语善持保（王柏）。

自疑前世陶贞白四绝句

【承冲和兄美意，赐下茅山新出《陶先生解真碑铭》残石拓本，戏以晁说之"自疑前世陶贞白"集宋诗成四绝句。】

自疑前世陶贞白（晁说之），多事常嫌贺季真（陆游）。乃是三生林壑侣（家铉翁），再来依旧作闲人（陆游）。

得道不分今与昔（范良龚），自疑前世陶贞白（晁说之）。方瞳只合相山中（陈深），翻笑人间湖海客（徐集孙）。

句曲山中古洞天（滕宗谅），飞来双鹤杳难攀（曹彦约）。自疑前世陶贞白（晁说之），心在华阳淹霭间（曹勋）。

朝真我亦通仙籍（陈天麟），鹤驾往来茅许宅（陈辅）。说与华阳何处居（赵师秀），自疑前世陶贞白（晁说之）。

凤凰枝文丛

三升斋随笔	荣新江	著
八里桥畔论唐诗	薛天纬	著
跂予望之	刘跃进	著
潮打石城	程章灿	著
会心不远	高克勤	著
硬石岭曝言	王小盾	著
云鹿居漫笔	朱玉麒	著
老营房手记	孟宪实	著
读史杂评	孟彦弘	著
古典学术观澜集	刘宁	著
龙沙论道集	刘屹	著
春明卜邻集	史睿	著
仰顾山房文稿	俞国林	著
马丁堂读书散记	姚崇新	著
远去的书香	苗怀明	著
汗室读书散记	王子今	著
西明堂散记	周伟洲	著
优游随笔	孙家洲	著
考古杂采	张庆捷	著
江安漫笔	霍巍	著
简牍楼札记	张德芳	著
他乡甘露	沈卫荣	著
释名翼雅集	胡阿祥	著

壶兰轩杂录	游自勇　著
己亥随笔	顾　农　著
茗花斋杂俎	王星琦　著
远去的星光	李　庆　著
梦雨轩随笔	曹　旭　著
半江楼随笔	张宏生　著
燕园师恩录	王景琳　著
鼓簧斋学术随笔	范子烨　著
纸上春台	潘建国　著
友于书斋漫录	王华宝　著
五库斋清史存识	何龄修　著
蜗室古今谈	丰家骅　著
平坡遵道集	李华瑞　著
竹外集	朱天曙　著
海外嫏嬛录	卞东波　著
耕读经史	顾　涛　著
南山杂谭	陈　峰　著
听雨集	周绚隆　著
帘卷西风	顾　钧　著
宁钝斋随笔	莫砺锋　著
湖畔仰浪集	罗时进　著
闽海漫录	陈庆元　著
书味自知	谢　欢　著
三余书屋话唐录	查屏球　著
酿雪斋丛稿	陈才智　著
平斋晨话	戴伟华　著

朗润舆地问学集	李孝聪　著
夏夕集	李　军　著
瀛庐晓语	王晓平　著
知哺集	宁稼雨　著
莲塘月色	段　晴　著
我与狸奴不出门	王家葵　著
紫石斋说瓠集	漆永祥　著
飙尘集	韩树峰　著
行脚僧杂撰	詹福瑞　著